KB077692

말썽쟁이 약혼녀

말썽쟁이 약혼녀

초판 1쇄 찍은 날 │ 2015년 12월 22일
초판 1쇄 펴낸 날 │ 2015년 12월 31일

지은이 │ 이수진
펴낸이 │ 서경석

편 집 책 임 │ 조윤희
편   집 │ 이은주
             주은영
디 자 인 │ 신현아

펴 낸 곳 │ 도서출판 청어람
등록번호 │ 제387-1999-000006호
등록일자 │ 1999. 5. 31
어람번호 │ 제5-433호

주소 │ 경기도 부천시 원미구 부일로 483번길 40 서경B/D 3F
        (우) 14640
전화 │ 032-656-4452 팩스 │ 032-656-4453
http://www.chungeoram.com
E—mail │ chungeorambook@daum.net

ISBN 979-11-04-90562-9   03810

말썽쟁이 약혼녀

이수진 장편소설

Chungeoram romance novel

목차

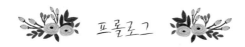 프롤로그

9년 전. 이라준 24세.

시야가 탁 트인 초원. 한 필의 쾌마가 무서운 속도로 질주하고 있었다. 검은 서러브레드의 네 다리는 놀랍도록 탄탄하고 날렵했다. 고삐를 단단히 쥔 기수는 거친 말의 요동에도 한 치의 흔들림이 없었다.

더 빨리, 더 강하게. 채찍질하는 손놀림이 아주 우아하게 느껴졌다. 기수의 신호에 검은 말은 폭풍처럼 내달렸다.

"준. 쟤, 왜 저래? 무슨 일 있었어? 벌써 10바퀴째야."

기준은 무섭게 달리는 라준을 눈으로 좇으며 그의 또 다른 친구인 독고준에게 물었다.

"몰라."

"정말이냐? 너희 둘, 나 따돌리고 둘만 알고 있는 사실 많잖아. 얼른 불어봐. 응? 이 형이 구박하지 않을 테니까. 뭔가 알고 있지?"

"네가 여자에게 주는 관심의 조금이라도 우리에게 쏠으면 네가 궁금해하는 것들은 금방 알게 될 거야. 남기준."

미간을 모으는 독고준을 바라보다 기준은 샐샐 웃음을 흘렸다.

"인마! 농담 좀 한 걸 가지고, 뭘 그리 정색이냐? 무섭게! 알았어. 내가 직접 물어보면 되지?"

기준은 라준이 속도를 늦춰 그들 쪽으로 다가오자 냉큼 달려가 생수를 건넸다.

"이라준, 너 고민 있냐? 있으면 형에게 말해봐. 형이 다 들어줄게."

"얘, 왜 이래?"

라준은 애마의 고삐를 조련사에게 넘겨주며 독고준을 향해 입을 열었다.

"몰라."

준의 단답형에 기준이 씩 웃었다. 한결같은 멋진 녀석. 별안간 기준은 라준에게 달려들어 헤드록을 걸었다.

"이라준. 이번 주말에 시간 있다고 어서 대답해. 대답하지 않으면 안 봐준다."

"왜?"

라준 대신 질문한 사람은 독고준이었다. 그 틈을 타 라준은 기준의 팔에서 벗어나 되레 기준의 팔을 등 뒤로 잡아 꺾었다.

"아얏! 이라준! 너 이러기냐?"

라준은 입을 열지 않고 한쪽 입꼬리를 스윽 올렸다.

"파티! 파티! 여신들이 즐비한 파티라고! 제주도 내 별장에서!"

원하던 답을 얻어내자 라준은 기준의 팔을 놓아주며 쾌활하게 말했다.

"안 돼."

"왜?"

"약혼해."

"뭐? 약혼?"

라준은 별일 아니라는 듯 고개를 가볍게 끄떡였다.

"언제?"

"주말에."

라준의 말에 무표정하던 독고준의 얼굴에도 놀란 빛이 떠올랐다.

"무슨 소리야? 약혼이라니? 어제까지 아무 말 없었잖아. 사고 쳤어? 그래서 오늘 너 자신을 막 학대한 거야?"

"사고?"

기준의 얼토당토않은 말에 라준의 한쪽 눈썹이 치켜 올라갔다.

"갑자기 약혼이라니? 무슨 말이야?"

"지난주에 결정된 거야. 할아버지 엄명이셔."

"그니까 왜 약혼을 하냐고? 사고 친 게 아니면, 네가 왜? 이

젊은, 아니 이 어리디어린 나이에 약혼이냐고! 사나이 인생의 절정기인 이십대에!"

기차 화통을 삶아 먹은 듯한 기준을 지나치며 라준은 독고준과 함께 걸어갔다.

"이것들이! 나만 따돌리고 있어!"

기준은 서둘러 두 친구를 따라갔다.

"라준아. 그 약혼 안 하면 안 돼? 할아버지에게 사정 좀 해봐! 네가 약혼하면 우리 준의 제국은 무너지는 거야. 삼각형이 왜 삼각형이겠어? 세 개의 꼭짓점이 있어야 삼각형이라 부를 수 있다고. 준의 제국도 삼각형이야. 네가 약혼하면 그 꼭짓점 중 하나가 사라지는 게 되잖아. 그렇다면 단언컨대 준의 제국은 완벽할 수 없어!"

"준의 제국이 삼각형이었나?"

"그런 모양이야. 오늘부터……."

라준과 독고준의 반응에 기준은 두 사람 앞을 가로막았다.

"준의 제국이 비상시국을 맞이했는데, 너네 둘! 무척 안일해! 잊었어? 수색부대에서의 우리 맹세! 살아도 같이 살고, 죽어도 같이 죽는다! 그건 결혼도 마찬가지야."

"난 약혼을 한다고 했지, 결혼한다고는 안 했어."

"그게 그거지!"

'핏' 하고 독고준의 입에서 웃음소리가 샜다.

"웃냐? 독고준? 절친이 인생의 황금기에 한 여자의 마수에 걸려 지옥으로 걸어가겠다고 하는데! 지금 웃음이 나오냐고? 이라

맏썽쟁이 약혼녀

준! 안 돼. 널 그런 빙하기로 보낼 수 없어. 할아버지에게 막 반항해! 내가 도와줄게. 여자는 요물이야!"

"아까는 여신이라며?"

라준의 지적에 남기준이 피를 토하듯 부르짖었다.

"준의 제국을 지키기 위해서는 난 여자도 배신할 수 있어!"

기준의 고함에 라준과 준은 박장대소를 터뜨렸다.

남기준이 그토록 부르짖는 준의 제국이란 그들의 사모임을 일컫는 것이었다.

24년간 대한민국 0.1%의 삶을 누리고 있었지만 동갑내기인 그들이 죽마고우가 된 시간은 불과 2년여에 불과했다. 상류층 청소년 사교클럽에서 이라준과 남기준은 겨우 안면을 텄지만 5분 이상 대화를 나눌 사이는 아니었다. 물론 독고준은 아예 일면식도 없었다.

그런 그들이 2년 전, 대한민국 제일의 수색부대에서 만났다. 혹독한 훈련 속에 피어난 것은 다름 아닌 사나이들의 진한 우정. 그 우정은 천금을 줘도 바꿀 수 없는 아주 값진 것이었다.

첫 번째 무박훈련을 무사히 마쳤을 때 기준은 이렇게 선언했다.

"우리의 이름에 모두 '준' 자가 들어간다는 것만 봐도 우린 피할 수 없는 운명이라는 거다. 이 부대에서 만난 건 아마 하늘의 계시였을 거야. 우리도 유비, 관우, 장비 못지않은 의형제가 될 수 있어. 어? 근데 복숭아와 술이 없는데 괜찮을라

나? 그래도 유효하겠지? 아님 손가락에 피라도 내서 서로 먹여줄까? 아, 그건 너무 호러적이야. 뭐가 좋을까? 그래! 이름을 짓자! 우리의 모임이 영원대대로 기억될 수 있도록. 그래! 준의 제국! 어때? 딱이지! 감오지? 제군들이여. 그대들이 <준의 제국>의 일원이 됨을 환영하노라."

남기준의 장광설이 드디어 마침표를 찍는 그때, 라준과 독고준은 누가 먼저랄 것도 없이 남기준의 뒤통수를 후려치며 '헛소리 작작해' 하고 빈정거렸다.

"약혼녀는 누구야?"

독고준이 물었다.

"리아."

"구리구리, 그 꼬맹이?"

라준은 기준의 기함에 얼굴을 찡그렸다. 기준의 반응이 지나친 감이 없지 않아 있었다.

"너 제정신이야? 그 어린아이를? 너 로리콤이었어?"

"다시 말하지만, 남기준. 난 약혼이라고 말했어."

"하, 하지만 이제 겨우 열여섯 살이 된 코흘리개 애를 어떻게 평생의 배필로 생각할 수 있냐고?"

"어차피 결혼은 거쳐야 할 관문이야. 어린애든 아니든 그 누가 됐든, 난 할아버지가 명하시면 그 뜻에 따라야 해."

냉정한 라준의 말에 기준은 못마땅하다는 듯 눈을 찡그렸다.

"누가 되든지 상관없다는 말이야? 이건 완전 피도 눈물도 없는 정략이잖아! 이라준, 지금 발언 너무하다고 생각하지 않냐? 구리구리 입장은 전혀 배려하지 않고 있잖아."

"그런 결혼이 우리 세계의 사람들에겐 필수불가결한 장치라는 것, 네가 꼬맹이라 말하는 리아가 더 잘 알고 있어."

"그 장치가 리아 인생의 족쇄가 될 수 있다는 생각은 안 들디? 네 녀석이 할아버지를 말렸어야지!"

"난 할아버지의 생각에 동의해."

독고준은 라준의 어조가 가라앉았다는 것을 감지해 냈다. 주위를 얼려 버릴 것 같은 냉기가 숨어 있었다. 그것은 라준이 서서히 그의 한계치에 다다르고 있다는 의미였다.

"냉정하고 무심한 놈. 인간미라곤 약에 쓸래야 쓸래도 찾아볼 수 없는 놈!"

"그만해, 남기준. 네가 관여할 일이 아니야."

기준은 자신을 제지하는 준의 단호한 말에 눈을 부라렸다.

"인마! 너도 구리아 알면서 그런 말 하는 건 아니지? 또래도 아니고, 그 어리고 순진한 애를……."

기준은 차가운 라준의 눈빛에 일순 멈칫하고 말았다. 더 이상의 월권은 라준을 무시무시한 냉혈한으로 만들어 버린다는 것을 직감한 것이다.

"아니, 내 말은 구리구리도 소녀인데, 좋아하는 사람과 결혼하고 싶을 거란 말이지."

한결 수그러든 기준의 말에도 라준의 굳은 표정은 풀리지 않았다. 그는 기준의 주절거림을 무시하고 앞서나갔다.

"내가 심했냐?"

기준은 자신과 보조를 맞추고 있는 준을 슬쩍 쳐다보았다.

"언제부터 네가 리아 대변인이었지? 만나기만 하면 구리구리라고 놀려먹은 주제에."

"아니, 난! 라준이도 리아도 서로가 행복한 결혼을 해야 한다는 걸 주장하고 싶었던 거라고."

"결혼이 아니고 약혼이다, 남기준. 그리고 사현그룹과 보성그룹이 관여한 일이야. 네가 나설 일은 아니지. 네가 라준이 심기를 건드리면 건드릴수록, 그건 라준이뿐만 아니라 두 그룹을 모욕하는 일이 돼."

"알았어."

"그리고 순진하다는 말은 좀 빼지?"

"순진이라니?"

"리아가 순진한 애는 아니잖아."

"야! 너까지 여리고 감성적인 소녀를 모욕하는 거야? 오스틴 여사님이 들으시면 무덤에서 벌떡 일어나시겠다. 소녀들은 무조건 순진한 법이라고."

"오스틴 여사?"

"제인 오스틴 여사님이시지. 남성 필독 지침서 〈오만과 편견〉을 탄생시킨 위대한 분이셔. 너도 정독해 봐라. 그 책만 읽으면 여자를 훨씬 더 잘 꼬실 수 있거든. 헤헤."

"미친놈."

준은 한심하다는 눈빛으로 기준을 한 번 쏘아주고는 라준에게로 성큼성큼 걸어갔다.

졸지에 미친놈이 된 기준은 어깨를 한 번 으쓱이고는 예의 다름없는 그 유쾌한 웃음을 얼굴에 그려 넣으며 배알도 없이 외쳤다.

"준이 형들! 같이 가요."

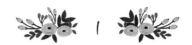

'이곳은 정말 끔찍해.'

라준은 '와아' 하고 떠드는 소리에 두 손으로 귀를 막았다. 하지만 그것은 소용이 없었다. 곧이어 '첨벙' 하는 소리가 나더니 다시 '와아' 했고, 또다시 귀를 쨰지게 만드는 '까르르르' 하는 소리까지 듣게 되었다.

라준은 포기한 듯 귀에서 손을 떼고 주머니에 두 손을 오만하게 집어넣은 채 걷기 시작했다. 이리저리 오락가락, 왔다갔다, 걸음걸이의 전진과 후퇴가 일정했다.

하늘은 파랗고 구름은 하얗고 그리고 저주받을 태양은 아주 뜨겁다. 라준은 하늘을 노려보다가 눈을 질끈 감았다. 이상한 나라의 앨리스가 된 기분은 정말이지 더럽다. 언제까지 이런 대

말썽쟁이 약혼녀

접을 받아야 하는 거지?

"라준아, 너도 풀장으로 들어오렴. 정말 재미있단다."

"아뇨. 괜찮아요."

지금 이 순간 제일가고 싶은 곳은 집. 라준의 허락 없이는 아무도 쳐들어오지 못하는 방이었다.

무더위가 기승을 부리는 8월 초.

6학년이 된 라준은 오늘도 어김없이 새엄마와 두 여동생과 함께 구도현 회장님 댁에 초대받았다. 구도현 회장님 댁에는 거짓말을 아주 많이 보태 워터파크를 방불케 할 수영장과 놀이시설이 있었다. 구도현 회장의 외동딸과 단짝인 막냇동생 이라임은 허구한 날 구 회장네로 놀러가자고 새엄마의 치맛자락을 움켜잡고 놓아주지 않았다. 라임의 조름에 새엄마는 뇌라도 졸렸는지 라임과 라빈은 물론 멀쩡한 라준까지 구 회장 댁으로 데리고 갔다.

사춘기에 입문한 지 6개월이 넘어가건만 공부를 하겠다고 해도, 건담을 조립하겠다고 해도, 새엄마는 라준을 항상 대동했다. 아무리 시크한 표정을 짓고 한쪽 입매를 끌어올려 봐도 새엄마는 알아차리지 못했다. 분명 골칫덩이 라임이에게 뇌를 졸려서 뇌순맘이 된 것이 틀림없으리라.

내가 왜! 인생을 10년도 살지 못한 어린 것들과 함께 있어야 한단 말인가!

그런데 오늘은 더욱 라준을 못 견디게 했다. 라임이네 유아원 친구들까지 우르르 몰려와 사방천지는 롤러코스터를 타는 것처럼 정신이 없었다. 눈만 올망졸망한 것들이 레크리에이션 강사에게 호응해 굶주린 새끼 새처럼 소리를 질러대는 꼴이라니!

'끔찍해. 정말 끔찍해.'

그러나 진짜 끔찍한 것은 따로 있었다.

"뭐시라?"

라준은 눈앞의 꼬맹이를 쳐다보다 어이없는 한숨을 내뱉었다.

정말이지 말도 안 되는, 아니, 말도 잘 못하는 혀 짧은 꼬맹이.

구리아.

막냇동생이 죽고 못 사는 제일 친한 친구이자 구도현 회장님이 애지중지하는 무남독녀 외동딸.

"뭐시라?"

성이 났는지 씩씩거리며 내지르는 '뭐시라'는 확실히 조금 전보다는 톤이 높아져 있었다.

라준은 레이저 빔이라도 쏘아낼 것처럼 눈에 잔뜩 힘을 주었다. 하지만 그 되바라진 꼬맹이는 무서워하기는커녕 엉덩이까지 내려간 어린이용 튜브를 볼록한 배까지 끌어당길 뿐이었다. 어디서 구한 건지 알 바 없는 어린이용 사극 가체를 쓰고 조막만 한 손으로 받치고 있는 꼴이란? 레크리에이션 강사는 이 모습을 보고 깜찍하다고 했지만, 피고용인의 위치에 있는 사람이 내뱉는 말은 신빙성이 없었다. 그건 깜찍이 아니라 끔찍이라고 명명해야 한다.

"너도 저이 까서 놀거라. 어셔!"

이 나라는 정말이지 TV 때문에 교육이 망할 것이다. 등급이 있으면 뭘 하나? 이제 겨우 5세 인생도 여인들이 득시글대는 궁중암투에 홀랑 빠져서 이 조그마한 세계가 제 천하인 줄 알고 있다.

"싫은데?"

"뭐시라?"

"넌 뭐니?"

라준은 허리를 숙여 리아와 눈을 맞추었다. 리아는 위협적으로 바라보는 라준을 말똥말똥 쳐다보았다.

"난, 쭝전이다."

'뭐시라'는 후궁 영빈마마가 히트시킨 유행어가 아니었나? 근데 중전이라니? 내가 지금 뭘 하고 있는 거야? 말도 통하지 않는 다섯 살짜리와 대화라는 것을 나누려고 하고 있잖아. 나답지 않게.

"너는 어째서 내 말떼로 하지 않응 거이냐?"

"내가 왜 네 말을 들어야 하지?"

"넌 신하니까."

"내가?"

"그래. 구리아 신하. 이라준."

"너 내 이름 알고 있었냐?"

"물론 알고 있쪘다. 라임이 오라방이 아이냐?"

"오라방? 그건 어디서 또 배운 거냐?"

"그건 알꺼 없따."

"뭐? 하하."

라준은 제 나이에 맞지 않은 행동을 하고 있는 리아가 이번에는 진심으로 신기했다. 구 회장님의 사랑을 독차지해서 정녕 세상에는 무서운 것이 아무것도 없다는 말인가? 으흠. 말썽쟁이 같으니라고.

"니가 알아야 할 것은……."

라준은 헛웃음을 흘리다 야무진 말에 리아를 쳐다보았다. 꼬맹이의 얼굴이 자못 심각하다. 이마를 찌푸리면서 근엄하게, 물론 사극드라마의 배우를 흉내 낸 것일 테지만, 하여튼 구리아는 아랑곳없이 내질렀다.

"내가 구리아라는 것이다. 니 쭝전. 뭐시라?"

라준은 일제 강점기 때 독립을 부르짖던 선조들에게 감사했다. 3.1절이라는 거국적인 민족의 항거가 있었기에 단 하루라도 입학식을 연기할 수 있었으니까. 3월의 첫째 날부터 이 두 꼬맹이들을 뒤치다꺼리 하느니 차라리 만주로 가서 독립운동을 하겠다. 유관순 누나! 김좌진 장군님! 백범 김구 선생님! 정말 감사합니다.

쌀쌀한 바람이 광야 같은 운동장을 휩쓸었다. 운동장 본부석 조회대에 위엄으로 가득한 교장 선생님의 인사말이 여전히 지루하게 재생, 재생되고 있었다. 엄마의 손을 잡은 고사리손들은 이미 벌써 오래전부터 딴짓을 하느라 바빴다.

"오빠, 그럼, 우리도 이제 학생이야?"

"응."

"그럼, 오빠처럼 우리도 학교에 다니겠네."

"응."

"그럼, 학교 다니는 우리는 뭐야?"

라준은 입으로 바람을 내뿜고 밑을 쳐다보았다. 라임의 표정으로 봐서는 정말 궁금한지, 그렇지 않으면 하나뿐인 오빠의 뇌까지 졸라 무뇌오빠로 만들려고 하는지 그 의도를 가늠하기 어려웠다. 라준은 대답하기 귀찮아 아무것이나 주워섬겼다.

"응."

"우리가 '응'이야?"

"응."

라준의 대답에 라임의 얼굴이 찌그러졌다. 라임은 곁에 선 리아에게 다가가 소곤거렸다.

라준은 교장 선생님의 인사 말씀이 계속되는 내내 미동도 않고, 심지어 아무런 말도 하지 않는 리아를 흘긋거렸다. 리아는 정확히 15도 위쪽으로 검은 눈동자를 모으며 어느 한 지점을 노려다보고 있었다. 라준의 뇌리로 3년 전, 중전 행세를 하던 꼬맹이의 기억이 불쑥 떠올랐다. 말썽쟁이, 다시 병이 도졌나?

라준은 리아가 여전히 꼬나보고만 있자 정면을 응시하며 어깨를 으쓱였다. 이건 모두 새엄마 때문이었다. 아무리 할아버지, 할머니, 아버지와의 가족 여행이 급하셔도 그렇지. 3월 2일 새학년, 새 학기를 맞이하는 장남을 자신의 중학교가 아닌, 막냇동생 초등학교에 보내다니! 그것도 우리들은 1학년이라고 일컫는 병아리들의 입학식은 평생 이날이 처음이자 마지막일 텐데!

그런데 문제는 구도현 회장님 댁 사모님도 새엄마와 같은 부류라는 것이다. 무남독녀 외동딸의 초등학교 입학식을 오매불망 기다린다 해놓고선, 오랜 우상이던 마이클 잭슨의 공연을 관람하기 위해 일본으로 날아가 버리셨으니까. 설상가상 구도현 회장님은 사업상 중요한 미팅 건으로 일본 출장 중이시라고 했다.

입학식을 걱정하던 리아의 부모님에게 새엄마는 라준이 얼마나 믿음직한 아들인지를 침이 마르도록, 입이 닳도록 세뇌시켰다. 이 모든 것들이 우연이라면, 이 우연은 무척이나 치밀하고 정교하다. 결국 리아와 라임의 초등학교 입학식은 오롯이 라준의 몫이 되었다.

라준은 운동장의 흙먼지를 품은 바람이 을씨년스럽게 휘이잉 공중을 맴돌기까지 하자 짜증이 솟아났다. 티 하나, 구김 하나 없는 멋진 남색 교복에 앉기 위해 빈틈을 엿보는 분진들 같으니라고. 라준은 목이 갑갑해 넥타이를 잡아당겼다.

"오빠!"

라임의 외침에 라준은 후다닥 뒤를 돌았다.

라준의 눈에 들어온 장면은 마치 사약을 들이켠 것 같은 표정의 리아였다. 리아에게 손가락 하나라도 대면 물기라는 무시무시한 유전이 터질 것만 같았다. 라준은 본능적으로 눈썹을 모았다. 계집애들 우는 건 딱 질색이었다.

라임이 기겁한 눈으로 리아의 발치를 가리켰다. 라준은 즉각 사태의 심각성을 알아차렸다. 리아의 예쁜 리본 구두 아래로 번지는 물기. 라준이 기겁하는 물기와는 또 다른 종류의 물기. 라준은 날쌘 표범처럼 리아를 낚아채 뛰기 시작했다.

교장 선생님의 기나긴 인사말 여정에서 몸을 배배 꼬던 몇몇 무리들은 라준과 리아의 액션으로 눈에 호기심을 채우기 시작했다. 웅성거리는 청중들을 주목시키고자 교장 선생님은 서둘러 인사 말씀을 끝냈다.

화장실에 다다랐을 때 모든 게임은 오버가 된 상태였다. 아니 알고 있었다. 이 게임에서 라준은 틀림없는 패배자가 되리라는 것을…… 뜨뜻한 물기가 라준의 빛나고 아름다운 교복을 잠식해 가고 있었다.

라준은 그래도 리아가 울지 않아서 다행이라고 생각했다. '나도 1학년 때 그랬어', '초등학교 3학년이 되어서도 지도를 그렸지'라는 식의 어설픈 위로는 하지 않았다. 라준은 절대 이 상황을 이해할 수가 없었다. 한 번도 싸본 적이 없었으니까.

입을 앙다물고 있는 리아를 다시 껴안고 라준은 보건실의 문을 두드렸다. 마침 친절한 보건 선생님은 여분의 옷을 상비하고 있었고, 정말 친절하게도 리아를 닦아주고 옷까지 입혀 주었다.

"오빠? 리아, 괜찮아?"

"응."

라임은 라준 곁에 앉아 있다가 안정실에서 나오는 보건 선생님을 보고 그쪽으로 쪼르르 달려갔다.

"선생님, 리아 괜찮아요?"

"당연히 괜찮지. 리아야, 이제 나오렴."

리아가 안정실에서 나오자 라임은 이산가족 상봉처럼 반가워 하였다.

"리아야. 다른 애들에게는 담임선생님이 물을 흘렸다고 말씀하셨으니까, 너무 염려 마."

리아는 많이 창피한지 고개만 끄덕거렸다.

"자, 이제 보건 선생님께 인사드리고 나가자. 인사해."

라준은 자리에서 일어나 동생들에게 인사를 강요했다.

"고맙습니다."

라임의 목소리만 크게 들렸다. 리아는 목소리는 내지 못했지만 머리는 꾸벅 숙였다.

"오빠가 인사할 때 손은 어디에 두라고 했지? 똑바로 다시 인사드려."

라준의 말에 라임과 리아가 배꼽에 손을 얹고 90도로 허리를 굽히며 또랑또랑하게 외쳤다.

"정말 고맙습니다."

"와아. 정말 귀여운 숙녀들이네. 오빠가 잘 가르친 모양이야."

"옷은 꼭 돌려드릴게요. 감사합니다."

라준도 묵례를 보이고 보건실을 나섰다. 빨리 집에 가야만 했다. 이런 몰골로 학교로는 당연히 갈 수가 없다.

"오빠!"

"응?"

"리아가……."

라준은 저절로 시선을 리아에게 돌렸다. 사태가 해결됐음에도 리아는 예의 다름없는 15도 각도로 눈동자를 모은 채 라준을 노려보고 있었다. 쟤, 왜 저러는 거지?

"고맙대."

라임의 말을 이해한 라준은 그제야 리아가 인사를 하고 싶어 한다는 것을 깨달았다. 하늘 높은 줄 모르고 거만하던 리아만의 감사 표현이었다. 그래, 구리아도 이제 어엿한 초등학생이지.

"응."

라준의 반응에 두 여자애가 찰떡같이 붙어 소곤소곤 거렸다.

"빨리 따라와."

"오빠!"

라준은 슬슬 인내심이 바닥나는 것 같았다.

"왜?"

라임은 라준을 무시하고 리아에게 큰소리로 말했다.

"우리 오빠는 '왜'라고 말하는 것보다 '응'이라고 하는 게 더 이상한 것 같아. 운동장에서 네가 했던 말이 다 맞았어."

라준의 눈썹이 꿈틀거렸다. 마치 신대륙이라도 발견한 것처럼 떠들고 있는 아이들의 멘트가 영 마음에 들지 않았다. 라준은 한달음에 다가가 물었다.

"운동장에서 리아가 뭐라고 했는데?"

라준의 낮게 깔린 음성에도 리아는 찡그린 표정을 풀지 않았다. 오빠의 무서움을 손톱만큼이라도 알고 있는 라임만이 기어들어가는 목소리로 대답했다.

"'맛없다'고 그랬어."

"뭐가 없다고?"

라준이 되묻자 리아가 라임을 제 쪽으로 끌어당겨 귓가에 속삭였다. 그러자 라임이 환하게 웃으며 대답했다.

"아. '맛없다'가 아니라, 맛이 갔대."

라준은 너무 기가 차 리아를 내려다보았다. '맛 갔다'의 의미를 알고 있는지, 거만한 리아가 어쩐 일인지 시선을 회피하고 있었다.

역시 TV가 이 나라 유아 교육을 망친 주범이었다.

남자가 사나이가 되는 곳, 아니 진짜 사나이가 되는 이곳은 바로 군대다.

연일 섭씨 35도를 오르내리는 폭염의 한가운데서, 그것도 누구나 지원하지만 아무나 수색병으로 들어갈 수 없다는 수색대대에서, 라준은 유령을 본 듯 면회장 한쪽에서 우두커니 서 있었다. 삭막한 군대 생활에서 면회는 사막의 오아시스와 같은 것인데, 그런데!

"네가 왜 여기에?"

"심부름 왔어요."

라준은 리아의 찌푸린 눈살에 덩달아 눈을 찌푸렸다. 지난 1년간 보지 못한 리아인데, 의외의 곳에서 만나니 정말 의아했다. 이런 곳에서 만나면 최소한 반갑기는 해야 하는데, 라준은 슬슬 신경이 거슬리기 시작했다.

그런 라준의 기분을 알 바 없는 리아는 역시 리아였다. 오만한 표정으로 먹이를 노리는 맹수처럼 라준을 노려보고 있었으니까.

그럴 때면 라준은 습관적으로 자신이 리아 앞에서 뭘 잘못한 것은 없는지 확인해 보곤 했다. 어린 시절부터 단련된 리아 대응법이라고 할까? 찰나에 불과한 혼자만의 검열 시간을 왜 본능적으로 가져야 하는지는 모르지만, 확실한 것은 리아가 라준을 불편케 한다는 것이었다. 신경 끄자. 리아 대면법의 제일 원칙이 무념무상이 아니던가.

"무박 훈련 또 수료했다면서요? 축하해요."

"어떻게 알았지?"

"오빠네 어머니께서 만날 우리 엄마와 통화하시잖아요."

"그렇지."

"군대가 오빠에게 잘 맞나 봐요? 또 1등 하셨다면서요? 아예 직업 군인이 될 의향은 없으세요?"

무념무상. 무아지경. 물아일체라 했다.

"너야말로 여군이 될 생각이 없니? 체질일 것 같은데."

리아의 눈매가 사나워졌다. 저 눈은 정말 분대장감으로 딱이었다.

게다가 리아의 패션은 군인 저리가라 할 정도로 국방적이었다. 이제 겨우 중1의 패션이 이토록 공격적이라니. 라준은 차라리 난해한 것이 낫겠다며 중얼거렸다.

그러고 보니 질풍노도의 사춘기 상태의 리아는 오늘 처음 대면하는 것이었다. 라준이 입대할 때, 리아는 6학년에 불과했으니까. 이제는 저도 사춘기라고 나름대로의 난해한 멋을 부리고 있는 것이 틀림없다. 왁스를 잔뜩 바른 머리카락이 리아의 갸름한 얼굴을 더듬이같이 양 갈래로 덮고 있었다. 그는 리아의 머리카락을 옆으로 넘겨주고 싶다는 충동이 들었다.

옅은 화장을 한 것 같은 유난히 흰 얼굴과 그에 대조적인 오렌지빛 입술. 그리고 귀에 매달린 사슴 모양의 피어싱과 굵직한 메탈 해골 반지. 어디보자. 한 겹, 두 겹. 아니다. 세 겹은 되어 보이는 치렁치렁한 쇠사슬 목걸이였다.

라준은 헐렁한 티셔츠와 통이 넓은 바지를 입고 나타난 리아가 반항을 하고 있거나 아니면 철지난 힙합에 빠진 게 틀림없다고 확신했다. 이 패션은 90년대 후반을 풍미했던 H.O.T.의 패션이 아니던가?

"이거나 드세요."

리아는 바닥에서 보자기에 싸인 물체를 들어 올려 탁자에 올려놓았다. 리아가 보자기를 풀자 위용도 대단한 12단 찬합이 나타났다. 리아는 매우 귀찮다는 얼굴로 재빨리 찬합을 펼쳐놓았다. 밥과 고기, 각양각색의 밑반찬과 김밥, 샌드위치, 치킨, 과일이 밑도 끝도 없이 계속 나왔다.

"이게 다 뭐냐?"

"엄마가 오빠 갖다 주래요."

"왜?"

"일단 먹기나 하세요."

리아는 먹음직한 왕갈비 하나를 집어 들고 라준에게 내밀었다.

라준의 눈썹이 슬쩍 움직였다. 이걸 지금 날 먹으라고 챙겨주는 건가? 라준은 경계심을 풀지 않고 리아를 주시했다. 리아는 별다른 표정 변화 없이 한 번 더 라준 앞에서 왕갈비를 까딱거렸다. 먹으라는 뜻이다. 이건 마치 개에게 주는 것 같다.

"빨리요!"

라준은 리아가 건네준 왕갈비를 마지못해 받아들었다. 보통 면회장에서 맛있는 음식을 가족들과 함께 먹는 것은 아주 즐겁고 행복한 일인데, 왠지 라준은 리아가 음식에 독을 탄 것 같다는 느낌이 강하게 들었다. 평소 알고 지낸 세월이 있어 구리아가 이유 없이 호의를 베풀지 않는다는 것을 잘 알고 있었다. 라준은 강력한 의구심을 떨치지 못했다.

"제사 지냅니까? 빨리 안 먹습니까?"

군대에 온 건 나인데, 왜 구리아가 다나까 체를 쓰지? 으흠. 좀 공포스럽군.

"점심 먹은 게 소화가 되지 않아서."

"군인이라면 무조건 배고파야 하는 거 아닙니까?"

"대한민국 군인이 걸신이란 말은 들어본 적이 없는데."

라준의 쌀쌀한 말에 리아는 작게 숨을 토하더니, 억지로 짓는 게 분명한 어색한 미소를 보였다.

"어쨌든 우리 엄마가 밤을 새서 만들어주신 성의니까 먹어주세요."

"왜 너만 왔지?"

"다른 가족들은 바쁘고 엄마는 오빠에게 손수 장만한 음식을 먹이고 싶다고 그러고. 시간이 되는 사람은 나밖에 없었으니까요."

"설마 혼자 오지는 않았겠지?"

"당연하죠. 내가 아무리 용감해도 강원도까지 혼자 올 만큼 용감하진 않아요. 김 기사 아저씨와 함께 왔어요."

"라임이는 어쩌고?"

"라임이는 일주일 전에 오빠 면회 왔다고 안 온대요. 자주 만나는 것도 오빠에 대한 예의가 아니래요."

어떤 예의를 말하는 거지? 묻지도 않았는데 리아가 술술 말했다.

"군인은 사회인과 격리되는 게 마땅한 예의라는 거지요. 사회인 자주 만나면 탈영하고 싶어질 거라던데요."

무념무상. 무아지경. 물아일체. 막냇동생이 망나니가 된 것은 앞에 앉은 이 소년 같은 소녀의 영향도 없지 않으리라. 옛말에도 유유상종이랬다.

"네 어머니께 감사하다고 전해줘."

"이제 먹어주는 거죠?"

라준은 리아가 요청하는 흔하지 않는 모습이 왠지 재밌게 느껴졌다.

"그래."

라준이 왕갈비를 입에 넣는 순간, 육즙이 입술을 타고 혀를 넘어 식도로 넘어가려는 그 순간, '찰칵, 찰칵'하는 소리가 들렸다. 라준은 멍하니 정면을 응시했다. 리아가 가로본능 핸드폰을 꺼내 라준을 요리조리 찍기 시작한 것이다.

"뭐하는 거야?"

"인증샷 찍는 거예요."

"무슨 인증샷?"

"엄마가 오빠 먹는 모습 찍어오랬어요."

"왜?"

"내가 이 음식을 버리고 가는지 아닌지 확인하시려고요."

"왜?"

"모든 걸 다 알 필요는 없잖아요."

리아의 가르치는 어투에 라준은 조금 전에 내뱉은 물음을 도로 삼키고 싶었다. 리아는 정신 사납게 사진작가처럼 잡채도 들어보게 하고, 샌드위치도 들어보게 하고, 과일도 손에 쥐어주기도 하면서 연출 사진을 잘도 찍어댔다. 라준은 슬슬 짜증이 치밀어 올랐다.

"그만 찍고 너도 먹어."

"먹고 싶지 않아요."

"왜?"

"우리 엄마가 만든 거잖아요."

그럼, 나는 뭐냐? 군인이 무슨 스펀지에 나오는 실험맨이라도 되냐?

라준도 익히 알고 있었다. 구리아 모친의 어머니 손맛은 복불복이라는 것을. 이 음식을 만들 때 저 말썽쟁이의 모친은 어떤 심정이었을까. 군대라서 그런가? 맛이 없지는 않았다.

"우리 엄마가 말씀하시길, 이거 다 먹어야 된다고 했어요."

"이걸 어떻게 나 혼자 다 먹어?"

"먹어야 한다니까요. 다 먹으세요."

"말이 되는 소릴 해. 이건 나 혼자는 못 먹어!"

"먹을 수 있어요. 오빠는 그 되기 어렵다는 수색병이잖아요."

"수색병이 돼지인 줄 아니?"

"오빠는 먹어야만 돼요. 그래야만 내가 표를 얻을 수 있단 말이에요!"

"표?"

라준은 들고 있던 음식들을 즉각 놓아버렸다.

"라준 오빠!"

"왜?"

"그 '왜'라는 소리 그만하면 안 돼요?"

"'응' 하는 것보단 낫잖아. 조금이라도 맛이 덜 간 것처럼 보이려면."

"초딩 1학년이 똥인지 된장인지 알지도 못하고 내뱉은 그 말을 왜 허구한 날 우려먹어요?"

"넌 그 뜻을 정확히 알고 있었어."

"몰랐다고요!"

"거짓말."

"아, 네. 알았어요. 제가 다 잘못했으니까, 사과 받아주시고, 제발 이 귀여운 음식들을 먹어주세요."

"난 사과를 받은 기억이 없는데."

"잘못했다고 조금 전에 말했잖아요!"

"그건 사과가 아니지. 네 잘못에 대한 명백한 인정일 뿐."

"인정이라고요?"

"그래. 구리아, 사과는 공손하게 하는 거란다."

"지금 나, 아주 공손한데?"

"지극히 불량스러워 보여."

"네. 됐어요, 됐어. 치사하게! 어른이 애랑 싸우려 들기나 하고."

"네가 애였니?"

"어른은 아니잖아요!"

"정확히 넌 애와 어른 사이라고 하지."

리아는 더 이상 응대하기를 포기한 듯 눈앞의 음식을 입으로 집어넣고 우적우적 씹어댔다. 라준은 갑작스레 벌어진 상황이 이해가 안 돼 미간을 진지하게 찌푸렸다.

"너 지금 뭐하냐?"

"먹고 있잖아요."

"왜?"

"먹어야만 하니까."

라준의 얼굴에 보이지 않는 줄이 푸르죽죽 새겨졌다. 리아의 심경, 아니 행동 변화를 이끌어낸 그 무엇, 그 표라는 것이 심히 궁금했다. 라준은 자리에서 깔끔하게 일어났다.

"그럼, 열심히 잘 먹으렴."

"오빠!"

"난 이만 간다."

"정말로 가는 거예요?"

"응."

"내가 여기 있는데 가겠다고요?"

"응. 어머니께 잘 먹었다고 전해드려. 음식은 네가 알아서 잘 처리하고."

"너무해요! 정말!"

리아가 폭발한 듯 자리에서 발딱 일어나 라준을 노려보았다. 부들부들 떨리는 주먹과 씩씩거리는 호흡으로 가늠하건대 리아의 성질을 꽤나 건드린 것이 틀림없었다. 사자의 코털을 건드려 놓았으니 그 다음은 포효하는 것이 당연한 수순.

"제발……."

그런데 리아의 어조는 의외로 애원조였다. 라준의 심장이 저도 모르게 뛰기 시작했다. 단 한 번도 본 적 없는 사자의 간절한 매달림을 보게 될 터였다.

"이거 다 못 먹어요. 우리 엄마 정성을 생각한다면 이렇게 가면 안 되는 거잖아요."

"그래서 넌 뭘 받기로 했는데? 내가 이걸 다 먹는 조건으로?"

"네?"

"난 그 표가 궁금해졌거든."

라준의 지적에 나름 순진무구한 표정을 한없이 짓고 있던 리아의 얼굴이 저도 모르게 활짝 펴졌다.

"와. 오빠 정말 똑똑해요. 난 말한 적도 없는데 단면만 보고 추리해 내다니."

라준의 얼굴은 외려 통 씹은 얼굴이 되었다. 날 바보로 본 건가, 여태?

"오빠! 명탐정 코난 같아요."

날 바보로 본 게 맞네. 코난은 미래에서 온 소년인데, 탐정이라니?

"하지만 아무리 오빠가 취재해도 난 말할 수 없어요."

"취재가 아니라 취조겠지."

"아무튼 그건 오빠들에 대한 배신이니까."

라준은 '오빠들'이라는 단어에 유독 밑줄 쫙, 별표 다섯 개가 쳐졌다.

오빠? 나 말고 오빠라고 부르는 사람들이 또 있었나? 아무리 생각해도 실마리가 풀리지 않자 라준은 리아에게서 홱 등을 돌렸다.

"안 돼요! 절대 가면 안 된다고요!"

네 의뭉한 목적을 위한 들러리로 날 세우려면 정직함이라는 대가를 치러야지. 안 그래, 구리아?

"가긴 어딜 가! 앉아!"

라준은 난데없는 호통 소리에 어안이 벙벙해졌다. 소리의 진원지를 알아차릴 겨를도 없이 라준은 빙그르르 360도 회전을 하고 조금 전까지 앉았던 자리에 도로 앉혀졌다.

"누구세요?"

리아가 무미건조하게 물었다. 라준은 이맛살을 와락 구기며 홱 고개를 돌렸다.

"난 남기준. 그리고 이쪽은 독고준."

까까머리의 기준이 리아에게 팔랑팔랑 손을 흔들고 있었다. 바로 그 옆에는 준이, 대한민국 군인의 체면을 남기준 혼자서 다 깎아먹고 있다는 듯한 표정으로 서 있었다.

"희한하네. 이름에 모두 '준' 자가 들어가요."

"영리한 소녀구나. 우리가 바로 네 오빠 이라준 상병의 전우들이란다. 음홧홧홧!"

기준은 윙크를 했다. 라준과 준은 못 볼 것을 본 것 같아 고개를 돌렸다.

"네가 라임이지?"

"아닌데요."

"아니라고? 방금 오빠라고 했잖아. 막냇동생 라임이가 분명 네 나이쯤이라고 들었는데. 지난주에 오빠들이 귀여운 라임이를 못 봐서 아주 슬펐단다. 정말 네가 라임이 아니니? 제발 라임이라고 말해줘. 대박 귀여운 라임이."

"전 대박 귀여운 라임이가 아니에요. 라임이 친구 구리아예요."

"구리아?"

기준은 눈을 똥그랗게 뜨고 준을 바라보다가 입을 볼록하게 만들더니 느닷없이 파안대소를 했다.

"와하하하! 이름 한번 구리구리하다!"

"뭐라고요? 구리구리?"

라준은 음산한 리아의 목소리를 놓치지 않았다. 필시 그 애는 15도 각도로 남기준을 쏘아보며 이글거리는 불화살을 발사하고 있을 터였다.

"라준아! 이 아이 누구야? 정말 재밌는 이름을 가졌다, 그지? 구리구리아."

"제 이름은 아저씨가 놀려먹으라고 우리 아버지께서 사흘밤낮 머리 싸매시고, 식음을 전폐하시면서까지 지어주신 게 아니랍니다."

"아, 아저씨?"

기준은 즉각 웃음을 멈췄다.

"내가 어딜 봐서 아저씨야?"

"군인 아저씨잖아요."

"그 아저씨는 그런 의미의 아저씨가 아니야!"

"내겐 그런 의미의 아저씨예요."

따박따박 말대꾸를 하는 리아에게 화가 날 법도 하건만, 기준은 무한한 인내심의 소유자답게 능청스럽게 생각하는 척했다. 왜 그러는지는 모르겠지만.

"그런가? 으흠, 네게는 그 아저씨란 말이지? 구리구리?"

"구리구리 아니라고 했잖아요! 한 번만 더 그렇게 부르면 우리 아빠에게 전화할 거예요."

리아는 자신만만하게 가로본능을 꺼내보였다.

"네가 전화하면 나도 우리 아버지께 할게. 네 전화기를 내게 빌려주면 말이야. 간만에 효도 한 번 해보자."

"보성그룹의 구도현 회장님이 만약 이 광경을 보시면 아저씨가 아무리 처절하게 반항해도 이 부대에 말뚝 박아 놓으실 건데, 무섭지 않나요?"

"보성그룹?"

기준은 호기심 어린 눈으로 리아를 위에서 아래로 관찰했다.

"네가 그 아이구나. 꽁꽁 숨어 있다던 보성그룹의 외동딸?"

"숨바꼭질을 좋아할 나이는 지났는데요."

"구리구리, 널 만나서 오빠는 너무 기뻐."

"댁은 아저씨지 오빠가 아닙니다."

"에구에구. 이렇게 깜찍하고 사납게 말도 잘하고."

"사납게?"

"응. 사나운 게 딱 우리 코코와 닮았어."

"코코라뇨?"

"우리 집 개."

"뭐, 뭐라고요?"

리아는 진심 화가 나 보였다. 그런데도 기준은 제 명을 재촉하고 있었다.

"그 예쁜 입술로 날 아저씨 말고 '오빠'라고 불러주지 않겠니? 구리구리?"

"미쳤어요? 아저씨는 영원한 아저씨예요."

"그렇다면 라준이도 아저씨라고 해줘. 우린 동갑내기 친구라고."

"싫어요. 라준 오빠는 라임이 오빠니까. 그 외는 아무에게도 오빠라고 부를 수 없어요."

"라준이 말고도 분명 조금 전에 오빠들이라고 부르는 존재들이 있었던 것 같은데. 우리도 네 오빠들 목록에 들어가면 안 되겠니?"

"아저씨들이요?"

리아는 식겁한 눈으로 기준과 준을 쳐다보았다.

"안 돼요! 어디서 지금 우리 동방신기 오빠들이랑 맞먹겠다는 거예요? 정말, 정말 꿈도 야무지십니다."

동방신기였군. 표와 가장 잘 어울리는 조합으로 봐서 라준의 추측은 100% 정확했다. 결국 짐승의 표였구만. 라준은 기분이 확 나빠졌다. 구리아는 라준을 면회 와서 그에게 음식을 다 먹이고 인증샷을 찍어간다는 조건으로 동방신기의 표를 구해달라고 떼를 쓴 것이 틀림없다.

요새 아주 핫하다는 그 다섯 명의 잘생긴 아이돌 그룹이 동방신기라는 것을 라준도 익히 들어 알고 있었다. 모름지기 군대에 있다 보면 관심 없던 걸그룹이 인생의 등불이 되기도 하고, 그 걸그룹 옆에 찌그러져 있는 같은 소속사 남자 아이돌 이름도 알게 된다.

"이 음식을 다 먹어주는데도?"

"정말요?"

"그래. 우리가 다 먹어줄게. 물론 이라준 녀석도 같이. 보아하니 아까부터 먹어달라고 라준이에게 사정하는 것 같던데."

"인증샷도 찍어줄 거죠?"

"당연하지. 우리들도 오빠라고 불러준다면."

"알았어요. 오빠라고 불러드릴게요."

"좋았어, 구리구리."

"난 구리구리가 아니라 리아라고요. 구리아!"

"그래, 그러니까 구리구리지. 넌 언제나 내게 구리구리일 거야."

"싫어요!"

"싫어? 그럼 무를까? 라준이도 가고 나도 가고 저기 덩치 좋은 준이 오빠도 가고 나면, 이 음식들은 누가 처치할까? 네 모친께서 밤을 하얗게 지새우며 싸준 귀한 이것들을, 너 혼자 어찌 처치하려고?"

리아는 치열하게 갈등하다 내키지 않지만 어쩔 수 없다는 듯 상하로 고갯짓을 했다. 남기준과의 거래가 명백하게 성사되는 순간이었다.

"널 구리구리로 부르는 건 아마 내가 최초이자 마지막이 될 거야. 난 그걸 바로 딱 직감했어. 이 세계에서 그런 것들은 바로 운명이라고 부른단다, 구리구리아. 후후."

남기준은 음흉하면서도 짓궂게 웃었다. 그 모습을 보고 있던 라준과 준은 도저히 막을 길 없는 기준의 산만함과 엉뚱함에 고개를 내저었다.

"자, 제군들. 여기 맛있는 음식을 어서 모조리 해치우세. 적의 습격을 가만히 앉아 보고만 있으면 어찌 대한민국 군인이라고 할 수 있는가! 어서 진격들 하세."

기준은 연극 톤으로 말하며 라준과 준을 독려했다. 기준이 그러거나 말거나 리아는 인증샷 찍기에 여념이 없었다. 리아는 과

묵한 준에게 닭다리 하나를 쥐어준 후, 이리저리 가로본능을 눌러댔다. 그러곤 떨떠름해하는 준에게 '우리 엄마가 아주 좋아하실 거예요'라고 멘트를 날린 후, 상큼한 미소를 지어보였다.

그 미소에 라준이 저도 모르게 미소 지었다.

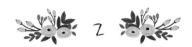

2

칠흑 같은 밤. 단 하나의 빛이 있다면 그것은 검은 하늘을 가르는 푸른 벽력이었다.

우르릉 쾅쾅, 예상한 천둥소리였지만 가슴이 덜컥 내려앉는 건 어쩔 수가 없다. 불안하고 무섭고 검은, 얼음 같은 밤이었다. 암흑의 한가운데서 피어난 꽃. 하얀 카라 다발이 품에 안겨졌다. 은은한 향기가 따뜻하게 느껴져 격렬하게 순환하던 혈류가 잠잠해지는 듯했다.

'다행이야.'

갑자기 하얀 카라의 꽃잎이 붉은 잎으로 물들었다. 진홍 빛깔을 띠더니 어느새 검붉은 색이 되어버렸다. 그 순간 우아하게 하늘거리던 꽃잎이 도톰한 입술로 변했다. 깜짝 놀라 다발을 내팽개쳤는데, 끈끈한 점액을 질질 흘리며 그 붉은 입술이 위와 아래를 거칠게 비비며 달려들었다.

하마같이 한껏 벌린 그것의 안에는 톱니 같은 이빨이 박혀 있었다. 잡히면 깊고 검은, 악취가 풍기는 입안에서 영원히 소멸하게 되리라.

싫어! 잡아 먹히기 싫단 말이야!

리아는 필사적으로 따라오는 붉은 입술을 있는 힘껏 물리쳤다. 입술이 긴 혀를 날름거리며 팔을 핥았을 때, 리아는 온 힘을 다해 소리 질렀다.

"아악! 헉헉."

리아는 침대에서 벌떡 몸을 일으켜 세웠다. 온몸은 땀으로 젖어 있었다. 서늘한 냉기가 하얀 피부를 찔러댔다. 난방이 안 되고 있는 모양이다. 그렇지 않다면 어떻게 이렇게 추울 수 있지? 아니 어떻게 그따위 악몽을 다시 꿀 수가 있는 거지?

따뜻한 우유 한 잔이 절실했던 리아는 어느새 주방의 냉장고 앞에 서 있었다. 리아는 우유를 전자레인지에 넣고 돌린 후, 허드슨 강이 보이는 거실로 나갔다.

화려했던 웨스트 뉴욕의 야경들이 점점이 잠든 시간. 어둠이 눈처럼 내리고 있는 새벽 4시에 리아는 좀처럼 잠을 이룰 수가 없었다. 리아는 두툼한 담요를 두른 채, 우유를 홀짝이며 거대한 유리창 앞에 서 있었다.

"기가 허해진 게 틀림없어. 이맘때쯤이면 어김없이 보약을 지어 먹었는데. 이곳에는 한 박사님 한의원 분점도 없고. 아니네.

보약을 지어줄 엄마가 없구나."

미국으로 유학을 떠나온 지도 햇수로 벌써 다섯 해가 다 되어 간다.

꽃다운 스무 살, 대한민국 제일의 학부 한국대 경영학과에 입학했지만 대학 생활은 채 6개월도 되지 않았다. 여름방학과 동시에 자퇴를 하고 뉴욕으로 건너와 그 이듬해에 컬럼비아대 경영학과에 합격했다. 한국대에 들어가기 위해 악착같이 공부하던 버릇이 남아 있어 미국 유수의 아이비리그 대학에 들어가는 건식은 죽 먹기보다는 약간 더 힘든 일이었지만, 어쨌든 리아는 해냈다.

리아는 유복한 집안 덕택에 맨해튼에서도 최고급 축에 들어가는 고급 아파트에서 생활할 수 있었다. 아침저녁으로 허드슨 강에 비친 보석 같은 햇빛을 감상할 수 있다는 것은 거의 축복에 가까웠다.

그러나 그것은 리아가 원하던 생활이 아니었다. 꿈을 위해 아메리카 땅을 밟은 유학생들의 치열한 삶을 직접 겪어보고 살아내고 싶었던 것이다. 스스로의 노력과 힘으로 뜨겁고 열정적인 유학 생활을 꽃 피우리라 다짐했건만, 무남독녀 외동딸의 안전을 그 무엇보다 주장한 아버지의 강한 뜻은 꺾을 수가 없었다.

리아가 맨해튼의 노른자 땅 위에서 거주한다는 사실은 과 친구들은 꿈에도 알지 못했다. 그들의 눈에 비친 리아는 아르바이트를 전전하며 생활비를 걱정하는 여느 한국인 유학생과 다를 바 없었다.

그녀는 부유한 부모를 가졌다는 것에 감사는 했지만, 더 이상 '어느 집안의 딸', '누구의 후계자'라는 특별한 시선을 유학 생활에서조차 감당하고 싶지 않았다. 지금 이곳에서 자신만의 인생을 살아내는 리아는 연기 열정이 가득한 평범한 학생일 뿐이었다.

리아는 컬럼비아대 경영학과에서 공부를 하다 호기심으로 연기영화 클럽에 가입했다. 어릴 적부터 TV에 나오는 배우들을 따라하면서 놀았던 경험이 있는지라, 막막한 유학 생활의 활력소가 되리라는 기대로 시작했는데, 이게 웬걸? 리아는 뉴욕에서 진정한 자신의 꿈을 발견하게 되었다.

3년여 간의 경영학 공부를 찰나의 주저함 없이 중단하고 리아는 연기영화를 배울 만한 곳을 찾았다. 리아는 LA로 날아가서 연기에 관한 학위 과정을 공부할까 하다가 마음을 고쳐먹었다. 한국에 계신 부모님은 그녀가 무슨 짓을 저지르고 있는지 알지 못하신다. 만약 뉴욕의 방을 빼서 할리우드로 날아간 것을 아신다면 아마 그날로 당장 한국으로 불러들이실 것이다.

리아는 아주 치밀하게 경영학 공부를 하고 있는 척하며 부모님을 속이는 데 발군의 연기 실력을 유감없이 발휘했다. 연기를 위한 그 다음 차선책은 바로 뉴욕 필름 아카데미에 등록한 것이었다.

그녀는 국내 유명한 영화인들이 거쳐간 그곳에서 연기 및 영화 연출에 관한 전문 과정을 밟게 되었다. 이제 겨우 1년 남짓 배운 새로운 학문은 리아를 더욱 감질나게 했다. 더 많이 더 열심히 배우고 싶었다. 그 누구보다 더!

두 번 다시 느껴보지 못할 것이라고 좌절한 열정이 가출 생활을 청산하고 드디어 집으로 돌아온 이때에……

"왜 또 꿔버린 거야? 지랄 맞은 꿈."

아빠가 들었다면 하늘이 노래질 만큼의 충격적인 단어였지만 리아는 신경 쓰지 않았다. 얼마나 발음하기 쉽고 굴리면 불어같이 느껴지면서 그 의미는 충분히 전달되는 육두문자란 말인가? 특히 악몽을 꾸고 났을 때는 입에 찰떡같이 붙었다.

찐득한 붉은 입술이 나오는 꿈은 연기를 공부하면서부터는 잘 꾸지 않았던 것이었다.

"아르바이트를 줄여야겠어. 몸이 힘들다는 증거야."

리아는 매일 저녁 중국인이 운영하는 프렌치 레스토랑에서 웨이트리스로 알바를 하고, 일주일에 세 번 한인 마트에서 캐쉬어를 했다. 그리고 간혹 주말에는 접시닦이로 주방 보조 일을 나갔다. 공부와 일을 병행하는 고된 일상이 쉴 새 없이 반복되다 보니, 강철 체력이라고 자부하던 몸이 탈이 난 것이 틀림없었다.

붉은 입술.

리아는 소름이 돋는 듯 짧게 머리를 흔들었다. 생각하지 말아야 했다. 그 기억에 매몰되어서 다음 날을 우울하게 시작하고 싶지는 않았다. 리아는 서둘러 침실로 가 불을 켜고 안경을 찾아냈다. 브라운 뿔테 안경을 쓰자마자 평소의 용감한 자신으로 돌아오는 듯했다.

어차피 다시 자기는 글렀으니 다음 주 과제 제출을 위해 세익스피어의 희곡을 몽땅 읽어내고 비평까지 쓰고 말겠다고 의지를 다지던 리아는 눈을 질끈 감으며 소리 질렀다.

"어떡해!"

악몽이 되살아나기 시작한 것이다. 고이 간직한 연분홍빛 첫사랑이 저주받을 꿈으로 돌아온 그 무참한 기억.

구리아. 20세.

리아는 자신이 라준을 좋아하는 것이 틀림없다는 결론에 도달했다. 게다가 라준이 그녀의 첫사랑이라는 것도 인정하기에 이르렀다. 오랜 약혼 기간 동안 그녀는 이라준에게 넘어가지 않으려고 무의식적으로 얼마나 애를 썼는지 모른다.

그런데 수능이 끝난 어느 날, 리아는 '왜 약혼자인 이라준을 거부해야 하나?'라는 명제를 두고 심히 고민하기 시작했다.

리아는 꼬꼬마 어린 시절에 처음으로 이라준을 만났다. 언제나 못마땅한 얼굴로 삐딱한 웃음을 머금고 있는 라준이 제일 싫었던 이유는, 그가 항상 리아의 기대를 무참히 깨버리는 행동을 했기 때문이었다.

이라준은 좌로 가라 하면 우로 가고, 먹으라 하면 안 먹겠다고 버티고, 이리로 가자 하면 저리로 가는 청개구리 중에서도 상청개구리의 화신이었다. 한마디로 그는 리아의 말을 도통 들어 처먹지 않는 존재였다.

그런 라준이 초등학교 1학년 때 리아를 위기에서 구해주는 일생일대의 큰 사건이 일어났다. 아마 그때부터 이라준이 슬며시 리아의 뇌리에 박혀 언뜻언뜻 생각이 나기 시작한 듯하다.

그리고 라준이 아시안게임 마장마술에서 고등학생 신분으로 값진 은메달을 따냈을 때, 리아도 더 이상 그를 무시만은 할 수 없겠다고 생각했다. 비록 열 살밖에 먹지 않은 초딩 소녀들 사이에서도 라준은 최고의 인기를 구가했기 때문이었다. 우월한 기럭지와 압도적인 잘생김으로 순식간에 대한민국 소녀들의 이상형으로 등극해 버린 남자. 그런 이라준을 반 친구들 앞에서 까기란 도저히 불가능했다. 물론 단 한 사람, 리아의 유별난 죽마고우인 이라임 앞에서는 전혀 거리낌이 없었지만.

아무리 이라준이 날로 멋있어진다 해도, 그의 대학 입학식 날 보았던 슈트 차림을 매일매일 본다고 해도, 리아는 라준을 그녀의 인생으로 편입시킬 수 없었다.

그러나 안타깝게도 이라준은 리아의 약혼자였다. 한창 동방신기 팬클럽 운영진들과 오빠들과의 팬 미팅 준비를 논의하던 그 무렵, 청천벽력이 날아들었다. 라준이 약혼을 한다는 것이다. 그것도 자신과…….

너무나 화가 나고 놀라서 리아는 생애 처음으로 가출이라는 것도 시도해 보았지만, 아버지의 완벽한 정보력 앞에 은신처가 들통 나, 결국 집으로 잡혀올 수밖에 없었다.

아직까지도 리아는 약혼식 날의 이라준의 얼굴을 잊을 수가 없다. 군대까지 갔다 온 이십대의 남자가 앞길이 구만리나 되는 십대 소녀와 약혼한다는데, 그 얼굴에서는 아무것도 느껴지지 않았기 때문이다.

'땡 잡았다'라는 감사 눈빛은 고사하고, 이라준은 차가운 가면을 쓴 듯 몸에 밴 정중함으로 예의 바르게 약혼식을 끝냈을 뿐이다. 리아는 생전 처음으로 이라준 앞에서 그녀의 존재가 먼지와 같이 하찮은 것임을 실감하였다.

그날의 라준은 평소와 아주 많이 달랐다. 시시껄렁한 리아의 막무가내 도발에도 응수하지 않고, 같은 표정, 같은 눈빛만 쏘아줄 뿐이었다. 그놈의 얼음 가면은 녹지도 않는지 리아의 말대꾸에 지쳐 작은 미소라도 지어줄 법도 하건만, 그는 내내 냉담하기만 했다.

아이러니한 것은 리아는 그때처럼 라준이 매혹적으로 보인 적도 없었다는 것이다. 웃음을 짓지 않는 라준 앞에서 심장이 두근 반 세근 반 뛰다가 느닷없이 졸아들었을 때의 그 간지럽고 찌르르한 불쾌한 느낌이란!

아마 그 순간부터였을 것이다. 리아에게 이라준을 향한 예민한 안테나가 세워진 것은……. 리아는 관심 없던 공부를 열심히 했고, 라준이 수석으로 졸업한 한국대 경영학과를 차석으로 들어가는 영예를 안았다.

그리고 성년의 날을 한 달 앞둔 어느 날. 약혼자 라준은 1년간의 짧은 영국 유학을 마치고 귀국했다. 그 소식을 라임은 제비처럼 빠르게 리아에게 전했다.

"오빠가 이번 성년의 날에 네게 청혼했으면 좋겠어."

"이라임. 나 이제 겨우 1학년이야!"

"알아. 넌 결혼하라는 말이 별로겠지만 난 네가 빨리 우리 오빠랑 결혼했으면 좋겠어. 그래야지 너와 나, 한 집에서 살지. 헤헤."

"우리 만날 만나잖아."

"그래도! 밤낮으로 너와 함께하고 싶단 말이야."

"뭘 하고 싶은데?"

리아의 놀림조에 라임이 천연덕스럽게 응수했다.

"무엇을 상상하든 그 이상! 우리의 수다는 날이 새어도 끊어지지 않을 거야."

"그렇지. 흐흐. 우리 밤새며 이야기하자."

"오빠들 이야기도 하고."

"내가 알고 있는 오빠 맞지?"

"으…… 응."

"바람피우지 마라, 이라임."

"어쩔 수가 없어. 오빠들보다 훨씬 멋진 아이돌이 계속 나오고 있단 말이야."

"그래도 우리 오빠들은 배신하면 안 돼!"

"그렇지? 그래야 되는데, 난 막 눈이 돌아가! 진정한 빠순이의 피는 내 몸 속에 흐르지 않나 봐. 흐흑."

라임의 차진 농담에 리아는 깔깔거리며 웃고 말았다. 오랜 시간 동안 온전한 마음을 내맡길 수 있는 친구가 바로 라임이었다. 동방신기 숙소 앞에서 함께 죽칠 수 있었던 것도 라임이가 있었기에 가능했다.

"근데 있잖아."

"응?"

라임의 주저하는 모습이 눈에 들어오자 리아는 라임의 옆구리를 콕콕 찔렀다.

"빨리 말해. 우리 사이에 비밀은 없는 거야. 얼른!"

"네가 빨리 결혼해야 할 이유가 생긴 것 같아."

"이유가 생긴 것 같다니?"

"놀라지 말고 들어."

라임이 뜸을 확실히 뜨고 있는 모양이면 꽤나 심각한 사안일 것이다.

"아무리 너와 우리 오빠가 정략이긴 하지만, 약혼은 엄연한 집 안끼리의 약속이니까. 아, 물론 네가 감정적으로 우리 오빠와 얽 히지 않은 것은 정말 다행이야. 특별한 날엔 어김없이 카라 꽃과 성의 없는 목걸이를 보내는 걸 보면, 아무리 우리 오빠지만 좋아 할 수가 없어. 네가 우리 오빠에게 아무 감정이 안 생긴 건 네 잘 못이 아니라 전적으로 우리 오빠 탓이지."

리아는 그녀의 솔직한 마음을 라임에게 고백하지 못했다. 왠 지 부끄러웠기 때문이다.

리아가 말한 라준의 선물 품목은 항상 같았다. 생일이나 크리 스마스 때 어김없이 라준이 보내준 선물. 싱싱한 카라 꽃다발과 목걸이. 약혼 후 4년간 리아가 받은 목걸이는 벌써 8개였다. 그 런 선물을 보고 라임은 친오빠임에도 불구하고 센스 없다고 라 준의 흉을 보았다.

하지만 리아로서는 라준의 선물이 싫지만은 않았다. 약혼하기 전까지 받은 선물은 어른이 아이에게 줄 법한 그런 물건들이었지만, 약혼 후 라준의 선물 목록은 꽃과 목걸이로 180도로 바뀌었기 때문이다. 그 선물들은 리아를 여자라고 느끼게 해주었던 것이다.

"이라임, 이제 말해도 돼. 정신줄 단단히 잡고 있으니까."

"네 자존심을 잘 아니까 내가 입이 차마 안 떨어져."

"괜찮다니까."

"좋아. 말할게. 양 비서가 그러는데……."

양 비서는 라준의 비서로 라임의 끄나풀이었다. 그녀가 라준의 일거수일투족을 라임에게 보고하면 라임은 리아에게 그 내용을 남김없이 일러바쳤다. 그것이 마치 미래의 올케에 대한 시누이의 임무라도 되는 듯, 라임은 양 비서를 확실하게 자기 사람으로 만들었다.

"아무래도 오빠에게 다른 여자가 생긴 것 같대."

그 말을 듣는 순간 리아는 눈앞이 캄캄해졌다. 어떻게 숨을 쉬는지 모를 만큼 바짝 긴장한 채 라임의 입술을 뚫어지게 응시했다. 이런 리아의 변화를 감지하지 못한 라임은 심각하게 입을 열었다.

"양 비서 말로는 영국에서 만난 게 틀림없대. 경영전략 본부장으로 첫 출근하는 날, 그 여자가 화환도 보냈다나 봐. 그 화환에 뭐라고 씌어 있었냐면……."

라임은 리아의 귓가에 조심스럽게 속삭였다.

"'우리의 약속 잊지 말아요'라는 거야."

리아의 심장이 메두사의 눈을 본 것처럼 쫙 굳었다.

"처음엔 양 비서도 심각하게 생각하지 않았나 봐. 근데 우리 오빠에게 자꾸 의문의 전화가 걸려오더라는 거야. 어떨 땐 점심도 잊고 핸드폰 통화를 하고 있는데. 놀라지 마! 우리 오빠가 웃고 있었대. 것도 혼자서! 사무실 밖으로 들리는 웃음소리에 양 비서가 소름이 쫙 일었대."

라임은 양 비서가 느낀 감정을 고스란히 제 몸으로 표현하듯 부르르 떨었다.

"너도 잘 알잖아. 우리 오빠 잘 안 웃는 거. 물론 어른들 앞에서는 웃음을 달고 살지만, 그건 모두 가식이라는 거! 바른 생활 모범맨 이미지 잃지 않으려고 우리 오빠 엄청 노력하잖아. 실상은 못돼 처먹은 얼음마왕인 주제에."

라임은 리아와 자신만이 알고 있는 별명까지 들먹였다. 겉으로는 여동생들을 잘 돌보는, 백마 탄 기사 같은 오빠 이미지를 라임은 연출된 것이라고 유치원 시절부터 외쳐댔다. 시크한 라준이 라임과 그녀의 언니 라빈의 엄마, 즉 라준의 새엄마에게 여전히 마음의 문을 열지 않고 있다고 말해준 사람도 라임이었다.

라임은 그녀의 엄마를 무시하는 듯한 라준을 한때 극렬히 미워한 적이 있었지만, 엄마가 라준을 사랑한다는 것을 깨닫고 증오를 철회하기도 했었다.

무엇보다 특별히 라준이 그들 모녀들에게 별다른 악감정을 표현하지 않았기 때문이기도 하다. 가끔 무심한 눈으로 쳐다보는 것과 어려운 상황에서(라임이 중학교 때 성적표를 조작했다가 부모님에게 들켰던 상황) 절대 도와주지 않는 못된 것만 빼면 그럭저럭 데리고 살 만한 오빠라고 라임은 입버릇처럼 말했다.

"그리고 지난 금요일엔 압구정 프렌치 레스토랑을 예약해 놓으라고 했대. 거기 알지? 주로 남자들이 여자들을 감동시키기 위해 데려간다는 '작은 프랑스' 말이야. 거기 예약하려면 일주일은 더 기다려야 되는데, 우리 오빠 사현그룹 본부장이라는 직책까지 들먹여서 그 레스토랑 예약 자리 얻어냈대. 그것도 성년의 날에. 이게 말이 돼? 천하의 얼음마왕이 왜 그런 짓을 하겠어? 여자가 아니라면 그 마왕이 그럴 리 없지. 딱 촉이 왔어. 여자야! 양 비서와 나, 우린 그렇게 결론 냈어."

더 이상 라임의 말을 듣고 싶지 않았다.

"리아야, 구리아?"

아무 반응이 없는 리아를 라임이 눈앞에서 손을 휘휘 내저었다.

"왜 그래? 놀랐어?"

"조금."

"그렇지, 너도 놀랐지?"

"라준 오빠. 여자에게 관심 없다고 생각했어. 한 번도 이런 적 없었잖아?"

"그렇지. 여자에겐 관심이라곤 쥐똥만큼도 없는 돌부처라고 믿었지. 근데 그게 아니었어. 이라준도 결국 보통 남자였던 거야. 괜히 유학 보냈어. 영국에서 그 불여우에게 넘어간 것이 틀림없어."

이라준에게 다른 여자라니? 믿어지지 않았다. 우리 같은 세계의 사람들은 결혼도 함부로 할 수가 없는 부류들이었다. 집안과 집안의 결합 혹은 회사와 회사와의 결합이었으니까. 그 사이에서 사랑이라는 나무가 자란다면 감사한 것이고, 그렇지 못하다면 의무와 책임으로 살아내는 것이다. 그래서 어쩌면 라준도 자신과 같은 생각을 할 것이라고 여겼다. 어린 시절의 약혼이었고 어차피 결혼할 사람이 정해져 있었으니까, 사랑은 아니라도 엄숙한 맹세를 한 후라면 다른 사람은 돌아보지 않을 것이라고.

근데 그것은 오직 리아만의 완벽한 착각임에 틀림없었다. 라준은 결혼할 사람이 있어도 다른 여자를 사랑할 수 있는 그런 남자인 모양이었다. 하긴 약혼할 때 라준은 소년이 아니라 어른이었으니까. 그런 식으로 집안 때문에 인생이 결정되는 게 못마땅할 수도 있으리라.

그래도 아닌 건 아니었다. 결혼 후 사랑하는 여자를 못 잊어서 괴로워하는 남자라면 리아 쪽에서 사양이었다. 차라리 사랑을 느끼지 못한다면 용서가 되겠지만, 사랑하는 여자를 마음에 품고 결혼을 한다는 것은 남자로서 정말 비겁하다.

"자존심 많이 상해?"

"약간."

"그래서 말이지, 내가 사람을 붙여놨어."

"뭐?"

"그 불여우가 누군지 알아야 될 거 아냐? 알아내서 우리 오빠에게서 떨어지라고 말해야지. 봉투도 두둑하게 준비해 놨어. 나

막장 드라마 찍을라고."

"왜?"

"그야 우리 오빠에겐 결혼할 사람이 있으니까 그렇지! 바로 너!"

"만약 그 여자도 오빠를 사랑한다고 하고, 라준 오빠도 못 헤어지겠다고 하면?"

"너! 혹시 우리 오빠 내연녀를 인정할 셈이야? 아무리 남편에게 감정이 없다고 해도 다른 여자와 함께 있는 꼴은 볼 수 없잖아!"

"그건 아냐."

"그면!"

"라준 오빠가 만약 용기 있게 그 여자를 선택한다면 인정할 거야."

"뭘?"

"라준 오빠의 신부는 마땅히 그 여자라는 것을."

"뭐? 구리아! 제정신이야? 나보고 얼굴도 모르는 여자를 올케로 맞으라고! 난 너 아니면 싫단 말이야! 난 너와 한 가족이 되고 싶어. 무슨 일이 있어도 넌 우리 오빠와 결혼해야 돼!"

리아는 라임의 억지에 쓴웃음을 지었다.

"라임아. 알잖아, 나 자존심 센 거."

"알지! 그래서 이렇게 매달리는 거잖아."

"만약 오빠에게 다른 여자가 생겼다면 어쩔 수 없는 거야. 난 그런 결혼, 할 수 없어."

"안 돼! 리아야! 난 널 포기할 수 없어! 으아아앙! 너 말고는 다른 사람은 올케로 생각도 해본 적이 없단 말이야. 제발!"

리아는 라임의 눈물이 난감했다.

"이라준 정말 미워! 너와 약혼해서 그나마 예쁘게 봐주고 있었는데, 어떻게 일을 이 지경으로 만들어? 날 나락으로 밀어 넣은 나쁜 놈!"

정작 울고 싶은 것은 리아였다. 이라준이 떨어뜨린 핵폭탄에 가슴이 찢어졌다. 겨우 기운을 모으고 있는데, 라임이 수선을 떠니 어찌해야 할지 몰랐다. 라준이 다른 여자를 사랑한다? 한 번도 가정하지 못한 전제에 리아는 마음이 무거워졌다.

라임은 리아에게 계속 애원했고, 리아는 라임을 달래기 위해 어쩔 수 없이 라임의 계획에 딱 한 번 동조하기로 약속했다. 라준을 미행해 진짜 그 여자가 라준의 사랑이 맞는지, 아닌지를 알아보기로 한 것이다.

'핫하게 아니면 쿨하게'라는 신조로 살아온 리아에게 라임의 계획은 스타일 구기는 행동이었지만, 오랜 친구를 위해서, 그리고 그녀 자신을 위해서, 단 한 번 인생의 모토를 모른 척하기로 결심했다.

성년의 날.

리아는 하얀 카라 꽃다발과 검은 케이스를 노려보았다. 작은 카드에는 '성인이 된 걸 축하해, 이라준'이라고만 적혀 있었다. 라준의 선물을 설레며 기다렸던 예년과 달리 이제는 라준의 선물에서 그의 의무감만이 느껴지는 듯해 짜증스러웠다. 여자로 대해 준다는 것도 오직 그녀만의 착각임에 틀림없었다.

며칠 전 라임의 말을 듣던 그 순간부터 시작된 지옥. 리아는 그날 밤을 뜬 눈으로 새우고 결코 의심할 수 없는 진실 두 가지를 깨달았다.

리아가 라준을 좋아한다고 생각한 것은 지독한 오산이었다. 리아는 라준을 사랑했다. 그것도 아주 열렬한 첫사랑이다.

또 다른 진실 한 가지는 라준이 리아를 사랑하지 않는다는 사실이었다. 아니 사랑은 고사하고 여자로도 여기지 않는 것이 분명했다. 그 사실에 더 찢어질 것 없던 가슴이 너덜너덜해지더니 결국 공중분해되었다.

그 다음 날부터 리아는 자신이 무생물처럼 느껴졌다. 그리고 오늘. 선물처럼 항상 변할 것 같지 않은 라준이 변해서일까. 반갑기만 하던 선물이 전혀 반갑지 않았다.

하지만 리아는 실낱같은 희망을 품고 케이스를 향해 손을 뻗었다. 제발 사파이어는 아닐 거야! 그렇지? 오늘은 성년의 날이잖아. 성년의 날의 선물은 장미, 향수 그리고 키스니까.

라준의 비밀을 알지 못했다면 사파이어 목걸이도 환영했을 것이다. 1월부터 8월까지의 탄생석 목걸이를 받았으니 다음이 사파이어 목걸이가 되리라는 것은 당연했다. 일 년 열두 달의 탄생석을 그녀의 목에 걸어주겠다는 라준 식의 마음 표현이라고 지레 짐작했었으니까.

그러나 지금은 모든 상황이 변했다. 리아라는 귀찮은 존재에 대해 생각할 시간도 아깝다는 듯이 일 년 열두 달의 탄생석 목걸이를 의미 없이 차례로 보낸 것이라면 결론은 달라진다. 리아의 눈에 물기가 고였다.

부인할 수 없는 현실. 라준에겐 다른 여자가 있고, 오늘 리아는 라임과 함께 양 비서가 알려준 장소까지 그를 미행할 터였다. 사파이어가 아니라면 그나마 한 가닥 남아 있는 희망을 위안으로 삼고 라준에게 다른 여자가 있다는 것을 눈감아주리라 마음먹었다. 모든 것을 걸 정도로 사랑하고 결혼할 여자가 아니라면 상관없다고 리아는 생각했다.

리아는 검은 벨벳의 케이스를 열었다. 그녀의 눈동자가 슬픔으로 얼룩졌다.

블루사파이어가 영롱하게 이채를 발했다.

리아는 울컥 치미는 눈물을 어쩌지 못했다. 진리, 불변이라는 의미를 가진 사파이어가 거짓이라는 단도가 되어 그녀를 찔렀다. 단지 어른들의 강요로 시작된 약혼을 제외하고는 라준은 어느 것 하나 그녀에게 약속해 준 것이 없는데. 어째서 이렇게 마음이 아픈 것일까? 이런 게 사랑일까? 바보같이 그저 그런 정략의 약혼일 뿐이었는데, 나는 왜 라준이 사랑 때문에 변하지 않을 것이라고 믿었을까?

리아는 하염없이 눈물을 흘리며 자신의 어리석음을 탓했다. 라준이 변해도 그것은 그의 잘못이 아니었다. 어린아이같이 순진하게 세상을 바라본 그녀의 잘못일 뿐.

정말 몰랐다. 라준을 이토록 사랑하게 되었는지를……

♥

"결국 날을 꼴딱 새고 말았어."

리아는 허드슨 강 표면에 잘게 부서지는 아침 햇살을 바라보며 절망적으로 중얼거렸다. 끔찍한 첫사랑의 기억 때문에 꿀잠을 망쳐 버리다니. 세익스피어 희곡의 활자는 왜 이렇게 눈에 들어오지 않던지. 성년의 날에 시작된 악몽은 역시 절대 강자의 면모를 보이고 있었다. 붉은 입술과 함께 찾아오는 그 꿈은 리아의 시간을 송두리째 짓밟아 버린다.

5년 전 성년의 날, 리아는 라임과 함께 라준의 뒤를 조심스럽게 쫓아갔었다. 남편의 불륜 현장을 잡겠다는 여자처럼 라임은 흥분해 있었고, 리아는 그와는 반대로 싸늘하게 식어 있었다. 어떤 결과에도 흔들리거나 약한 모습을 그 누구에게도 보이고 싶지 않았다.

그런데 라준이 도착한 곳은 의외의 장소였다. 대학로에 있는 작은 소극장. 공연 간판이 내걸리지 않은 어두운 극장에 라준은 왜 홀로 들어갔던 것일까. 그 이유는 곧 리아와 라임의 눈앞에 펼쳐졌다.

어둠, 작은 무대, 그리고 그 작은 여자!

리아와 라임이 본 것은 무대 한 가운데서 열정적으로 연기를 하고 있는 한 여자였다. 연습하는 사람들 중에서 그녀만이 유독 눈에 띄었다. 그녀는 주위의 어둠을 모조리 빨아들일 것 같은 카리스마로 무대를 장악하고 있었다. 그런 그녀의 눈이 향한 곳은 어둠 한가운데에 앉아 있던 라준이었다. 그녀는 어둠 속에서도 라준을 알아보았는지, 그가 소극장에 모습을 드러낸 그 순간부터 라준에게서 시선을 떼지 못했다.

그녀 주위에 피어오르는 생기, 따뜻함, 사랑스러움. 작고 예쁜 여자는 특유의 허스키 보이스로 애정이 가득 담긴 세레나데를 불렀다. 그 노래가 라준을 향해 있다는 것을 리아는 직감적으로 알아차렸다. 그때의 절망적인 느낌이란!

그러나 그 느낌은 빙산의 일각에 불과했다. 곧 절대 헤어 나올 수 없는 찐득한 붉은 입술의 악몽이 시작되었기 때문이다.

무대의 스포트라이트가 어느 한편을 비추자 조용히 무대를 바라보던 라준이 보였다. 그 여자가 영롱하게 노래를 부르며 라준의 앞으로 다가왔고 라준은 자리에서 일어났다. 라준의 한쪽 눈썹이 꿈틀거린다고 생각되는 그 순간, 여자는 라준에게 키스했다. 리아는 그때 보았던 그녀의 붉은 입술을 잊을 수가 없었다. 그 찐득한 입술이 라준을 게걸스럽게 잡아먹었다.

리아의 가슴이 '쿵' 하고 바닥으로 떨어졌을 때, 라임의 '꺄악' 하는 비명 소리가 어두운 극장 안에 울려 퍼졌다. 그 소리에 극장의 실내는 환하게 불을 밝혔고, 붉은 입술은 화들짝 놀라 라준에게서 떨어졌으며, 무대 위 사람들의 이목이 그들에게로 쏠렸다. 리아와 라임, 라준과 그 빨강 립스틱을 바른 여자에게로…….

리아는 아직도 그때의 라준의 눈을 잊을 수가 없었다. 비명의 진원지인 그녀들을 발견했을 때 라준의 눈이란! 보지 않았으면 말을 하지 말아야 할 터!

마치 모르는 사람을 보는 것처럼 바라보던 눈. 그리고 그 눈에 어린 경멸의 빛.

정말 치욕적인 순간이었다. 리아는 몸을 홱 돌려 그 자리를 빠져나와 택시를 탔고, 라임은 그 자리에 우두커니 서 있었다.

며칠 후, 라임은 그날의 소동에 대해 오빠에게 사과했다고 문자로 알려왔다. 하지만 리아는 아무런 답장을 하지 않았다.

라준은 리아가 유학을 결심하고 준비가 끝날 때까지 아무런 연락이 없었다. 평소에도 연락을 잘 하지 않았지만 리아는 적어도 그녀를 약혼녀라고 생각한다면, 라준이 한 번쯤은 만나자고 할 것이라 생각했다. 하지만 그 기대는 무참히 깨어졌다.

자퇴를 한 리아는 미국으로 떠나기 전 공항에서 라임만 만났을 뿐이다. 그리고 배웅을 나온 라임은 공항에서 그저 리아를 붙잡고 엉엉 울기만 했다.

백마흔 둘, 백마흔 셋. 백마흔 넷.

"구리아. 또 땅만 보며 걷는 거야?"

"재영 오빠!"

"며칠 전에 그렇게 걷다가 지하철에서 큰일 날 뻔했다면서?"

"그땐 많이 피곤했나 봐요."

"뉴욕 지하철에서 방심하다가 큰일 나. 조심해야 돼."

"네. 조심할게요."

리아가 환하게 웃었다.

사흘 전 리아는 일을 마치고 돌아오는 길에 지하철에서 큰 사고를 당할 뻔한 적이 있었다. 전날 지적받은 발성을 밤이 새도록 연습하느라 피곤이 쌓여 있었다. 아카데미의 빡빡한 수업 후, 레스토랑의 일을 마칠 때 즈음에는 눈꺼풀이 천근만근이었다. 지하철이 막 선로에 들어올 즈음 저도 모르게 졸음으로 몸이 휘청거렸다.

　순간 굉음이 들렸고, 동시에 리아의 몸은 누군가의 품에 꼭 안겨져 있었다. 불과 1초도 되지 않아 일어난 일이라 리아는 어안이 벙벙한 채 그저 '쏘리'와 '땡큐'를 연발했고, 생명의 은인은 '노 프라브럼'이라고 말하고 사라졌다.

　잠시 후 정신을 차린 리아는 뉴요커의 얼굴도 보지 못하고 제대로 된 감사와 사례도 하지 못했다는 걸 깨달았다. 그저 블랙 바바리를 입은 남자였다는 것만 빼면, 그가 흑인인지 백인인지, 같은 아시아인인지 구별할 만큼의 정신도 없었다. 그때부터인 것 같다. 악몽의 전조가 시작된 것이……

　리아는 작게 한숨을 토해냈다.

　"무슨 걱정 있어? 오피스텔 렌트비 때문에?"

　"아뇨. 이번 달도 잘 해결됐어요."

　"근데 안색이 너무 안 좋아. 피곤해 보여."

　"어제 잠을 잘 못 자서 그래요."

　"요즘 자주 그러네. 어제는 왜 못 잤어?"

　"끔찍한 꿈을 꿨어요."

　"꿈? 어떤?"

"엉거 교수님 앞에서 연기 평가를 받는데, 영어가 아니라 한국어가 술술 나와서 낙제를 하고 말았어요."

사실을 말하고 싶지 않아 리아는 대충 둘러댔다.

"헉. 정말 공포스러워겠다. 엉거 교수님, 한국어 배우고 싶어서 완전 안달 나셨는데, 그 앞에서 자랑질을 했으니."

"내 말이요."

리아는 힘없는 미소를 지었다.

상냥하고 친절한 재영은 뉴욕 필름 아카데미에서 연기 과정을 함께 공부하고 있는 한국인 유학생이었다. 리아보다 1년 먼저 와서 지금은 석사 과정을 밟고 있었다. 지방에서 공대를 다니다 문득 연기가 하고 싶더란다. 부모님을 설득해 밟은 땅이 뉴욕. 연기학 교수님의 칭찬을 한 몸에 차지할 만큼 재영은 우수한 재원이었다.

유니온스퀘어 뉴욕 필름 아카데미에 처음 도착했을 때, 마침 안내 데스크에 앉아 있던 사람이 바로 재영이었다. 영어로 물었는데 '혹시 한국분이세요?'라는 대답이 돌아왔다. 타국에서 고국인을 만나면 그 사람들은 모두가 가족이 된다고 했다. 재영이 바로 그랬다. 그는 친절하게 리아에게 자신의 입학 과정을 설명해 주었고, 입학상담직원에게까지 연결해 주었다.

아카데미 입학 후 재영과 리아는 친한 사이가 되었다. 뉴욕에서 3년째 유학하고 있다는 재영은 부모님의 부담을 덜어드리고자 많은 아르바이트를 했다. 리아가 일하고 있는 프렌치 레스토랑을 소개해 준 이도 그였다. 그의 중국인 여자 친구의 부모님이 운영하는 곳이 바로 그 식당이었다.

"오늘은 그냥 쉬어. 캐시에게 네가 못 간다고 말해놓을게."

"안 돼요. 함부로 약속을 어길 수는 없어요."

"아프잖아."

"아픈 게 아니라 단지 피곤할 뿐이에요."

"그게 그거지. 피곤이 쌓이면 몸이 못 견뎌. 그럼 병 생기는 거고. 오늘은 쉬어. 내가 대신 갈 테니까. 아마 캐시도 좋아할걸? 뽕도 따고 님도 볼 테니까."

"재영 오빠. 그러지 않아도 돼요."

"자꾸 이렇게 사양하는 거 보니까, 아무래도 팁 때문인 것 같은데?"

"네?"

"짭짤한 네 수입원."

"나 들킨 건가요?"

리아는 재영의 농담에 응수하며 웃었다. 아무래도 오늘은 도저히 피곤해서 쉬어야 할 것만 같았다.

"어제 횡재해서 하루 정도는 마음 놓고 쉬어도 되잖아."

"캐시가 말해줬구나!"

"당연하지. 우리 어젯밤에도 세 시간이나 통화했다고. 캐시도 식당 개업 이래로 1,000달러를 팁으로 받은 웨이트리스는 네가 처음이라고 하던데?"

"그 손님이 실수로 잘못 주고 간 걸 거예요."

"무슨 소리야. 티슈에 '유얼스'라고 적혀 있었다며. 그러니까 그

팁은 공식적으로 네 거야."

"알았어요. 알았어. 코스트코에서 피자 쏠게요."

"정말?"

"너무하네. 내가 한 번도 쏜 적 없다는 듯이 말하고 있잖아. 오빠의 허니도 불러요. 같이 막 쏴줄게요. 우리 주말에 라커웨이 비치에서 배 한번 터져 봅시다."

"아르바이트 안 가고?"

"오빠가 대신 아르바이트 뛰는데, 주말에는 쉬어야죠."

"오케이!"

리아와 재영의 바쁜 하루가 또다시 시작되었다.

점심을 튜나 샌드위치와 사과 하나로 때우고 있는데, 핸드폰이 요란하게 울렸다. 리아는 발신 번호를 확인하고 저도 모르게 미소 지었다. 리아의 소울메이트 이라임이었다.

"잘 지냈어?"

[아니. 당연히 못 지냈지.]

"왜?"

[네가 없는데 내가 잘 지내면 그게 사람이니? 짐승이지.]

"그럼, 난 짐승이겠네.

[구리아! 지금 나 약 올리는 거니?]

라임이 발끈하자 리아는 유쾌해졌다.

"오늘은 뭐가 문제야?"

[헉. 기민한 것.]

"내가 또 눈치 빼면 시체잖아."

[나 일 그만두고 뉴욕 갈까? 아무래도 파슨스는 졸업해야 할 것 같아.]

"더 이상 누구로부터 평가받기 싫다며? 진정한 디자이너는 전문가가 아니라 대중들의 평가로 만들어지는 거라며?

[그렇긴 하지. 난 그 무엇보다 공부하는 게 싫으니까.]

"또 사장이 괴롭혀?"

[어. 무진장! 너도 알지? 내가 사현패션 디자이너실 실장 자리 마다하고 여기 들어온 건 오로지…….]

"아이돌 때문이지."

[그렇지. 눈에 넣어도 안 아픈 우리 귀염둥이 아이돌 때문이지. 근데 이 미친 사탄 같은 사장이 내가 아이돌하곤 안 맞는 스타일리스트래. 내가 지능형 안티라는 댓글 보고 열폭해서 나보고 당장 때려치우라는 거야. 그러고는 내가 제일 싫어하는 그 거만한 신 배우 밑으로 들어가래!]

"넌 배우 싫어하잖아."

[내 말. 난 연예인은 오직 아이돌만 좋아해. 그러니 내가 일할 맛이 나겠냐고?]

"그래서 그만둘 거야?"

[이참에 그러지 뭐. 간만에 너랑 뉴욕에서 해후도 하고.]

"우리의 해후는 불과 한 달 전에 있었던 것 같은데."

[난 널 보지 못한 하루가 일 년 같단 말이야! 이 배신의 아이콘아! 언제나 나와 함께한다 해놓고선 저 혼자 뉴욕으로 날라?]

"파슨스 디자인 스쿨 입학지원서 받아 놓을까?"

[알잖아? 나 영어 약한 거.]

"그럼, 거기 그만두지 않는 거지?"

[알았어. 신중하게 생각해 볼게. 그나마 적성에 맞는 곳이니까.]

"잘 생각했어, 이라임. 죽이 되든 밥이 되든 버텨봐."

[응. 역시 네 말이 힘이 돼. 공부는 재밌어?]

"매일, 매일이 스펙타클이야."

[나도 잊어버릴 만큼?]

"아니야."

[전화 좀 자주 해.]

"난 가난한 유학생이니까. 이해해 줘."

[부모님 도움 받는 게 어때서? 우리는 어차피 태어날 때부터 부모님 빽 믿고 살아가는 민폐 캐릭터들이라고.]

"아파트만으로 충분해."

[외롭지는 않고?]

"응. 친구들도 잘 챙겨줘."

[그래도 내가 제일 하이 레벨에 있는 베스트프렌드다!]

"물론이지."

[리아야, 잘 지내고 있어서 기뻐. 난 가끔 타지에 혼자 있는 네가 걱정 돼. 짠하기도 하고.]

"내가 원해서 하는 공부인데 뭘."

[그건 그렇지. 근데…… 혹시 라준 오빠 만났어? 지난주에 출

장 때문에 미국 갔거든. 조지아 주에 회사 공장을 세우려고 하나 봐.]

라임의 말투는 조심스러웠다.

라준이라는 이름만 들어도 리아의 심장은 뛰기를 멈추는 것 같았다. 리아는 눈을 질끈 감았다. 면역이 되었다고 생각했는데, 무조건 반사는 아직도 진행 중인 모양이었다. 마음에 들지 않았다.

"아니, 연락 안 왔어. 미팅 때문에 바쁘겠지."

[아무리 바빠도 그렇지 네게는 연락해야지! 약혼녀를 이렇게 홀대해도 되는 거야? 내 오빠지만 정말 못돼 처먹었어. 내가 뉴욕에서 멀지도 않으니까 꼭 찾아가서 너 만나고 오라고 그랬단 말이야. 내 안부도 전해달랠 겸.]

"그럴 필요 없다고 말했잖아. 그리고 라준 오빠는 바쁜 사람이고."

[바쁘긴 뭐가 바빠! 징글징글한 기준 오빠랑 만날 만나고 있는 모양이던데.]

"그들은 준의 제국이니까."

[유치하지 않니? 서른셋이나 먹은 남자들이 애들도 안 하는 그런 사모임이나 만들고!]

"기준 오빠 앞에서 절대 그런 말 입에 올리지 마. 어쩌면 청혼받을지도 몰라."

[아악! 남기준 오빠가 제일 싫어. 그따구로 찌질하게 복수하니까 어느 여자가 좋아하겠어?]

리아는 진저리를 치는 라임이 눈에 선해 깔깔거리며 웃었다. 비록 사랑은 그녀를 배신하였지만 우정은 항상 리아 곁에서 오래 오래 그녀를 행복하게 해주었다.

3

성북동 본가에 도착한 라준은 거대한 대문 안으로 들어섰다. 서울 한복판, 전통 그대로의 모습을 간직한 본가는 사현그룹의 창업주이자 그의 조부인 이현호가 심혈을 기울여 건축한 한옥이었다. 조부의 본향에서 흙과 수목들을 공수하고 중요무형문화재인 도편수의 지휘 아래, 위용스럽고 우미한 자태의 본가가 완성되었다. 태어날 때부터 이곳과 함께한 라준이라도 본가로 귀가할 때면 언제나 차림새와 몸가짐을 돌아보고 정돈하게 된다.

넓은 앞마당에는 어릴 적에 그네를 매달고 놀던 감나무가 서 있다. 3월의 꽃샘추위를 무사히 견뎌낸 나무의 가지에는 겨우내 숨어 있던 생명의 싹들이 움틀 준비를 하고 있었다. 수목들 주위로는 도랑을 구불구불하게 파놓아 맑은 물이 항상 졸졸 흘렀다.

아늑하고 평화로운 느낌이 들어 라준은 미소 지었다.

"저 왔습니다."

안채로 들어선 라준이 큰 소리로 인사했다. 그의 인사에 제일 먼저 반응한 이는 막냇동생 라임이었다.

"엄마! 오빠 왔어요."

'응' 하는 말이 들리더니 라준의 새엄마인 박수정이 아들에게 반가운 웃음을 보였다. 라준은 한결같이 자상하게 그를 맞아주는 새엄마에게 목례했다.

라준이 일곱 살이 되었을 때 부모님은 이혼했고, 그 후 아버지와 재혼한 새엄마는 라준을 친아들처럼 키워주었다. 하지만 부모님의 이혼이 새엄마 때문이라는 것을 알게 된 라준은 새엄마를 없는 사람 취급했다. 강한 미움도 무관심 앞에서는 힘을 잃는 법이었으니까. 라준은 쉽사리 새엄마를 인정하려 들지 않았고, 아버지가 싫어한다는 것을 알면서도 꼬박꼬박 새엄마라고 불렀다.

그러나 세월이 어느 정도 지나자 라준은 새엄마가 따뜻한 사람이라는 것을 알게 되었다. 엄마처럼 항상 피아노 앞에만 앉아 있지 않았고, 라준이 하교했을 때 언제나 자상한 얼굴로 맞아주었기 때문이다.

그녀가 두 여동생과 똑같이 라준을 사랑하였다는 것을 라준은 성인인 된 후 인정하게 되었다. 비록 그 사실을 인정하기 전에도 어린 라준은 새엄마를 더 이상 벽에 걸어놓은 그림처럼 생각할 수 없었지만.

그의 눈에 비친 새엄마는 엉뚱하고 신기한 재미난 사람이었다.

그리고 그녀의 피를 제일 많이 이어받은 동생이 바로 막내 이라임이었다.

"고생 많았지? 어젯밤 늦게 귀국했다면서?"

"네. 할아버지와 할머니는 안방에 계시죠?"

"응. 줄곧 널 기다리셨어. 얼른 들어가 봐라. 아버지 퇴근하시면 함께 저녁 먹고 오늘은 자고 가."

"알겠습니다."

"번복은 없는 거야."

"네."

수정은 소리 없는 '야호'를 외치고 얼른 주방으로 사라졌다.

라준이 조부모의 방문 앞으로 걸어가자 라임이 그의 뒤를 졸졸 따라왔다.

"내게 할 말 있어?"

라준의 물음에 라임은 고개를 세차게 끄떡였다.

"기다려. 할아버지, 할머니께 문안 인사드리고."

"응."

라준은 라임이에게서 눈을 떼고 방문 앞에서 인기척을 했다.

"할아버지, 할머니, 저 왔습니다. 들어가겠습니다."

라준은 방문을 조심스럽게 열었다.

"여보, 라준이 왔어요."

할머니가 달력을 주시하고 있는 할아버지에게 말을 넣었다.

"할아버지, 잘 다녀왔습니다."

돋보기안경을 벗은 조부 이현호가 무릎을 꿇은 라준을 빤히 처다보았다.

"어제 새벽에 도착했다고?"

"네. 너무 늦어서 곧장 이리로 올 수가 없었어요."

"그럼, 네 아파트로 간 게야?"

"네. 그랬어요. 할머니."

"자주자주 들러. 혼자 살다보면 건장한 장정도 몸이 부실해지는 법이야."

"알겠습니다."

라준은 할아버지가 미국 출장 결과를 듣길 원하신다는 것을 깨달았다.

"할아버지, 조지아 주에 사현 자동차 제2부품공장이 들어서면 북미에서의 수요를 맞출 수 있을 것 같습니다. 주지사가 적극적이라 벌써 시의회 예산안에도 안건을 상정해 놓았더라고요. 예산안에는 부품 조달을 위한 철도 시설 건설에 관련된 것들도 포함……"

"됐다. 그만하거라. 그건 아범이 들어오면 저절로 알게 될 것들이니까."

"네?"

"네가 해야 할 건 정작 다른 데 있지."

라준은 할아버지의 말에 영문을 몰라 눈썹을 모았다.

"올해 몇이더냐?"

"서른셋입니다."

"음. 그만하면 충분해. 아니 늦었지."

"아유, 그럼, 이제 라준이 장가보낼 거예요?"

"물론. 그만큼 기다려 줬으면 된 거야. 꼬맹이도 다 컸으니까 이제 우리 집안으로 들여야지. 구 회장에게 일러놓아야겠어."

"드디어 우리 집안에 리아가 들어오겠군요. 하긴 여자애 혼자 공부한다고 너무 오랫동안 외국에 나가 있는 것도 우리에게 책잡힐 일이었어요. 뭔 문제가 있나 하고."

"어허, 이 사람이 정말? 공부하러 보낸 게 뭐가 책잡힐 행동이야? 그런 색안경 끼고 보는 인사들이 요상한 것들이지."

"맞아요. 당신 말이 모두 맞네요."

할머니가 할아버지에게 냉큼 맞장구를 치는 걸 봐서 할머니 기분이 굉장히 좋으신 게 분명했다. 라준은 입안이 바짝 말라 꿀꺽 하고 마른 침을 삼켰다.

"올해 안으로 데려와! 나도 죽기 전에 증손주 안아봐야지."

"……."

"왜 대답이 없어?"

"알겠습니다."

"올 가을이다. 이제 성가해서 더욱 책임감 있게 살아야지. 사내대장부가 언제까지 그리 자유로이, 가벼이 살려고 하누?"

"우리 라준이가 언제 가벼운 아이였다고 그렇게 말해요? 없는 말 지어내지 마시우. 장중하고 늠름한 이런 헌헌장부가 또 어디 있다고?"

"고슴도치도 제 자식은 예뻐하는 법이야."

"아니, 이 양반이! 그럼 내가 고슴도치란 말이우?"

할머니가 본격적으로 입씨름을 하실 모양인지 할아버지 쪽으로 몸을 틀었다. 라준은 입을 굳게 다물고 조용히 일어섰다.

"저는 이만 물러가겠습니다."

"그래. 얼른 나가서 씻어라."

라준은 두 분의 옥신각신을 모른 척하고 방문을 열었다. 갑자기 라준이 열어젖힌 문 때문에 방안을 염탐하던 라임이 깜짝 놀라 '엄마야'를 외쳤다.

라준은 그런 라임을 한심하게 쳐다보고 그의 방으로 향했다.

"오빠! 할아버지가 올해 안으로 결혼하라 하신 것 맞지? 내가 잘못 들은 거 아니지?"

라준은 대답하지 않았다.

"야호! 그럼, 이제 정말 리아와 한 집에 살 수 있게 된 거야?"

라임은 결국 라준의 방까지 그를 쫄레쫄레 쫓아갔다.

"미국 출장 갔을 때 왜 리아 안 보고 그냥 왔어?"

"난 일하러 간 거지 놀러 간 게 아니야."

"그래도 그렇지. 리아는 만나보고 와야지. 그렇게 리아를 무시하다가 큰코다쳐. 결혼해서 리아에게 어떤 보복을 당할 줄 알고? 결혼 전에 오빠가 엄청 잘해줘야 된다고!"

"샤워할 거야. 어서 나가."

"우리한테 그러듯이 하지 말라니까. 내 친구라서 그러는 게 아니라 구리아는 아주 소중하고 멋진 애라고."

"이라임."

라준의 언성이 높아졌다는 걸 인지한 라임이 문고리를 잡다가 다시 몸을 돌렸다.

"잠깐, 할아버지가 올해 결혼하라고 하셨단 말이지?"

"그래."

"안 돼! 리아 공부 아직 덜 끝났는데. 아직 1년은 더 있어야 한 다고! 리아는 절대 공부 끝나기 전에는 안 들어온다고 했단 말이 야."

"어차피 결혼하면 꿈도 못 꿀 것들이야. 어른들이 허락하시지 않을 테니까."

"그렇지. 허락하실 리가 없지. 하지만 리아는 아주 많이 행복 해하고……. 어, 어떻게 알았어? 난 말한 적 없는데."

라임은 리아가 그녀의 부모까지 속이고 하고 있는 공부를 라 준이 알고 있자 기겁하였다.

"리아가 연기 공부하고 있다는 거 말이니?"

"헉. 맹세코 난 정말 아무 말도 하지 않았어, 리아야!"

라임은 마치 리아가 눈앞에 있는 양 외쳤다.

"네가 생각하는 것보다 리아를 무시하고 있지 않으니까. 이제 나가줄래?"

"알았어. 근데 오빠! 리아가 연기 공부하고 있다는 건 언제부 터 알았어?"

"나가라니까! 이라임!"

라준의 말에 라임은 혀를 쏙 내밀고 방을 나갔다.

라준은 한숨을 푹 내쉬고 로브를 집어 들었다. 욕실에 들어선 라준은 찬물을 틀어놓았다. 출장에서 돌아온 지 아직 만 하루도 지나지 않았는데, 시차에 적응할 겨를도 없이 할아버지가 결혼을 하라고 선포하셨다.

그가 손대어야 할 일들이 얼마나 많이 산적해 있는데. 이 시기에 결혼이라니! 적어도 미국 공장의 설립계약서에 사인은 마치고 난 후에라야 가능했다. 이제 겨우 부지를 시찰하고 돌아왔을 뿐이다. 법무팀과 재무팀이 검토한 계약서 초안도 나오지 않은 상태에서 갑작스럽게 일을 진행할 수는 없었다. 주정부의 승인도 정식으로 받아야 하고 설계팀을 꾸려 현지를 재방문해 필요한 부품 공장 라인도 결정해야 한다.

결혼을 하더라도 내년쯤이라 여겼다. 그러나 할아버지의 엄명이 떨어졌으니 무슨 일이 있더라도 올해 안으로 결혼을 해야 한다. 그리고 어떻게 해서라도 여름이 시작되기 전에는 조지아주 공장 설립 건도 마무리 지어야 한다.

머릿속이 실타래가 얽히고설킨 듯 복잡해졌다. 시원한 물줄기가 라준의 얼굴을 때렸다. 그래도 여전히 마음의 온도는 식혀지지 않았다. 할아버지가 덧붙인 문제까지 해결하려면 시간이 얼마 없었다. 부품 공장 건설 건으로 이사회도 거쳐야 하고, 연기 공부를 계속하고 싶어 하는 리아를 설득해서 한국으로 데리고 와야 하기도 하고. 어떤 문제가 더 어려울까. 물론 후자였다.

리아는 정말이지 독특한 아이였다. 어린 시절부터 잘 알고 있다고 생각했었다. 하지만 뉴욕으로 유학을 떠난 후부터 리아는 더욱 종잡을 수가 없어졌다. 컬럼비아대에서 얌전히 공부를 하고 있을 것이라 여겼는데, 갑자기 연기 클럽에 가입하더니, 몇 달 후에는 아예 전공을 연기로 바꾸었다. 뉴욕의 마법에 걸린 것처럼 리아는 다른 사람이 된 듯 낯설게 행동했다.

라임은 라준이 리아에게 무심하다고 했지만 라준은 1년에 몇 번씩은 리아의 소식을 들었고, 그중의 한 번 쯤은 리아의 얼굴을 보고 오기도 했다. 미국 출장이 있으면 직접 리아를 찾아가기도 했다. 그렇지 못할 때는 기준이나 준, 그리고 라임을 통해 들리는 리아의 소식에 촉각을 곤두세웠다.

리아는 그의 영역에 속한 사람이었으므로 그의 보호 아래에 있어야 했다. 사람을 사서 감시할까 생각도 했지만 리아의 성격을 알고 있는지라 일찌감치 그 생각은 접어두고, 현지 지사의 여직원에게 간혹 안부 정도를 알아오라고 지시했을 뿐이다.

라준은 결혼 전까지는 리아가 하고 싶은 대로 내버려 둘 작정이었다. 이제 겨우 이십대 중반, 하고 싶은 것들이 많은 열정적인 나이니까. 그리고 리아도 그와 같은 세계의 사람이니 무모한 도전은 하지 않을 것이라 생각했다.

그런데 연기뿐만이 아니라 아르바이트도 배로 늘렸다. 컬럼비아대에서는 그러려니 했지만 뉴욕 필름 아카데미를 다니고 나서부터는 무리할 정도로 아르바이트를 늘려 라준의 심기를 건드렸다. 마치 무언가로부터 도망치고 싶은 것처럼……

라준은 한눈에도 핼쑥해진 리아의 얼굴이 떠올랐다. 유학 생활이 힘겨웠던지 리아는 볼 때마다 살이 빠져 있었다. 최근 2년 동안은 눈만 퀭한 해골이 된 것만 같았다. 해골. 딱 어울리는 표현이군. 예전의 리아와 비교해 본다면……. 아무리 젖살이 빠진다고 하지만 이건 해도 해도 너무 했다. 당장 앞에 나타나서 일을 그만두라고 호통이라도 치고 싶었지만, 리아의 자존심을 아는지라 그저 지켜보기만 했다.

신기한 것은 리아의 눈빛은 여전히 제대로 살아 있다는 것이었다. 차라리 빠질 것이라면 살이 아니라 눈의 독기나 빠질 것이지. 라준을 불편케 했던 15도 각도의 째려봄은 유효한 것 같았다. 그런데 그 눈빛에 밝은 웃음이 더해졌다는 것은 부인할 수 없는 사실이다. 연기를 공부해서 그런가. 리아가 연기라니? 아무리 생각해도 아이러니했다.

수능 모의고사에서도 1% 안을 놓친 적이 없는 리아를 그녀의 모친은 건강을 해칠 정도로 공부를 한다고 걱정할 정도였다. 그런 리아가 연기에 뜻을 보이니 그 열정이 가히 유명 연극영화과를 목전에 둔 고3 수험생 못지않았다.

이번 출장에서 라준은 리아의 무모한 열심이 불러온 아찔한 상황을 목격했다. 리아는 너무 피곤했던 나머지 하마터면 지하철 선로로 떨어질 뻔했었다. 그 순간 라준이 재빨리 나서지 않았다면 뉴욕 지하철에서 떨어진 동양인 유학생 뉴스를 접했을 것이다. 만날 땅만 보며 걷는 게 취미라면서 그 순간에는 왜 그런 실수를 했는지 라준은 이해가 되지 않았다.

다른 때보다 라준은 며칠 더 뉴욕에 머물면서 리아를 지켜보기로 결정했다. 주지사와의 만남을 최대한 미룰 만큼 지하철 사건은 라준의 신경을 건드렸던 것이다. 어디에 있든 리아는 라준의 책임이었으니까.

뉴욕 지사 직원들과 프렌치 레스토랑에서도 리아를 한참을 지켜보았다. 다른 직원들보다 늦게 도착한 라준은 들키지 않기 위해 리아의 서빙에도 시선을 맞추지 않았다. 그런데 그것은 기우에 불과했다. 아무리 라준이 선글라스를 끼고 있었다지만 리아는 전혀 그를 알아보지 못했던 것이다. 동행의 음식 주문과 서빙에만 집중하느라 나중에는 라준이 의도적으로 시선을 맞추는데도 라준 쪽으로 눈을 돌리지도 않았다.

그녀의 유학 기간 동안 라준이 한 번도 나타나지 않았다는 걸 감안하더라도, 라준을 잊어버린 게 아니라면 어째서 그를 알아보지 못한 것일까? 관심 밖이란 말인가? 관심을 끌고 싶은 심술궂은 마음에 팁을 1,000달러나 주고 나온 라준이었다.

말썽쟁이. 내가 관심 밖이라는 생각은 마음에 들지 않는데?

그나마 위안인 것은 처음으로 그때 노려볼 수 있는 사람이 리아가 아니라 바로 그였다는 점이다.

약혼 기간이 자그마치 9년이었다. 하루하루 성장하는 리아에겐 짧은 시간이었지만, 라준에겐 짧다고 말하기엔 곤란한 꽤 긴 시간이었다. 이 시간 동안 리아는 얼마나 준비되어 있을까? 언젠가 리아도 성인이 되어 라준과 같은 입장과 위치가 되고, 같은 목표를 향해 시선을 맞출 것이라 생각했다.

그러나 막상 결혼이 눈앞으로 다가오자 라준의 고민과 의문은 더 깊어질 수밖에 없었다. 과연 리아가 라준의 아내로서 그의 인생에 중차대한 역할을 할 수 있을 것인가 하는 생각들. 보성그룹의 후계자일 뿐만 아니라 사현그룹의 안주인이 될 리아의 책임과 의무는 태산보다 무거울 것이다.

약혼한 이후로 라준은 그의 옆에 있을 여자로 리아 외에는 어떤 여자도 생각지 못했다. 그들의 세계에서 정략결혼은 가문과 회사를 공고케 하는 지극히 합리적인 방식이었으니까.

라준의 부모님이 정략결혼으로 인해 그를 얻었듯이 라준도 리아를 통해 후계자를 얻을 수 있을 것이다. 오랫동안 보아온 꼬맹이라서 여자가 될 수 있을까, 생각하다 라준은 문득 기억해냈다. 뉴욕 지하철에서 그의 품에 쏙 들어왔던 리아를……

그런데 리아는 왠지 라준과 다른 방향을 바라보고 있는 듯했다. 절대 이룰 수 없는 한여름 밤의 꿈을 꾸는 것처럼 맹목적으로 인생의 길을 달리고 있었다. 그 점이 라준의 신경을 거슬리게 만들었다.

세계적인 피아니스트 나지영의 21번째 피아노 독주회는 국내에서 개최되었다. 독일의 빈에 적을 두고 각국을 돌아가며 연주회를 개최하는 나지영은 라준의 친어머니였다. 라준은 3년 만에 귀국해 독주회를 갖는 어머니에게 장미 꽃다발을 보냈다. 라준이 대기실로 들어갔을 때 마침 어머니는 하얀 장미의 향긋한 내음을 음미하고 있었다.

"아들, 고마워."

쉰을 넘은 지 5년이 지났는데도 지영은 여전히 싱싱한 젊음을 유지하고 있었다. 라준은 웃으며 허리를 숙여 어머니를 안아드렸다.

"감동적인 연주였어요."

"어머, 우리 아들 맞니? 언제 이렇게 로맨티시스트가 됐어?"

"칭찬이시죠?"

"당연하지. 우리 아들 너무 무뚝뚝해서 엄마가 그동안 걱정 많이 했거든. 여자들은 잘 웃고 친절한 남자 좋아해."

"제가 잘 안 웃나요?"

"여자들 앞에서는 잘 안 웃잖아. 지난번에 우리 스태프 중에 네게 관심 있는 애가 있었는데, 네가 한 시간 내내 웃지 않아서 안면 근육 마비인 줄 알고 마음 접었대."

어머니의 너스레에 라준은 웃음을 터뜨렸다.

"그래, 아들아. 이렇게 좀 웃어. 엄마는 네가 항상 웃을 수 있기를 바라. 어느 집 예쁜 아가씨가 우리 멋진 라준이 데려가려나?"

"아시잖아요."

"아직도 리아와 약혼 중이야? 난 너희 할아버지께서 네 짝으로 그 애를 찜하셔서 널 결혼시키고는 싶으신지, 손주는 보고 싶으신지, 그게 늘 궁금했단다. 걘 너무 어리잖니?"

"어머니는 어떠세요? 좋은 분 나타나셨어요?"

"어머, 얘가 왜 이래? 엄마는 지금이 가장 즐겁고 행복해."

라준도 익히 알고 있다. 성북동에서의 어머니는 늘 불행한 얼굴이었다. 피아노에 앉아 있을 때면 그나마 어머니의 얼굴에 생기가 돌았다. 라준이 배가 고파 울건 말건, 무서워 소리 지르건 말건 어머니는 오직 피아노만이 구원이라는 듯이 연주에 열중했었다. 조금은 슬픈 기억이다.

"라준아. 오늘은 엄마랑 데이트하는 거다."

"물론이죠. 근사한 데로 모실게요."

"조금만 기다려. 엄마 옷 좀 갈아입고."

"네. 밖에서 기다릴게요."

라준은 현란한 서울의 야경에서 눈을 돌려 잠잠한 까만 하늘을 바라보았다. 봄이 더디 오는 모양이었다. 쌀쌀한 바람이 라준의 재킷을 훑고 지나갔다.

"우리 아들 뒤태가 완전 환상적이야. 누가 보면 모델인 줄 알겠어."

어느새 나타난 지영이 라준의 팔짱을 꼈다.

"밤공기도 좋은데. 조금 걸을까?"

"네."

"아버지는 건강하시니?"

"네."

"너희 아버지, 고지식한 건 여전하시다. 이제는 전부인 독주회 초청에 응해줄 법도 한데 말이다."

"아버지는 여전히 편치 않으신가 봐요."

"그래. 그런 양반이시지. 마음이 가지 않는 곳엔 몸도 가지 않는 분이시니까."

라준은 어머니의 말에 옅은 씁쓸함이 깔려 있다는 것을 감지해 냈다.

"어머니."

"이라준! 엄마라고 안 불러줄 거야? 언제까지 어머니래? 이런 건 꼭 너희 아버지 빼다 박았다니까. 내가 한 선택 중에서 가장 잘한 건, 네게는 미안하지만 너희 아버지와 갈라선 거야. 계속 그렇게 살다간 미쳐 버릴 것만 같았거든. 그땐 엄마가 무서웠지?"

"왜 아버지와 결혼하셨어요? 안 하실 수도 있었잖아요."

"잘 알면서 묻는구나. 우리 세계의 사람들은 그렇게 살 수밖에 없었어. 진정한 사랑을 기대하기엔 우린 너무 속물이었거든. 정략결혼은 우리의 속물을 덮어줄 적당한 시스템이니까. 그렇다고 네 아버지가 좋은 분이 아니라는 건 아니었어. 다만 우리에겐 그 흔한 사랑이 없었을 뿐이야. 네 아버지에게는 더더욱."

"어머니는 아버지를 사랑하셨어요?"

"글쎄. 사랑했나, 안 했나? 좋은 감정을 모두 사랑이라곤 할 수는 없겠지?"

라준은 입을 굳게 다물었다.

그때의 라준은 부모의 복잡다단한 마음을 이해하기에는 너무 어렸다. 피아노만 치는 엄마가 무서웠고 엄마와의 이혼 후 채 석 달도 되지 않았을 때 재혼한 아버지도 원망스러웠다. 굳이 말하자면 아버지에게 받은 상처가 더 컸다. 재혼한 새엄마에겐 아버지의 피를 이어받은 여자애가 있다는 걸 알고 라준은 한동안 아버지를 용서할 수 없었다.

그래서 어머니가 더 못 견뎌했던 것은 아닐까. 만약 아버지가 당신의 마음을 거둬들이셨다면 불완전하지만 라준의 진짜 가정은 깨어지지 않았을지도 모른다.

사랑이 없는 정략결혼으로 실패한 부부 중 대표적인 경우가 라준의 부모였다. 흔히들 부부는 정으로 산다고 했지만 정략에서는 그 질기다는 정도, 진정한 사랑 앞에서는 맥을 못 춘다는 것을 라준은 경험했다. 아버지의 사랑에 상처를 입은 사람은 바로 라준이었다.

자기 자신을 잃게 만드는 사랑은 위험했다. 그건 스스로의 숨줄을 거머쥐는 덫이 될 터였다. 라준은 항상 이성적이길 바랐다. 감정적 동요 없이 계획적이고 평온한 삶. 그 삶에 사랑이 끼어든다면 아마 카오스일 것이다.

"그래도 너희 새엄마는 '새' 자가 붙었지만 너에게 엄마라는 소리 들었잖아. 이래서 자식은 제 손으로 제 품에서 길러야 되나, 하고 생각했단다. 딱 한 가지 부러운 게 바로 그거였거든. 내가 함께하지 않은 네 시간을 네 새엄마는 함께했다는 거."

"다시 그때로 돌아간다고 해도 어머니는 똑같은 선택을 하실 거예요."

"넌 역시 내 아들이야."

지영은 라준의 손을 꽉 마주잡고 만면에 웃음을 띠고 걸었다.

"어머니, 저 결혼합니다."

"정말?"

지영은 눈을 똥그랗게 뜨고 아들을 올려다보았다.

"상대는 물론 리아겠지?"

"네."

지영은 라준을 마주보고 섰다.

"우리 아들은 잘해낼 거야."

라준은 담담한 시선으로 어머니를 응시했다.

"너무 걱정하지 마. 넌 우리와 다르니까. 책임감도 포용력도 배려심도 남다르지. 네 겉모습만 보고 판단하는 사람들이 모르는 구석을 엄마는 많이 알고 있단다."

오랜 세월 동안 떨어져 있어도, 같이 살지 않아도 지영은 언제나 그의 엄마였다. 라준의 심중 깊이 자리하는 불안감을 잘 이해하고 있었다. 비록 그녀의 입으로는 차마 라준의 심경을 담을 수는 없었지만, 애써 모른 척해주는 것이 아들을 위한 길이라는 걸 지영은 알고 있었다.

"한국에는 언제까지 머무르실 거예요?"

"일본 잠깐 갔다가 계속 있을 거야. 우리 아들 결혼식은 보고 떠나야지. 이제 차를 타볼까? 배가 많이 고프구나."

라준과 지영은 따라오던 세단에 몸을 실었다.

하늘을 찌를 듯한 서울의 마천루가 강렬한 햇빛을 토해냈다. 구름 한 점 없는 맑은 날 오후, 라준은 주말에 열린 전경련 회의를 마치고 돌아가는 길이었다. 라준은 잔뜩 얼굴을 찡그린 채 회의 때부터 내내 울리고 있는 핸드폰을 쳐다보았다. 기준이었다. 지치지도 않는 것이 바로 기준의 집요함이다. 겨우 차에 올라탄 라준은 그제야 전화를 받았다.

[야!]

대뜸 치고 들어오는 소리에 라준은 핸드폰을 귀에서 떼었다.

[여보세요? 여보세요?]

"왜?"

[너 이 자식! 이렇게 긴급한 때에 왜 전화를 안 받는 거야?]

"회의 중이었어."

[그래도 그렇지. 내 전화는 받아야 할 거 아니야?]

"무슨 일이야?"

[구리구리!]

"구리구리라고 하지 말랬지?"

[지금, 그게 중요한 게 아니야!]

"무슨 소리야?"

[네가 지금 제정신이야? 그 어리고 예쁜 애를 자그마치 5년이나 꿔다 놓은 보릿자루 취급하더니만, 결국 내 이럴 줄 알았다. 네가 네 눈을 찔렀다고, 인마!]

"알아듣게 말해."

[구리구리가 어제 남자랑 있었어.]

라준의 얼굴이 확 어두워졌다. 라준의 침묵을 기다리지 못하고 기준이 속사포같이 쏟아냈다.

[너 알고 있었어? 구리구리에게 남자 있다는 거?]

그럴 리가. 맹세코 라준이 모르는 남자는 없었다.

"그래서?"

[너 미쳤구나! 네 약혼녀가 딴 남자랑 있는데 어떻게 그렇게 침착할 수 있어? 내가 너한테 이 얘기를 할까, 말까 밤새 얼마나 고

민한 줄 알아? 치열한 고민 끝에 전화를 했는데, 받지도 않고 겨우 통화가 되었다 싶으니, 고작 '그래서'라니? 이라준, 다시 말하지만 내 여자 아니고 네 여자야. 네 약혼녀인 구리구리가 다른 남자랑 있었다고.]

"너 지금 어디야?"

[어디긴? 당연히 뉴욕이지. 그저께 출장 왔다가 간만에 구리구리에게 서프라이즈 해주려고 아파트까지 찾아갔는데, 구리구리가 예쁘게 차려입고 집을 나서는 거야. 혹시 몰라 뒤를 밟았더니! 오 지저스! 웬 훈남이랑 해변으로 가는 거 있지?]

해변이라고? 라준의 이맛살에 돌이킬 수 없는 주름이 새겨졌다.

[생각해 봐. 아직 쌀쌀한 3월인데, 어느 정신 나간 뉴요커가 해변에서 일광욕을 즐기냐? 이 차가운 날씨에 해변으로 나가는 사람들은 커플밖에 없어. 침대에서 사랑의 밀어를 속삭이다가 집이 지겨워진 연인들만 해변으로 간다고! 그런 곳에 구리구리가 요상한 놈이랑……!]

기준의 억지가 귀에 들어오지 않았다. 라준은 치밀어 오르는 분노를 자제하느라 심호흡만 할 뿐이었다. 그의 반응을 무관심으로 해석한 남기준은 급기야!

[내가 증거 사진 보낼게. 나 카톡 차단한 것 원상 복귀해 놔!]

전화는 그대로 끊겼다.

라준은 이성적으로 생각하려고 노력했다. 기준이 착각했을 수도 있다. 리아의 주위에는 함께 공부하는 남자들이 많았으니까.

그런데 왜 이렇게 진정이 안 되는 거지? 리아가 동양인만이 아닌 다양한 인종의 남자들과 공부 및 일을 하고 있었지만 그들은 모두 친구와 손님일 뿐 다른 남자를 만난다는 말은 맹세코 이 전화가 처음이었다.

일전에 지사 여직원의 보고에 따르면, 레스토랑에서 한 백인 남자가 리아에게 호감을 보이며 연락처를 물어본 적이 있다고 했다. 하지만 리아는 단칼에 거절을 했고, 그 뒤로는 쭉 공부에만 전념해 라준은 이런 문제에서는 전혀 관심을 두지 않았다.

그런데 리아에게 남자라고? 라준은 불쾌해졌다. 왜 내가 지금 이렇게 기분 나쁜 거지? 그 이유를 라준은 곧 깨달았다. 리아는 바로 그의 약혼녀라는 것. 아무도 그의 소유에는 손을 댈 수가 없다.

'띠링' 하는 소리가 들렸다. 라준은 기준이 보내준 카톡 사진을 쳐다보았다. 맨해튼에서 가까운 어느 뉴욕 비치에서 서로를 마주보고 있는 두 연인. 그들의 눈빛이 열렬하다는 것을 사진을 통해서도 느껴질 정도였다.

라준은 키스라도 할 것처럼 사진이 찍힌 리아의 얼굴을 무섭게 노려보았다. 상대는 라준이 익히 알고 있는 남자였다. 여자 친구가 중국인이라는 뉴욕 필름 아카데미의 동문. 손재영이라는 남자였다. 그를 쳐다보고 있는 리아의 눈빛이 여느 때와는 달랐다. 부드럽고 온화하다.

"젠장."

욕설을 나지막이 뇌까리며 라준은 리아가 이런 미소를 그에게

단 한 번도 보여주지 않았다는 걸 기억해 냈다.

인정하기 싫지만 기준의 말이 맞을지도 모른다고 생각했다. 이 녀석은 분명 리아에게 다른 마음을 품고 있는지도 모른다. 그러지 않고서야 구하기가 하늘의 별을 따는 것보다 어렵다는 맨해튼에서의 아르바이트를, 그것도 자신의 중국인 연인의 부모가 경영하는 레스토랑에 리아를 소개해 줄 리가 만무했기 때문이다.

라준은 혈관이 튀어나올 정도로 주먹을 움켜쥐다 핸드폰의 통화 버튼을 눌렀다. 신호음이 가고 상대방이 전화를 받았다. 라준은 급속도로 목소리를 가라앉히며 입을 열었다.

"아버님. 저 라준입니다. 오늘 시간 되십니까? 찾아뵙고 긴히 의논드릴 게 있습니다."

라준의 차가 도착한 곳은 보성그룹의 사옥이었다. 거대한 본사의 30층에 위치한 회장 집무실에 전용 엘리베이터가 멈춰 섰다. 문이 열리자 라준을 직접 맞이해 준 사람은 바로 구도현 회장이었다.

"어서 오게."

구 회장은 푸근한 미소를 띠고 손으로 라준에게 착석을 권했다.

"오늘 일이 있어 회의에 참석하지 못했어. 분위기는 어땠나?"

전경련 회의에 참석하지 못한 구 회장은 여유롭게 물었다.

"정부 시책에 잘 따라와 달라는 내용이 주였습니다. 부회장님이 그 방안으로 세 개의 아이템도 제안하셨고요."

"그래? 남 회장님이 제안하셨으면 열일을 제쳐두고서라도 가볼 것을 그랬어. 그분도 참 재미있으시잖아. 어떤 기발한 아이템이었나?"

"아버님. 그것보다 오늘 불쑥 찾아뵙게 된 건, 제가 드리고 싶은 말씀이 있어섭니다."

"응? 내게 할 말이 있다고?"

"네."

"무슨 말인가?"

"결혼을 앞당기고 싶습니다."

"얼마나? 성북동 어르신께서 말씀하신 올 가을도 빠르지 않은가?"

"5월에 하고 싶습니다."

"뭐? 5월이라면 겨우 한 달 남짓밖에 남질 않았는데?"

편히 앉아 있던 구 회장은 깜짝 놀라 허리를 펴고 자세를 바르게 했다.

"그리고 본래의 결혼 날짜도 아직 리아에게는 일러주지도 않았네. 그 녀석이 공부를 계속 하고 싶어 해서 집사람이 어떻게 말을 꺼내야 할지 모르겠다고 하더군."

"제가 말해놓겠습니다."

"갑자기 결혼을 당길 만한 이유가 있나?"

"아버님, 9년 동안 저, 많이 기다렸습니다."

라준의 말한 의미를 깨달은 구 회장은 그 심정 십분 이해한다는 얼굴로 말문을 열었다.

"하긴 그렇지. 우리 리아 자랄 때까지 기다리느라, 건강한 자네가 고생 꽤나 했지. 험험."

구 회장은 라준만큼 어딜 내어놔도 손색이 없는 사윗감을 본 적이 없다. 우수한 두뇌에 확실한 경영철학을 가진 엘리트 CEO였다. 우리나라 제1기업을 이끌어가는 차세대 경영인으로 누가 보더라도 탐낼 만한 외모에 성품도 강직하고 예의가 발랐다.

그 무엇보다 중요한 것은 여자로 인한 추잡한 스캔들에 휘말린 적이 단 한 번도 없다는 것이다. 오래 전에 성북동 어르신에 의해 혼사가 결정지어졌을 때, 구 회장은 라준과의 혼사를 그의 집안의 홍복이라고 여겼다. 돌아가신 아버님이 성북동 어르신의 친우셨고, 그분으로부터 많은 도움을 받아 조그마한 상사에 불과했던 보성을 대그룹으로 일궈내었던 것이다.

"그럼, 허락해 주시는 걸로 알고 부모님께 말씀 드리겠습니다."

"나야말로 환영이지. 자네가 하루빨리 우리 집안 사위가 되길 우리 부부가 얼마나 학수고대한 줄 아는가?"

"저희 부모님께서도 리아를 빨리 며느리로 맞아들이고 싶어 하십니다."

"알았네. 내 오늘 집에 가서 당장 일러놓지."

"감사합니다."

구 회장은 라준의 절실한 얼굴에서 뿌듯함을 느꼈다. 아들과 다름없는 사위는 이미 그의 딸에게 푹 빠져 있는 것이 틀림없었다. 라준은 구 회장에게 묵례를 하고 보성그룹을 빠져나왔다. 그의 얼굴은 여전히 굳어 있었다.

대낮 같이 밝은 실내 사격장.

자동차에서 내린 준은 2층에서 새어나오는 불빛에 얼굴을 찡그렸다. 사위가 어둠에 묻힌 새벽 5시. 모두가 잠든 이곳에 유독 2층에서 환한 빛이 쏟아져 나온다는 것은 누가 보더라도 의아한 것이었다.

준은 얼굴을 굳히고 사격장의 자동문으로 걸어 들어갔다.

탕! 탕! 탕!

움직이는 종이 표적에 정확하게 구멍이 뚫렸다. 탄탄한 시그 사우어 9㎜의 총구에서 선홍색 불꽃이 순식간에 피어오르다 사라졌다. 사대에 들어선 이는 표적이 나타날 때마다 흔들림이 없었다. 권총의 격음이 연달아 터졌다. 백발백중. 준은 휘파람을 불었다.

준은 라준의 곁으로 다가가 권총을 장전했다. 표적이 움직이자 준이 발사했다. 명중이었다. 그 바람에 라준이 준을 돌아다보았다.

"위험해. 안전장치를 갖추지 않고 사격을 하다니."

"누가 보더라도 지금 위험한 사람은 바로 너야."

라준은 아무 말 없이 권총에 10발의 실탄을 장전했다.

"왜 이렇게 화가 난 거야?"

준의 물음에 라준은 손놀림을 멈추고 준을 쳐다보았다.

"내가 화가 난 것처럼 보여?"

"아닌가? 그렇지 않다면 이 새벽에 왜 이런 짓을 하는 거지?"

"너야말로 이 시간에 웬일이냐?"

"기준이한테 연락 왔었어. 너 어떤지 보라고……."

"내가 어떤데?"

라준의 음성에는 아무것도 담겨 있지 않았다. 준은 입꼬리를 올렸다.

[라준이 그놈! 미쳤어! 아니 곧 미칠 예정이야! 제 여자가 딴 남자랑 같이 있는 걸 봤는데 꼭지가 안 돌 사내 있으면 나와 보라고 그래! 이라준 그놈도 필시 단단히 미쳐서 날뛰고 있을 거라고! 음홧홧홧! 드디어 그 녀석이 그간 고이 숨겨왔던 야수 본성을 깨닫고 발광하는구나. 그러니까 단단히 잘 찍어둬. 귀국하면 그 인증샷으로 두고두고 놀려먹을 테니까. 그간 리아에게 관심 없는 척한 건, 분명 설정이었던 거지. 내 말이 맞다니까! 내 이 잘생긴 귀로 똑똑히 들었단 말이야. 리아가 남자와 있다고 했을 때, 으르렁거리던 짐승의 소리를! 으하하하!]

기준의 신나 하는 목소리를 인내심 있게 들어주던 준은 그 웃음소리에 전화를 끊으려고 했다. 그때 기준이 다급히 그를 불렀다.

[준아. 내일 새벽 사격장에 가봐! 어쩌면 라준이 엄청 화가 나서…….]

"라준이 화를?"

[그래! 마구잡이 같은 분노를 뿜어댈 거야. 그 녀석 어쩜 제 분에 못 이겨서 사격장을 초토화시킬지 몰라. 서부의 총잡

이처럼. 빵야빵야!]

"너 돌았냐?"

[응. 잠시나마 돌았다고 생각해 줘. 믿어주라. 내가 그놈 알고 지낸 지 12년 만에 처음 듣는 최고로 무서운 말투였다니까!]

준은 기준의 말을 옮길 생각은 손톱만큼도 없었다. 장난스럽게 말했지만 기준은 누구보다 라준의 심기를 잘 살피는 친구였다. 표현을 하지 않는 라준과 자신과는 달리, 언제나 솔직하게 자신을 표현하는 남기준은 기민한 감각을 자랑한다. 기준은 라준이 어디에 있을 지도 정확히 짚어냈다. 단잠을 포기하고 기준의 말에 따른 건 호기심이었다.

뭔지 모르지만 허투루 들을 수 없는 무엇! 냉혹할 정도로 자신을 잘 절제하는 라준이 흐트러졌다는 사실은 오늘의 광경을 보건대 결코 부인할 수 없는 것이었다. 라준은 분노조차 고상하고 세련되게 발산하는 놈이니까.

기준의 농담은 라준의 그런 심경을 단적으로 드러내는 적절한 표현일지도 모른다. 준은 자신과 같이 일순간 무자비한 분기를 발산하는 라준이 왠지 동지처럼 느껴졌다. 항상 이성을 먼저 차리고 냉정한 모습만 보이던 라준을 준은 그 자신보다 한 단계 위로 올라선 존재라고 생각했었다. 밑바닥을 살아보지 못한 자에 대한 열등감이라고나 할까?

라준이 방탄조끼와 아대를 풀어 내려놓았다. 새벽의 총질은 이제 그만할 모양이었다.

"밥 먹자. 이 근처에 해장국 잘하는 집이 있어."

"중요한 일이 있어."

"회의?"

"아니."

라준은 헤드폰과 고글을 벗고 준을 지나치며 성큼성큼 걸어갔다.

"어디 가는데?"

준이 라준의 뒤통수에 대고 물었다. 라준이 등을 돌려 준을 바라고는 씨익 웃었다.

"뉴욕."

준은 한동안 멍하니 라준을 쳐다보다가 망치에 뒤통수를 맞은 듯 껄껄 웃음소리를 냈다.

웃고 있었다. 이라준이……. 그런데 그 웃음이 아주 음산했다. 아니 사악한 건가?

준은 라준이 사라진 곳을 주시하다가 걸음을 옮겼다.

"임자 제대로 만났군. 이라준."

핸드폰을 꺼낸 준이 기준의 단축번호를 눌렀다.

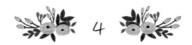

4

리아는 센트럴파크를 사랑했다. 울창한 수목 위로 펼쳐진 맨해튼의 고층 건물, 푸른 호수를 끼고 있는 초록의 잔디, 사람을 보고도 무서워 도망가기는커녕, 먹을 것을 달라고 달라붙는 다람쥐까지. 이른 아침에도 불구하고 공원은 사람들의 발길로 기지개를 켜고 있었다.

달리다 걷고 걷다 달렸다. 산뜻하고 고요한 평화를 만끽하는 아침이었다. 일주일 중 유일하게 오후 수업만 있는 월요일 아침, 리아는 종종 센트럴파크에서 아침 운동을 즐겼다.

칠백이십오, 칠백이십육, 칠백이십칠, 어라? 팔, 아니 구인가?

바닥을 보며 걷던 리아는 헤아리던 숫자의 박자를 놓쳐 버렸다. 난데없이 나타난 검은 구두의 앞코가 그녀의 진로를 방해했기 때문이다.

리아는 순간적으로 오른쪽 다리의 힘을 빼고, 왼쪽으로 방향을 틀었다. 그런데 불청객 구두코가 다시 왼쪽으로 따라왔다. 수 헤아림이 완전 꼬였을 때 리아는 미간을 찡그리며 정면을 쳐다보았다. 아니, 이 사람이?

상대방을 알아보자 리아의 눈이 휘둥그레졌다.

"어? 여긴…… 웬일이에요?"

라준이 리아의 눈앞에 서 있었다. 우뚝 선 자유의 여신상처럼.

"할 말이 있어서."

5년 만에 만난 것치고 라준의 대답은 참으로 담백했다. 라준의 몸에 꼭 맞는 슈트는 언제나 리아를 설레게 했다. 하얀 셔츠를 트렌디한 블랙 재킷으로 매치하고 역시 핏감 있는 블랙 팬츠를 입었다. 넥타이 대신 꽂은 블루실버 포켓 스퀘어는 센스 그 자체였다.

저건 대체 누가 가르쳐 주는 거야? 회사에서 일은 안 하고 아레나만 열독하나? 라준의 패션은 마치 리젠시 시대의 멋쟁이 귀족들을 보는 것처럼 기품 있고 세련됐다.

일순간에 영혼이 라준에게 빨려간 것처럼 리아는 초점 없는 눈으로 그를 응시했다.

"운동은 끝난 거야?"

"아직……."

"아직이라고? 세 바퀴는 더 돈 것 같은데."

예의바른 어투에서 느껴지는 시크함을 어떻게 설명할 수 있단 말인가?

리아는 세포 사이에서부터 전율이 일어나는 것 같았다. 라준은 그의 머리카락을 쓸어 넘겼다. 모래가 스르르 사라지듯, 미풍에 살랑살랑 흔들거리듯 그의 손가락 사이로 검은 머리카락이 물결쳤다.

"알았어. 더 기다릴게."

라준의 음성에는 피곤이 묻어 있었다. 그러고 보니 잠을 제대로 자지 못한 사람처럼 얼굴이 푸석해 보이고 신경이 곤두섰는지 눈매가 날카로워 보였다.

라준은 리아의 대답을 기다리지 않고 몸을 돌려 앞으로 걸어가기 시작했다. 그러곤 어느 벤치에 앉아 다리를 꼬았다. 그는 긴 두 팔로 벤치를 감싸고 맑은 하늘을 향해 얼굴을 들어올렸다. 눈을 감은 그의 길고 긴 속눈썹이 리아의 눈앞에 펄럭였다.

광합성을 하려고 저러나? 아직 해는 구름에 덮여 나오지도 않았는데.

하늘을 바라보다 리아는 힐끗 라준에게 눈길을 주었다. 빌어먹을 심장은 완전히 잊었다고 생각한 리듬을 정확히 기억해 냈다. 리아는 그 박동을 믿을 수 없어 눈을 질끈 감았다. 내가 5년 동안 헛수고한 거야? 아냐, 아닐 거야.

리아는 이 말도 안 되는 오늘 아침의 비현실성이 믿어지지 않았다. 성년의 날 이후 단 한 번도 마주한 적 없는 라준을 뜬금없이 센트럴파크에서 해후하고, 더 뜬금없는 건 마치 어제 헤어졌다는 듯 지극히 자연스러운 라준에게 아무런 말도 하지 못하고 있는 자신이었다.

게다가 주책없는 심장은 여전히 라준을 향해 뛰고 있었고, 대뇌는 라준의 긴팔이 감싼 벤치가 바로 그녀 자신이었으면 좋겠다는 요상한 생각까지 하기 시작한 터였다.

미쳤군, 구리아. 무시해. 뉴욕에 온 건 그의 자유, 나와는 하등 상관없잖아.

라준을 지나쳐 한두 걸음 내딛던 리아는 두어 번 체머리를 흔들다 결국 라준 앞으로 다가갔다. 할 말이 있어 왔다고 한 라준의 말이 귀에 박혀 사라지지 않았다. 나를 만나러 왔다고. 왜?

더 이상 팔다리가 움직여지지 않아 운동은 포기였다.

"내게 할 말이 뭐예요?"

"아침 먹었어?"

"아뇨. 안 먹었습니다. 그냥 할 말부터 하시죠."

리아의 말에 방금 잠에서 깨어난 사자처럼 라준은 께느른하게 말했다.

"밥 먹자. 배고프다."

"사양하겠습니다. 5년 만에 보는 사람과는 밥 같이 안 먹을래요. 얹히니까."

"궁금하지 않아? 내가 네게 무엇을 말할지?"

리아는 못마땅하게 꼬나보다 발바닥으로 땅을 탁탁 두드렸다. 미쳐 버릴 만큼 라준의 출현 이유가 몹시도 궁금했다.

왜 나는 이 남자 앞에만 서면 영특하다고 칭찬이 자자한 두뇌가 꽁꽁 얼어버리는 거지? 어째서 이 남자에게는 도통 내 말이

먹혀 들어가지 않는 것일까?

리아는 입술을 아프도록 깨물었다. 그 이유는 조금 전 몸의 반응이 일깨워준 것처럼 매우 명확히 잘 인지하고 있었다. 아직 미련이 남아 있다는 거다.

리아는 불쑥 나타나 그녀의 심장을 점령한 라준에게 화가 나기 시작했다. 눈에 보이지 않았을 때 라준은 결코 그녀의 인생을 좌지우지할 수 없었다.

왜 지금, 하필이면 이 순간에 내 눈앞에 나타났냐고!

"궁금하지 않아요."

리아는 건조하게 말하며 그에게서 돌아섰다. 라준이 성큼성큼 걸어와 리아의 손목을 잡아채 그를 돌아보게 만들었다. 그는 그런 리아를 수수께끼 같은 눈으로 바라보다 픽 웃었다.

"거짓말."

"거짓말 아니에요!"

"그럼, 겁쟁이가 된 거야?"

"뭐라고요?"

"겁쟁이 구리아."

리아의 얼굴에 불쾌, 노기의 빛이 어우러졌지만 이내 평정심을 되찾고 대신 악동 같은 웃음을 띠웠다.

"네, 네. 그렇게 부르고 싶으시다면야! 그렇게 부르세요. 겁쟁이라고."

라준의 표정이 황당하다는 듯 변해 있었다. 리아는 속으로 꽤나 고소해하며 너스레를 떨었다.

"배고프다고 했죠? 맨해튼에 오셨으니 내가 대접할게요. 손님을 문전박대하는 건 동방예의지국의 도리가 아니니까."

"뉴욕이 동방예의지국이었나?"

"언제 뉴욕이 그렇대요? 내가 한국 사람이니까……. 쳇! 그냥 말을 맙시다."

"알았어. 오늘 아침은 네 뜻대로 할게."

리아의 얼굴이 구름이 낀 듯 잔뜩 일그러졌다. 이보다 더 절망적일 수 없었다. 조롱기가 다분한 라준의 목소리가 브라우니보다 더 달콤하게 느껴진 탓이었다.

"이걸 날 보고 먹으라고?"

"허기를 때우는 덴 그만이라고요."

리아는 핫도그를 한 입 크게 베어 물었다. 새콤달콤한 토마토 소스와 쫀득한 소시지의 육즙이 입안으로 가득 퍼졌다.

"고작 부실한 빵 쪼가리 안에 소시지 하나뿐인 게?"

그의 목소리에는 진정한 짜증이 묻어 있었다. 쌤통이라고 고소해하며 리아는 핫도그를 꼭꼭 씹어 삼켰다.

"잘 보면 케첩 소스 안에 양파와 피클도 있어요."

라준은 못마땅함으로 가늘어진 눈으로 그의 손안에 든 핫도그와 콜라를 번갈아 보더니 '젠장'이라고 작게 중얼거렸다. 그는 이런 상황을 전혀 예측하지 못했는지 찌푸린 얼굴로 리아를 쏘아보았다.

리아의 심장이 다시 고장 나기 시작했다. 라준의 심기를 긁을 작정으로 데려왔는데 역시 그 생각은 적중이었다.

그런데 어째서 그녀의 마음이 울렁대는 것일까. 핫도그를 벌레 보듯 하는 이 남자는 심지어 뉴욕에서 나고 자란 뉴요커의 기도 죽일 만큼 자연스러웠고 핸섬했다. 이제 그만! 그의 일거수일투족을 찬양만 하고 있잖아.

"나 같은 유학생에겐 정말 착한 가격의 한 끼랍니다. 2불밖에 안 하거든요."

"2불?"

"이곳만 그래요. 다른 푸드트럭에서는 양파와 피클도 없는데 4불이나 받는다고요."

"그래서 그렇군."

"뭐가요?"

"네가 이렇게 말라깽이가 된 거."

"칭찬 고마워요. 다이어트 성공한 셈이네. 돈 한 푼 안 들었으니까."

리아의 말에 라준의 눈썹이 꿈틀거렸다.

"먹기 싫어요? 그럼 내가 다 먹죠 뭐."

리아가 라준의 손에서 핫도그를 빼앗아 들려고 하자 라준이 외려 재빨리 리아의 것을 낚아챘다.

"뭐하는 거예요?"

"보다시피."

라준은 리아의 뜨악한 얼굴을 보고 한 번 싱긋 웃고는 일말의 고민도 없이 핫도그를 쓰레기통에 처넣어 버렸다.

"미쳤어요?"

"지극히 정상이야. 너야말로 이제 불쌍한 유학생 코스프레는 그만하지 그래?"

"오빠 눈에는 불쌍하고 처량한 유학생으로 보이겠지만, 난 지금 이 순간의 내가 기특하고 멋지니까, 딴죽 걸지 말아요. 체. 코스프레라니, 아까는 겁쟁이라고 하더니! 순 자기 멋대로야."

"진짜가 아니잖아."

"진짜가 아니라뇨?"

"이곳의 넌 진짜 네가 아니라고. 그저 5년 간 뉴욕의 마법에 걸려 있었을 뿐이야."

"어떤 근거로 그런 말을 하는 겁니까? 이곳에서 난 열심히 살았고 내 인생을 책임지기 위해 노력했어요."

"그 누군가에게 뉴욕은 꿈을 이루기 위한 절실한 삶의 현장이었을 테지만, 네게는 절실한 삶을 흉내 내기 위한 꿈의 무대였을 뿐이었어. 넌 어차피 돌아가야 하니까. 네가 지켜야만 하는 바로 그 자리로."

"함부로 말하지 말아요. 오빠가 뭘 안다고 내 시간을 폄하하는 거예요?"

"이곳이 도피처가 아니었다고 말할 수 있어?"

리아는 얼굴을 굳혔다. 그가 말하고 싶은 것이 전혀 이해도 되지 않고 감도 오지 않았다. 무엇으로부터, 아니 누구로부터 도피하고 싶었는지 그는 과연 알고 있을까? 난데없이 나타나 뜬구름 잡는 것처럼 돌아가야 할 자리가 있다고 설교하다니. 나는 이곳에서 내가 무엇을 하고 싶은지, 어떻게 살고 싶은지 깨달았단 말이야.

리아의 안색이 창백해졌다. 설마 내가 연기를 공부하고 있다는 걸 알아버린 거야?

"할 말이 그거라면 충분히 알아들었으니까 돌아가세요. 하지만 오빠가 틀렸어요."

"예전의 넌 도도하고 자존심 셌지만 지금처럼 무모하지는 않았어."

리아는 반응하지 않으려고 심호흡을 했다. 그가 언제부터 그녀에게 관심을 가져줬다고? 인생의 선배나 되는 것처럼 훈계하려드는 모습이 역겨웠다. 정작 아무것도 모르면서…….

리아는 입을 떼려다 마음을 고쳐먹었다. 고장 난 심장은 라준의 유무와 상관없이 수리하면 그만이다. 자신의 눈과 방식만이 옳다고 여기며 삶을 재단하려는 라준에게 하염없이 끌려가는 것은 죽기보다 더 싫은 일이었다.

"더 이상 오빠와 마주하고 싶지 않아요. 할 말이라는 것도 궁금하지 않고요. 안녕히 가세요."

"아니. 너 못 가."

라준은 리아의 손목을 낚아챘다. 그러곤 성큼성큼 앞으로 걸어가기 시작했다.

"대체 왜 이래요?"

"밥 먹으러 가야지. 나는 여전히 배고프다고."

라준의 싸늘한 어투에 리아는 입을 다물었다. 배고픈 사자 앞에서 움쭉달싹할 수 없는 먹잇감이 된 기분이 들었기 때문이다. 그가 하지 못한 그 할 말이 그물처럼 리아를 포획했다.

홀랜다이즈 소스를 끼얹은 햄에그 베네딕트와 치즈 오믈렛, 오렌지 마멀레이드로 범벅이 된 팬케익과 자몽 주스, 그리고 블랙커피.

라준은 먹음직한 음식들을 눈앞에 두고 멀뚱히 쳐다보기만 하고 있는 리아를 관찰했다. 사라베스 레스토랑에 들어와서 그의 마음대로 메뉴를 골라 주문해도 리아는 굳게 입을 다물고 있을 뿐, 단 한 마디의 말도 하지 않았다.

라준은 팬케익을 잘라 입 안으로 집어넣었다. 그런데 달콤하기는커녕 되레 쓰게 느껴졌다. 그는 신경질적으로 입가를 냅킨으로 닦고 식탁에 내려놓았다.

내가 지금 무슨 짓을 한 거지? 전혀 자신답지 않았다. 아마 피곤해서일 것이다. 14시간 동안 태평양을 날아와서 제일 먼저 한 일은 호텔에 짐을 푼 것이 아니라, 리아의 맨해튼 아파트 앞에서 죽치고 있었던 거니까. 동이 틀 때까지 뜬눈으로 리아를 기다리는 자신의 모습은 예전에는 전혀 상상도 할 수 없는 것이었다. 아무래도 기준이 보내준 사진의 여파가 큰 모양이었다. 사진 속에 낯설게 웃고 있던 리아는 다른 세계에 속한 사람 같았다.

그래서 그답지 않게 심술을 부린 것인지도 모른다. 센트럴파크에서 아침 운동을 하던 리아와 그의 지갑 속 사진 속에 있는 리아의 모습은 사뭇 달랐다. 패밀리 레스토랑에서 단발머리의 리아가 장난 삼아 등갈비 뼈다귀 하나를 입에 물고 '으흥' 하며 사자 흉내를 내고 있는 사진. 갓 대학 입학 후 라임과 즐거운 한때를 포착한 그것은 지난 5년간 라준의 지갑 안을 벗어난 적이 없었다.

라임은 리아가 그의 약혼녀라는 사실을 한시도 잊지 않게 만드는 재주가 있었다. 리아와 약혼한 이래로 라임은 리아의 시시콜콜한 일상을 아침부터 저녁까지 라준에게 조잘대었다. 물론 패밀리 레스토랑에서 폴라로이드로 찍은 이 사진도 예외가 아니었다. 리아의 앙증맞고 예쁜 모습을 보여주고 싶다며 그의 책상에 슬쩍 놔두고 간 것이었다.

그 사진은 앙증맞고 예쁜 것이 아니라 매우 우습고 귀여웠다. 리아는 마치 세인트 버나드 같았다. 스위스의 산악 구조견. 눈이 보이지 않을 정도로 웃고 있는 눈이 뼈다귀의 곡선을 그대로 빼어 닮았고, 젖살이 오동통하게 오른 뺨은 꼬집어보고 싶을 만큼 탄력 있어 보였다.

엉뚱한 생각에 라준은 피식피식 웃다가 급기야 큰 소리로 웃고 말았다. 그 이후로 라준은 기분이 우중충할 때마다, 일이 잘 풀리지 않을 때마다 그 사진을 꺼내 보았다. 왠지 사진을 보고 있으면 그를 짓누르고 있던 스트레스가 날아가는 것 같았다.

그런데 오늘은 그 사진 속의 인물이 눈앞의 리아와 동일인물이 맞는지 의심스러워졌다. 길어진 머리카락 때문인지 얼굴은 한결 여성스러워졌고, 몸은 먹지 않아 마른 모델처럼 보였다. 그리고 그의 어떤 도발에도 침착함을 잃지 않았다. 예전의 리아였다면 약이 바짝 올라 그를 어떻게든 이겨보려고 살벌하게 노려보았을 텐데. 몸에 밴 당당함과 도도함은 스러지지 않았지만 그것의 강도도 누그러졌다는 것은 부인할 수 없었다. 뉴욕이 정말 리아를 이렇게 만들었나?

5년간 보고 받고 지켜본 리아와 오늘 직접 대면한 리아는 아주 달랐다. 미묘한 공기의 흐름까지도 변했다고 느껴질 만큼 라준은 리아가 어색하게 느껴졌다. 그것은 마치 라준이 떨어져 있었던 시간과 장소만큼 리아의 무언가를 놓치고 있었다는 생각이 들게 했다.

라준은 손가락으로 식탁을 톡톡 두드렸다. 뭔가가 빠진 것은 확실한데, 그것이 무엇인지 알아낼 방도가 없었다. 항상 리아 앞에 서면 그를 긴장하게 만들던 그 무엇!

"이제 그만 노려보고 먹지?"

라준은 무심한 투로 말했다. 리아는 라준을 정면으로 응시했다. 순간 라준은 풍선의 바람이 빠지는 것처럼 김이 새는 느낌을 받았다. 눈빛이 달라졌다. 언제나 15도 각도로 꼬나봐서 늘 무념무상, 무아지경, 물아일체를 외치게 만들었던 그 눈이 아니었다. 라준은 도저히 미간을 풀 수가 없었다.

"왜, 부르주아 같아서 여기 비싼 음식들은 도저히 못 먹겠어?"

라준은 비아냥거리며 블랙커피를 한 모금 마셨다. 쓴맛이 지금 기분과 딱이었다.

"난 배고프지 않아요."

리아의 어조에는 '배는 네가 고픈데, 왜 나보고 먹으라고 하는 것이냐'라는 힐난이 묻어 있었다.

"가난한 유학생이 비싼 레스토랑에서 아침 식사를 하는 경우는 흔하지 않지. 감사하다는 인사는 안 해도 되니까 어서 먹기나 해."

라준은 그가 듣기에도 밉살스럽게 말했다. 왜 그런지 알 수 없지만 리아의 세계를 뒤흔들고 싶다는 생각이 강했다. 다른 남자와 해변을 갔다 왔단 말이지?

"넙죽 절이라도 할까요?"

"그래주면 나야 고맙지. 하지만 괜찮겠어? 여긴 뉴욕인데. 저 사람들에게는 문화적 충격일 거야."

리아는 눈에 불이 이는 것 같았다. 당장이라도 자리를 박차고 일어나고 싶었지만 운동이 끝난 뒤라 그런지 눈앞의 음식들이 굉장히 유혹적이었다. '먹으면 지는 거야'라고 되뇌었지만 노란 홀랜다이즈 소스에 머핀을 콕 찍어 먹으면 맛있겠다는 생각이 들었다.

"아침은 원래 안 먹어?"

라준이 포크로 빵을 찍어 입안에 넣자 리아는 홀린 듯 바라보았다. 무슨 남자가 저렇게 우아하게 먹는지. 이라준은 태어날 때부터 귀족적이었다. 대한민국 제일의 기업의 후계자로 일찌감치 낙점되어 완벽한 환경 속에서 철저한 교육을 받아온 남자였다. 일탈과 반항이라는 말은 분명 그의 인생에는 없으리라.

"가끔 먹어요."

"앞으론 가끔 먹는 일이 없을 테니까. 얼른 포크를 들어."

"왜 이래요, 정말?"

"살 쪄야 되니까."

"내가 왜요?"

"그런 몸으론 아이를 낳을 수 없잖아."

"내가 왜 애를 낳아요?"

"우리가 어떤 사이라는 거 잊었어?"

"우리가 어떤 사인데요?"

리아는 라준의 대답을 재촉하다 휘둥그레진 눈으로 외쳤다.

"설마 나보고 오빠 애를 낳으라는 거예요?"

리아의 입으로 그 말을 듣고 있자니 라준은 '끄응' 하는 소리를 속으로 삼켰다. 너무 무리수를 뒀나? 정말 그답지 않았다. 라준은 민망함을 헛기침으로 무마하고 대답했다.

"맞아."

"왜요?"

"우린 그래야 되니까."

"그러니까 왜 지금 그래야 되냐고요?"

"우리가 약혼한 사이라는 걸 잊었어?"

"아뇨, 잊지 않았어요. 그걸 어떻게 잊겠어요? 자그마치 중3때부터 시작된 지긋지긋한 약혼인데."

리아의 잊지 않았다는 말에 만족감을 느끼던 라준은 지긋지긋하다는 그녀의 말에 화가 났다. 흥분이 혈관을 타고 머리로 가파르게 올라오는 것 같다. 라준은 흥분에 절대 동요하지 않는다는 그만의 눈빛을 고수했다. 활활 타오르는 불꽃이라도 맥을 못 출만큼 냉기를 뿜는 그의 눈.

"잊지 않았다니 그나마 다행이군."

"난 절대로 오빠 아이 낳을 생각도 없고, 결혼할 생각도 없어요!"

리아는 궁지에 몰린 작은 맹수처럼 으르렁거렸다. 적의를 강하게 띠고 있는 리아의 눈은 생동감이 넘쳤다. 라준의 몸으로 알 수 없는 안도감이 스며들었다. 그를 불편하게 만드는 15도 각도의 저 눈빛. 결국 리아는 익히 그가 잘 알고 있는 리아로 돌아오고 있었다. 자존심이 하늘을 찌르고 오만하게 명령을 내리는 불꽃의 여왕. 그게 바로 리아였다.

라준은 한결 편해진 마음으로 거드름을 피우며 차갑게 말했다.

"난 너 외에는 결혼할 수 없는 몸이야. 네가 책임져야지."

"천만에요. 오빠가 눈을 조금만 돌려보면, 아니 기억만 조금만 더듬어도 분명, 결혼할 여자가 수두룩할 거예요. 그러니까 그 여자들에게나 찾아가 알아보시죠."

리아는 야멸차게 쏘아붙이고 자리에서 일어났다. 라준은 그런 리아를 힐끗 쳐다보다 느릿하게 자리에서 일어났다.

"결혼식은 5월 20일이야."

"뭐라고요?"

라준은 몸을 일으켰다. 숨소리가 들릴 정도로 리아에게 바짝 다가간 라준은 허리를 숙여 리아의 귓가에 달콤하게 속삭였다.

"난 네가 내 아이를 낳아줬으면 좋겠어. 넌 우리 집안에서 인정한 유일한 여자니까."

라준은 식탁의 계산서를 리아의 눈앞에 들어보이고는 싱긋 웃었다. 그의 미소에 불 맞은 황소처럼 씩씩거리던 리아의 심장에 살랑거리는 바람이 찾아들었다.

"난 그럼, 이만."

라준은 리아에게 등을 보이고 앞으로 걸어갔다. 그의 얼토당토않은 말과 그의 아무 뜻 없는 미소에도 반응하는 심장에 화가 머리끝까지 치민 리아가 소리쳤다.

"절대 그런 일은 일어나지 않을 거예요!"

아침 식사를 하던 몇몇 테이블의 손님들이 리아에게 눈총을 주었다. 주변의 시선이 따가워 리아는 털썩 자리에 앉아 두 손으로 얼굴을 감쌌다.

할 말은 결국 이거였어.

라준은 아이를 낳아달라는 핵폭탄급 발언을 터뜨려 놓고는 유유히 사라졌다. 약혼도 마른하늘의 날벼락처럼 몰아치더니, 결혼도 리아의 의사와는 상관없이 폭풍처럼 다가왔다. 리아의 의사는 깡그리 무시하고 제멋대로 그녀의 인생을 좌지우지하려 들고 있었다. 그녀가 뉴욕에서 겨우 찾은 안정과 꿈이 한낱 구겨 버릴 폐지와 다름없다는 말인가.

라준이 결혼을 들먹인 걸 봐서는 아마 그녀의 부모님과 라준의 부모님이 모두 결혼을 허락했다는 말이었다. 5월 20일이라고? 그 악몽이 시작된 성년의 날이었다. 누구 마음대로! 분노가 리아를 잠식하자 피곤이 몰려왔다. 라준뿐만 아니라 강대한 네 명의 대적들이 있으니, 지혜를 모으고 힘을 비축하려면 뭘 좀 먹어둬야 했다. 리아는 전투적으로 앞에 놓인 음식들을 입으로 가져가

우걱우걱 씹어댔다.

　리아는 두통을 핑계로 캐시의 부탁을 거절했다. 재영이 지난 주말 해변에서 걸린 감기 때문에 캐시는 리아에게 한국식 콩나물국 끓이는 방법을 가르쳐 달라고 했다. 하지만 리아는 라준이 가지고 온 난제를 푸느라 하루 종일 끙끙대 저녁 아르바이트가 끝날 즈음에는 쓰러지기 일보 직전이었다.

　기억하기도 싫은 끔찍한 주말이었다. 라커웨이 소풍을 약속한 캐시는 별안간 직장 상사의 호출로 출근했고, 그런 캐시 때문에 낙담한 재영은 캐시 상사의 흉을 보느라 차가운 바람에도 카페테리아에 들어가지 않고 해변을 거닐다 감기에 옴팡 걸리고 말았다. 설상가상 모래가 그의 눈 안으로 들어가는 바람에 리아가 작은 알갱이를 찾아내느라 이리저리 입 바람을 쏴야만 했다.

　그러나 제일 힘들었던 건 기대에 부풀었던 재영이 캐시의 부재로 칭얼거리는 어리광쟁이가 돼버렸다는 사실이다. 리아는 그를 달래느라 진이 다 빠져 버렸다. 아픈 재영에겐 미안했지만 리아는 할 만큼 했고, 더 이상 두 연인 사이에 끼고 싶지 않았다. 오늘 밤은 그녀의 문제만으로도 머리가 터질 것만 같았다.

　리아는 재영에게 안부를 전해달라는 말을 남기고 지하철역으로 걸어갔다. 10시가 훌쩍 넘은 시간, 아파트에는 크리스마스 전구같이 불들이 들어와 있었다. 리아는 엘리베이터를 타고 27층을 눌렀다. 유학 생활의 가장 힘든 점은 불 꺼진 집으로 혼자 들어가는 순간이었다. 엘리베이터 안의 단 몇 십 초도 낮에는 느낄 수 없는 외로움이었다.

비밀번호를 누르고 문이 열리는 소리가 들리자 리아는 성급하게 문고리를 잡아당겼다. 얼른 씻고 침대에 눕고만 싶었다. 거실의 거대한 창문을 통해 들어오는 야경의 반짝이는 불빛조차 오늘은 리아의 시선을 끌 수가 없었다. 그녀는 어둠 속에서 재빨리 침실로 들어가 목욕 가운을 손에 들고 욕실로 향했다.

뜨거운 물에 몸을 누이고 느긋하게 거품 목욕을 즐겼다. 뭉친 근육과 복잡한 머릿속이 이완되는 것 같아 리아는 저도 모르게 신음을 내뱉었다. 한참동안 물속에 틀어박혀 있던 리아는 목욕 가운을 입고 머릿수건으로 머리카락을 싸매고 욕실을 나왔다. 침실을 가로지르려다가 문득 어두운 거실이 마음에 들지 않아 조명 스위치를 켰다.

실내가 환해진 그 순간 무심코 소파를 돌아본 리아는 깜짝 놀라 소리 질렀다.

"엄마야!"

라준이 탁자 위의 커피를 집어 들며 느긋하게 리아를 쳐다보고 있었다.

"이게 무슨 짓이에요! 여긴 어떻게 들어왔어요? 함부로 남의 집에 들어와 있다니! 이건 주거침입죄란 말이에요! 도대체 여긴 왜 있는 거예요? 놀라게 하려고 작정한 거예요?"

"한 번에 한 가지씩만 물어."

"라준 오빠!"

리아가 그러거나 말거나 라준은 이곳이 마치 그의 집이라도 되는 것처럼 자연스럽게 행동했다. 셔츠의 소매를 둘둘 걷어 올리고 길쭉한 두 다리는 탁자에 내뻗은 채, 편안하게 커피를 음미했다. 아무래도 이 집의 주인은 리아가 아니라 라준인 모양이었다.

"대체 여긴 어떻게 들어온 겁니까?"

"네 약혼자라고 하니까 관리인이 아파트 안으로 들여보내 주던데?"

그럴 리가? 이곳은 맨해튼에서 보안이 삼엄하기로 유명한 아파트였다. 제아무리 가족이 방문하려고 해도 신분이 정확하지 않으면 현관 입구가 아니라 아파트 입구에서 제지를 당한다. 리아가 집에 없는데 어느 누가 라준의 신분을 확인해 줄 수 있단 말인가? 도대체 라준은 무슨 수를 써서 아파트 건물로 들어온 거지? 비밀번호는 또 어떻게 안 거야?

"네 사진을 보여주면서 내가 이 여자의 약혼자라고 말했을 뿐이야. 비밀번호는 당연히 라임이에게 물어봤고."

"사진? 왜 허락도 없이 남의 사진을 가지고 있는 거예요?"

"약혼녀 사진을 가지고 있는 데에도 허락을 받아야 하나?"

라준의 한쪽 눈썹이 하늘을 향해 올라갔다.

"염려 마. 내가 훔친 것은 아니니까. 일전에 라임이가 내게 준 거야."

이라임! 스파이 노릇을 잘도 했군. 리아는 벌렁이는 심장을 잠재우고 침착함을 되찾았다.

"알았어요. 그건 됐고. 왜 여기 있는 거예요? 호텔로 안 가고?"

"최후통첩을 하러 왔으니까."

"최후통첩?"

"내일이야."

"내일 무슨 일이 일어나나요? 지구에 소행성이라도 부딪쳐요?"

"내일 나와 함께 돌아가는 거야. 한국으로."

라준의 입이 슬로우 모션으로 움직이는 것 같았다. 그러곤 그가 내뱉은 말이 엄청난 진동과 함께 리아의 귀를 아프게 했다.

한, 국, 으, 로?

리아는 머리가 빙빙 도는 것 같아 소파에 털썩 주저앉으며 라준에게 희미한 미소를 지어 보였다. 장난하지 말라는 뜻이 명백한 비웃음이었다.

"5시 비행기니까 그 전에 모두 정리해 둬."

"내가 왜 오빠와 같이 갈 것이라고 생각해요? 난 가지 않아요."

"넌 갈 거야. 구리아. 넌 내 약혼녀니까."

약혼녀! 약혼녀! 그놈의 약혼녀가 뭐기에 이렇게 당당하게 내 삶을 조여 오느냐 말이야? 지난 9년 동안 한 번도 자기 약혼녀라고 인정해 준 적이 없으면서, 아니 단 한 번만이라도 약혼녀처럼 대접해 준 적도 없으면서! 때 되면 귀찮은 개에게 먹잇감 던져주 듯 선물 하나 던져준 게 다인 주제에. 지금에 와서 약혼자 행세를 하려고 하다니.

"오빠가 아무리 그래도 난 가지 않을 거예요. 내일도 모레도 이곳에서 해 뜨는 걸 볼 테니까."

"결혼 준비를 하려면 시간이 얼마 없어."

흔들림 없이 단호하게 말하는 라준에게 리아는 더 이상 불같은 분노가 일어나지 않았다. 5년간 코빼기도 보이지 않던 그가 뉴욕 맨해튼에, 그것도 단 한 번도 방문한 적 없는 리아의 집에 있다는 그 사실만으로도 더 이상 분노만으로는 문제를 해결할 수 없다는 냉정한 생각이 들기 시작했다.

"대체 왜 이래요? 누가 우리 결혼에 대해서 뭐라고 언급했어요?"

"할아버지께서 결혼을 명하셨어."

리아는 입을 다물었다. 사현그룹의 이현호 명예회장은 리아의 할아버지와 다를 바 없는 분. 그녀의 아버지는 이현호 회장을 친아버지처럼 여기고 있었다. 게다가 단순한 사적인 친분뿐만이 아닌 기업적인 면에서도 사현그룹은 보성그룹의 영원한 파트너였다.

그러나 뉴욕에 도착한 후 그런 관계를 공고히 하기 위해 리아 자신의 인생을 더 이상 희생할 수 없다는 결론에 도달했다. 부모님의 뜻을 어길 수 없었고, 이라준을 사랑했으므로 정략결혼을 감행할 수 있다고 여겼지만, 뉴욕에서 새로운 인생을 발견한 후로는 리아는 언젠가 파혼을 해야겠다고 생각하던 차였다. 사랑 없이 필요에 의한 결혼은 분명 그녀의 인생을 망가뜨릴 것이다. 첫사랑의 실패로 미국행을 결정했고 그 시간 동안 얼마나 충분히 고통스러웠는지 몸소 경험했다.

하지만 라준은 전혀 이해하지 못할 것이다. 어른들의 기대를 한 몸에 받고 자라 부모님들에게 결코 실망을 안겨준 적이 없는 완벽한 남자였다. 결혼도 마찬가지였다. 사랑하는 여자가 있음에도 그가 살아왔던 인생의 대원칙을 어기지 않기 위해 집안에서 정해준 여자와 결혼하는 것도 마다하지 않을 것이다.

그러나 리아는 그런 라준의 결혼에 대한 이분법적인 구분, 즉 몸 따로, 마음 따로인 것을 용납할 수 없었다. 뉴욕이 가르쳐 주기 전에 이미 리아가 라준을 통해 배운 교훈이었다.

침착하자, 구리아. 심호흡 한 번 하고 설득하는 거야.

"라준 오빠? 오빠는 우리가 결혼할 수 있다고 생각해요?"

"왜 그런 것을 묻는 거지?"

"중요하니까요. 우리가 정말 결혼할 수 있을까요?"

"할 수 있어. 네가 내일 나와 함께 돌아간다면."

"그런 말이 아니잖아요. 우리의 뜻과 상관없이 정해진 약혼과 결혼을 정말로 받아들일 수 있냔 말이에요? 우리는 사랑하지 않잖아요."

"사랑이 필요해?"

"물론이죠. 난 결혼은 사랑하는 사람과 하고 싶어요."

"우리 같은 사람들에겐 사랑은 그리 중요하지 않아."

"난 중요해요. 사랑 없인 결혼할 수 없어요."

"……사랑하는 사람이 있어?"

그런 사람이 있다고 하면 결혼을 재고해 줄까? 하지만 거짓말은 하고 싶지 않았다.

"아뇨. 지금은 없어요."

"지금은 없다? 예전에는 있었단 말이야?"

"네."

라준은 뭔가 못마땅하다는 듯 미간을 모았다.

"오빠와 나 어린 시절부터 알았고 약혼은 집안 어른들의 강요로 이뤄졌잖아요. 그땐 우리가 어렸으니까 어른들의 뜻을 거스를 수 없어서 따랐던 것뿐이지만 지금 우리는……."

"성인이란 말이야?"

"그렇죠. 우린 이제 어른들과는 별개로 우리의 인생을 개척할 수 있는 성인이라는 거죠."

"그건 네게만 해당되는 거지. 그때도 난 성인이었어."

"그러네요. 오빠는 성인…… 이었네요."

그는 그때 이미 스물네 살의 청년이었다. 지자체 단체장 선거와 국회의원 선거로 대한민국을 위해 한 표를 행사한다고 가슴이 벅차 오른 리아와 달리 그는 국운이 달린 대통령 선거까지 이미 그의 손끝에서 마친 어엿한 대한민국 성인 남자였다.

그런 남자가 어른들의 강요와 가까운 결혼도 마다하지 않았던 건, 이미 정략결혼의 득과 실을 모두 따져보았다는 뜻이 아닐까? 아울러 '사랑 따로 결혼 따로'라는 모토도 그때 완전히 정립되어 있었던 건지 모른다.

새삼 뜨거운 분노가 리아의 혈관을 강타했다. 그의 결정 하나로 리아는 원하지 않은 정략결혼의 희생물이 된 것이다. 성인이었던 그가 어른들 앞에 나서 이 억지 같은 결혼을 막아주기만 하였더라면. 9년 전 어른이었던 라준은 전혀 어른답지 못한 행동을 한 것이다.

"오빠도 이 결혼 원하지 않잖아요."

"원해."

1초의 고민도 없이 튀어나온 라준의 영혼 없는 대답에 리아는 얼굴을 한껏 찡그렸다. 이제는 궁금하기 시작한다. 왜 그녀와의 약혼을 선택했는지. 보성그룹 때문일까? 아니면 단지 할아버지의 뜻에 순종하기 위해서? 물론 둘 다겠지.

"그렇게 말하지만 오빠의 진정한 뜻은 아니었을 거예요."

라준의 입꼬리가 한쪽으로 올라갔다. 리아는 그 모습이 못마땅해 더욱 쌀쌀맞게 말을 던졌다.

"오빠는 오랫동안 길들여진 거예요. 사현그룹을 위해, 가문을 위해. 오빠가 해야 할 책임과 역할이 늘 곁에 맴돌고 있으니까, 철이 들기 시작할 때부터 할아버지로부터 귀가 따갑게 오빠가 지켜야 할 의무들을 들어왔을 거라고요. 그 의무 속에는 물론 나와의 결혼도 포함되어 있었던 거예요. 그래서……."

"미안하지만 난 너와 결혼하라는 말을 듣고 자란 적이 없어. 우리의 약혼은 갑작스럽게 정해진 거야. 그래서 네가 도망친 걸로 아는데."

또 리아의 말을 끊으며 라준이 히죽 웃었다.

우, 웃었어? 리아는 늑골 밖으로 튀어 나오려는 심장을 겨우 부여잡았다. 미친 거지, 너? 응? 이라준은 이제 없다니까! 그가 발뺌하지 못할 이유를 찾아야 된다.

"우리는 행복하지 않을 거예요!"

"어째서?"

"사랑이 없으니까요."

"구리아, 잘 생각해 봐. 우린 비슷한 환경에서 자랐어. 사랑이 없어도 얼마든지 행복할 수 있어. 같은 세계를 공유하고 같은 곳을 바라보는 사람들이 서로 배우자가 되는 것만큼 좋은 일은 없어. 게다가 부모님들도 너와 나의 결합을 적극 환영하시지. 우리의 결혼은 회사에도 막대한 이익을 가져다 줄 거야."

"결혼을 무슨 협상하는 것처럼 말하네요."

"우리 같은 사람들에겐 그런 점도 중요하다는 거야. 그게 우리가 사는 방식이니까."

"알아요. 다만 사랑이 없을 뿐이죠. 그러니 우린 행복하지 않을 거고요."

"사랑이 있어도 행복하지 않은 사람들, 많이 봤어."

"하지만 대부분의 행복은 사랑을 먹고 살죠. 우린 불행할 거예요."

"사랑이 그렇게 중요하니?"

"네."

"네가 사랑이라고 부르는 것들이 뭐지? 고작 동방신기를 좋아하는 것 같은 거 아닌가? 순간적으로 끓어오르는, 이성이 배제된 감정, 그 이상도 그 이하도 아니지. 최강창민이랬나? 유노윤호랬나?"

"시아준수였어요! 그리고 난 동경과 사랑을 명확하게 구별할 수 있어요. 오빠가 뭘 안다고 내 사랑을 함부로 판단해요?"

"넌 어리광쟁이에다 고집쟁이에 불과해. 네 신분과 위치, 어른들과 집안은 조금도 생각하고 있지 않으니까."

"내가 남들보다 조금 특별한 책임이 있는 집안에 태어났다고
해서 내 행복을 희생해야 한다는 건 누구의 이기적인 발상이죠?
오빠인가요? 아님 부모님들? 그것도 아니면 할아버지신가요?"

"구리아!"

"나와 파혼해 줘요."

"파혼할 수 없어. 그건 네가 더 잘 알고 있을 거야."

라준은 자리에서 벌떡 일어나 재킷을 거머쥐었다.

"내일 5시 비행기야. 1시에 데리러 올 테니 준비하고 있어. 이
곳 정리는 내가 알아서 하지."

"난 안 간다니까요!"

발끈한 리아가 소파에서 일어나 라준의 뒤통수에 대고 소리쳤
다. 천천히 그녀를 뒤돌아보는 라준의 눈이 아주 무섭다는 것을
안 순간 그녀는 주춤거렸다. 라준은 더 이상 리아의 반항을 묵과
하지 않겠다는 경고를 분명히 했다.

"가게 될 거야. 너 말고 다른 여자와의 결혼, 생각해 본 적 없
어."

결혼만 그렇겠지, 리아는 입술을 질끈 깨물었다.

사랑은 그 붉은 입술에게 다 줬으니까. 평생 내 것이 되지 않
을 사랑을 기대하며 불쌍하게 살아가라고? 천만에. 내 인생은
당신의 이중적인 인생과는 달라. 책임감과 의무감에 묶여서 날개
를 꺾을 만큼 난 호락호락하지 않아. 난 당신이 아니니까.

"정작 이기적인 사람은 오빠였군요. 왜 날 놔주지 않는 거예

요? 집안에서 정해준 여자라서, 부모님의 기대에 어긋나는 게 싫어서?"

"너야말로 날 잘 알지도 못하면서 함부로 말하지 마."

"아뇨. 잘 알아요. 나와 오빠가 잘 안 맞다는 것이요. 조금만 생각해 보면 당연히 알 수……."

"우린 어느 면으로든 잘 맞을 거야. 부부로서도, 사위와 며느리로서도, 그룹의 수장으로서도. 네가 조금만 생각해 보면 당연한 귀결이지."

라준은 단호하게 리아의 말을 가로채며 말을 이었다. 선수를 뺏긴 리아는 순식간에 대화의 주도권이 라준에게 기울었다는 것을 깨닫고 당황했다. 조금 전까지 리아가 결혼할 수 없다는 여러 근거에 틈을 보여주던 라준은 언제 그랬냐는 듯, 아이스맨이 돼서 무심하게 입을 열었다.

"사랑 운운하면서 내 신경 긁지 마. 결혼하지 못한다는 네 설득, 호소, 비난까지 충분히 들어줬으니까. 그리고 난 내 뜻을 확실히 했어. 한 번만 더 안 된다고 쫑알거리면 그 조그만 입술을 막아버릴 테니까, 조심해."

리아는 범접할 수 없는 라준의 오만한 아우라에 기가 죽었다. 그의 일방적이고 차가운 페이스에 말려 버린 리아가 어떻게든 그의 뜻을 꺾어보려 발을 동동거렸다. 라준이 저 문을 나가는 순간 결혼은 기정사실화가 되어버릴 것이다.

절대 그렇게는 안 돼. 생각을 해, 구리아.

"난 오빠와 한 침대에 들어가고 싶지 않다고요!"

현관문을 향해 걷던 라준은 뒤를 돌아 리아를 뚫어지게 응시했다. 빤히 쳐다보는 시선이 의문을 띠고 있다가 이내 노골적으로 답을 원하는 눈빛으로 변했다. 리아는 용기를 끌어 모아 당황하지 않으려고 애를 썼다.

"오빠에게 나, 여자 아니잖아요. 단지 귀찮은 여동생 친구에 불과한데 어떻게 결혼할 수 있겠어요?"

"네가…… 내게 여자가 아니라고?"

그의 나른한 음성에 리아는 혀를 깨물고 싶었다. 내뱉은 엉뚱한 말을 도로 집어삼키고 싶다는 열망만 들었다. 쥐구멍을 찾는 건 부끄러운 잘못을 저지른 사람만 하는 짓. 난 사실을 꼬집었을 뿐이야. 잘못한 거 없어.

"네. 그리고 내게도 오빤 남자 아니에요. 오빠는 후계자가 필요하다고 하지만 난 그럴 수 없어요. 왜냐하면 난 오빠를 친오빠나 다름없다고 여겨 왔어요."

"네가 날 친오빠로 생각했다고?"

"물론이죠. 생각해 보세요. 우리가 얼마나 친남매처럼 잘 지내 왔는지. 거의 가족이나 다름없었죠. 오빠는 라임이를 아끼듯 저를 아껴줬고 또……."

"난 그런 기억이 없는데."

"오빠는 부인하지만 난 분명 그렇게 느꼈어요. 그런 오빠와 결혼해서 아이를 갖는다니! 상상만 해도 토가 나올 것 같아요."

"네 말뜻은 내가 남자로 보인 적이 없다?"

"맞아요. 단 한 번도 오빠를 그렇게 생각해 본 적이 없어요."

거짓말이 특기라도 되는 듯 술술 잘도 나왔다. 리아는 이때만큼 연기를 전공하고 있다는 게 다행스러운 적이 없었다. 눈꺼풀이 떨리지도 않고 입술이 바짝 마르지도 않고 얼굴이 붉어지지도 않은 그녀의 연기는 완벽했다.

리아는 라준이 적잖이 동요하고 있다는 것을 직감적으로 알아차렸다. 남자의 자존심을 건드렸으니, 라준도 리아의 쇠심줄 같은 고집과 유별난 성격에 진저리를 칠 것이다.

"우리가 결혼하게 되면 그건 근친상간이나 다름없다고요."

"근, 친, 상, 간?"

무표정해진 라준은 한 음절 한 음절 내뱉으며 어느새 리아의 눈앞에 우뚝 솟아났다. 리아는 침을 꼴깍 삼켰다. 그의 체취와 탄탄한 몸의 움직임까지 느껴질 만큼 가까운 거리였다.

"다시 말해봐, 뭐라고?"

"오빠와는 할 수 없다고요. 그거!"

"과연 그럴까?"

"에?"

순식간에 라준은 그녀를 그에게로 잡아당겼다.

갑작스럽게 시야가 막힌 리아는 깜짝 놀라 그의 품에서 벗어나려고 버둥거렸지만 이미 라준의 입술이 그녀를 덮어버린 후였다. 입술에 느껴지는 라준의 생경한 감촉에 리아는 얼어붙고 말았다.

'라준 오빠가 키스하고 있다'라는 생각만 동에 번쩍, 서에 번쩍, 리아의 머릿속에 번쩍이고 있었다. 마주한 라준의 혀가 얼마나 단단하고 부드러운지, 그리고 그녀를 흡입하는 힘이 얼마나 세찬지도 느끼지 못할 만큼 라준의 키스는 충격적이었다.

왜, 내게 키스하는 것일까? 왜?

"생각하지 마. 느끼기만 해."

그 입술의 움직임에 생각의 흐름이 따라간 리아는 몸에서 피가 모조리 말라 버리는 것 같았다. 그의 노련한 혀가 선사하는 따뜻하고 충격적인 두드림. 그러고는 마치 아이스크림을 핥아 올리듯 리아의 입술을 스쳐갔다.

라준은 다른 한 손으로 리아의 허리를 잡아당겨 그에게 밀착시켰다. 무방비로 그에게 사로잡힌 리아는 올무에 걸려 움쭉달싹하지 못하는 작은 새였다. 숨도 쉬기 어려웠고, 자꾸만 파고드는 야릇한 느낌에 한 오라기 남아 있던 이성도 안개처럼 사라졌다.

'아' 하고 탄식을 내뱉는 순간, 기다리고 있던 라준이 리아의 안으로 들어가 누가 주인인지 증명하기 시작했다. 부드럽기만 하던 그가 돌연 거친 전사처럼 돌변하여 리아를 쫓고 또 쫓아왔다. 라준의 입술이 그녀를 주장하는 것처럼 그의 두 손도 리아의 몸을 뒤흔들어 놓았다. 그녀의 허리와 등, 뺨과 턱을 배회하더니 한 번의 터치로 머릿수건을 벗겨 버렸다. 그 바람에 채 말리지 못한 차가움이 리아의 뺨에 전해졌다.

라준은 입술을 떼고 리아를 응시하며 흘러내리는 그녀의 머리카락을 매만졌다. 피부에 닿은 것도 아닌데 그의 그런 행동이 너무 뜨겁게 느껴져 리아는 움찔거렸다.

"이제 네 차례야. 내게 키스해 줘."

"나, 난⋯⋯."

"할 수 있어."

라준은 그녀의 입술에 입술을 가만히 가져다댔다. 그의 온기가 고스란히 느껴지는 부드러움에 리아는 정신이 혼미해졌다. 라준이 웃고 있다는 걸 입술에서 감지해 낸 리아는 전류가 흐르는 듯 몸을 떨었다.

그래서 그런지도 모르겠다. 그녀는 수줍게 라준을 작은 혀로 톡톡 두드렸다. 라준의 신음 소리가 리아의 귓전에 매력적으로 울려 퍼졌다. 용기를 얻은 그녀는 라준에게로 미끄러져 들어가며 그를 탐험했다. 돌려보기도 하고 밀어보기도 하고 살짝 빨아보기도 했다.

하지만 그뿐이었다. 조금 전까지 신음을 울리며 리아를 설레게 했던 라준의 반응은 의외로 미지근했다. 리아는 더욱 깊게 라준에게 키스했지만 조금 전, 게걸스럽게 그녀를 탐했던 그는 리아를 마주하고도 움직이지 않았다.

리아는 입술을 떼고 라준을 쳐다보았다. 왜?

"친오빠와는 이런 키스를 나눌 수가 없지, 안 그래?"

라준의 냉소에 리아는 찬물을 뒤집어 쓴 듯 몽롱함에서 깨어났다.

"난 널 단 한 번도 여동생으로 생각한 적 없어. 우리가 약혼하던 그 순간부터 넌 내 사람이었어. 내 아이의 엄마는 당연히 너고. 그 어떤 여자도 생각해 본 적 없어."

리아는 모멸감에 입술을 아프도록 깨물었다.

바보 같은 구리아. 변하지 않는 상황을 증명하기 위해 시작한 라준의 키스에 몸을 떨 정도로 반응하다니. 리아는 없어졌다고 생각한 감정을 일순간에 일깨운 그가 미웠다. 사랑은 내팽개치고 결혼과 아이를 원하는 남자. 그녀는 결코 씨받이가 아니었다.

"내게 사랑을 줄 수 있나요?"

"내 사랑을 원해?"

라준의 물음에 리아는 말문이 막혔다.

왜 한순간에 진심이 튀어나와 그로부터 저런 질문을 받아야만 하는지 그녀는 자신이 저주스러웠다. 라준은 그녀가 사랑을 원한다고 말해도 줄 수 없는 남자였다. 어쩌면 결혼을 위해서라면 거짓이라도 사랑을 가장할지도 모를 일이었다. 리아는 그녀의 진심을 전연 이해하지 못한 그의 모습에 절망스러웠다.

"아뇨. 원하지 않아요. 그게 바로 이 결혼을 할 수 없는 이유죠."

"포기해, 구리아. 더 이상 네가 피할 곳은 없어. 네가 돌아가야 할 자리는 바로 내 옆자리밖에 없다는 걸 이제 인정하라고. 난 널 결코 놓치지 않아."

"날 놓지 못하겠다고요?"

"그래. 네가 아무리 허튼 수를 벌여도 내겐 통하지 않아. 넌 내게 속해 있어."

한번 새기면 지울 수 없는 문신처럼 그의 말이 리아의 심장에 달라붙었다. 사랑이 없는 명목상의 결혼을 나는 버틸 수 있을까.

"1시에 데리러 올게. 일분일초도 기다리지 않아. 내 말을 어기면 각오하는 것이 좋을 거야. 그렇지 않으면 내 방식대로 해치워 버릴 테니까."

리아는 오만한 라준의 말에 경멸이 일었지만 별다른 반응을 보이지 않고 담담히 대답했다.

"알았어요. 준비할게요."

그녀는 그에게서 휙 등을 돌려 도도하게 침실로 들어가 문을 쾅 닫았다. 라준은 닫힌 문을 노려보다가 밖으로 나가버렸다.

라준은 눈싸움을 하듯이 노트북을 노려보았다. 노트북 화면에는 사현 자동차가 야심차게 준비하고 있는 SUV 차량의 새로운 디자인이 형형색색의 컬러로 그려져 있었다. 사내 공모를 통해 최종 심사에 올라온 세 개의 기획서도 라준의 선택을 기다리고 있었지만, 그의 눈에는 기획서의 내용이 전연 들어오지 않았다. 지난 이틀간 예정에 없던 왕복비행을 감행한 터라 그가 처리해야 할 결재 서류는 하늘 높은 줄 모르고 쌓여 있었다. 그런데도 묘하게 신경을 긁는 소리 때문에 일에 집중할 수가 없었다.

뉴욕발 서울행 비행기에 몸을 실은 지 10시간째. 창문 밖은 짙고 깊은 어둠의 제국이었다. 라준은 검은 하늘에서 눈을 떼 리아를 쳐다보았다.

구리아, 쿨쿨 잘 자고 있단 말이지?

라준은 급기야 노트북을 덮고 길쭉한 몸을 의자에 뉘여 팔베개를 했다. 비행기에 오른 이후 한 시간 정도 쪽잠을 잔 그에 비하면 구리아는 불편한 비행기 좌석이 제집 침대라도 되는 듯 제대로 숙면을 취하고 있었다.

뉴욕을 떠나올 때 리아는 의외로 고분고분하게 행동했다. 어젯밤처럼 분기가 탱천해서 그를 골탕 먹일 새로운 작전을 선보일 것이라는 예감은 보기 좋게 빗나갔다. 쿨하게 짐 가방 하나 달랑 들고 나타나 다른 짐들은 알아서 정리해 달라나? 그러고는 비행기에 올라 헤드폰을 끼고 코미디 영화를 실컷 보고 웃어젖히더니, 두 번의 기내식을 남김없이 먹어치우고, 급기야 스튜어디스에게 맥주까지 넙죽 받아 마시고는 쿨쿨 잠들어 버렸다.

대체 이번에 무슨 전략을 구사하는 것일까? 삐쭉 솟아난 호기심 하나가 라준의 눈과 귀를 붙잡고 놓아주지 않고 있었다. 태연자약. 머릿속에 떠오른 단어 하나가 무척 마음에 들지 않았다.

리아가 뒤척이며 라준 쪽으로 몸을 돌렸다. 유독 그의 눈에 들어오는 리아의 입술. 커다랗게 클로즈업 된 듯한 분홍빛 입술을 흘깃 쳐다보는 것만으로도 라준의 몸은 긴장이 됐다.

뭐라고 달싹거리는 건지, 귀를 종긋하고 싶은 욕구를 억누르며 라준은 짜증스럽게 한숨을 내쉬었다. 내가 어떻게 된 걸일까. 이성적인 그가 리아의 말 한마디에 화가 나, 남자라는 것을 증명해 보이다니.

남자가 아니라고? 그럼 내가 무어란 말인가? 여자는 아니잖아!

라준은 어젯밤 키스가 생각나 눈살을 찌푸렸다.

미쳤다. 이라준. 술은 리아가 아니라 그가 마셔야 했다.

언제부터 꼬맹이를 여자로 보게 된 것일까. 리아의 말이 완전히 틀리지는 않았다. 라준에게 리아는 여자가 아니었다. 그렇다고 여동생은 더더욱 아니었다. 그의 소유인 사람. 언제까지나 지켜야할 그의 것. 눈을 감고 있어도 항상 신경 쓰이는 존재이고, 눈에 보이지 않으면 꼭 찾아야만 하는 그런 존재.

리아가 원하는 건 사랑이라고 했다. 사랑만큼 위험한 것도 없는데, 그와 비슷한 환경에서1 비슷한 교육을 받고 자라난 리아가 사랑 타령이라니. 사랑만큼 못 믿을 감정에 인생의 중대사인 결혼을 걸다니.

라준이 리아에게 줄 수 있는 것은 신뢰였다. 어떠한 것도 틈을 타지 못하는 안정되고 평화한 삶. 그 미래가 라준이 꿈꾸는 결혼이었다. 사랑이 얼마나 화사한 얼굴로 사람을 희롱하고 모욕하는지 리아는 알지 못했다. 아버지는 사랑이라는 명목으로 새엄마를 선택했고, 어머니는 피아노를 사랑해서 라준을 세상에 홀로 남겨진 것처럼 무섭게 만들었다.

사람들의 이성을 갉아먹는 사랑은 불행을 가져온다. 자신이 무슨 짓을 하는지도 모른 채 서슴없이 욕망하는 것으로 달려가라고 속삭이는 것. 사랑에 조종당해 인생을 송두리째 빼앗기고 싶지 않다.

라준은 타인이 말하는 사랑엔 결코 빠지지 않을 자신이 있었다. 사랑에 빠지는 건 자신을 망각하는 것. 그것이 두려워 어린 시절부터 라준은 스스로를 지키는 법을 훈련하고 또 훈련해 왔다.

한데 사실일까? 리아가 사랑한 사람이 있었다는 것이…….

현재는 아니라고 했지만 라준이 익히 알고 있는 아이돌을 향한 열정이 아닌, 타인들의 사랑처럼 평범함을 가장한 스스로를 잊어버리는 그런 사랑을 경험했다는 말인가. 그런 사랑을 알아버렸기에 결혼을 원하지 않는다고 말하는 것일까. 작은 입술이 그를 두드리던 느낌이 기억났다.

라준은 두 눈을 질끈 감았다. 호흡이 흐트러지려는 것을 간신히 참아냈다.

어쩌면 리아의 입술은 한때 라준이 아닌 다른 남자를 갈망했는지도 모른다. 그가 아닌 다른 남자와 키스했을지도 모른다는 생각에 이르자 라준은 똬리를 틀고 잠들어 있던 노염이 깨어나는 것을 느꼈다.

누구였을까? 뉴욕의 그 남자? 리아의 키스 실력은 라준의 숨겨졌던 남자의 야성을 일깨울 만큼 수준급이었다. 그 사실이 심히 못마땅한 라준이었다.

리아는 절대 다른 남자에게 놓아줄 수 없는 그의 신부였다. 라준은 사랑이라는 망상에 허우적거리는 리아를 그의 세계로 데려와야 한다는 의무감이 강하게 들었다. 리아에게 남자는 라준 그 자신밖에 없어야 했다. 리아는 그의 여자였다.

5

입국장을 나서자 리아는 익숙한 광경과 특유의 냄새로 한국으로 돌아왔다는 것을 실감했다. 리아는 곁에 선 라준을 꼬나보고 싶은 충동에 휩싸였다. 침묵이 완벽한 금이라는 것을 보여주는 멋대가리 없는 이라준. 사람을 제 손에 놓고 쥐락펴락하는 얄미운 이라준.

꼴도 보기 싫다.

리아는 라준과의 키스 후 그에게 일말의 약점도 보이고 싶지 않았다. 동요한 그녀의 모습을 라준에게 기억나게 해서 오랫동안 놀림 받을 생각은 전혀 없었다. 그래서 아무렇지도 않은 척, 그깟 키스쯤은 5년 동안 뉴욕에서 살아온 리아에겐 가벼운 인사라는 듯 산뜻하게 행동했다.

공항으로 데리러 온 라준을 마주했을 때, 찰나의 시간 동안 심장이 엇박자로 뛰는 것 같았지만 그걸 깨닫는 순간 리아는 심장마저 떼어버리겠다는 꼿꼿한 자존심 하나로 버텨냈다.

"리아야. 구리아!"

리아는 입국장에 늘어진 사람 틈에서 플래카드를 들고 서 있는 라임을 발견하였다. '언제나 네가 있는 곳은 나의 곁' 이라고 적힌 플래카드는 현란한 형광빛 하트로 무장되어 있었다.

"정말 너 온 거 맞지?"

"맞아."

"꺄악!"

라임은 플래카드를 내팽개치고 리아를 격하게 껴안았다.

"리아야! 사랑해!"

"나두!"

"매일 매일 보고 싶었단 말이야. 5년이 500년 같았어. 이제 우리 아침저녁으로 같이 자고 함께 눈 뜰 수 있겠다."

"성대한 환영 고마워. 플래카드는 웬 거야?"

"우리 짐승돌 사생팬에게 아가들 사인 넘기고 갈취해 온 거지. 히히."

"사장이 담당 연예인 바꿨다면서?"

"응. 고무신이 만날 나 괴롭혀."

"고무신?"

"있어. 너도 들으면 알 만한 고무적인 놈. 하지만 오늘은 네가 귀국하는 날이니까, 고무신이 아무리 난리를 쳐도 꿋꿋하게 견

더닐 거야. 사실 나, 몰래 나왔거든."

"혼나는 거 아니야?"

"고무신이 뭐라고? 난 엄연히 명 엔터테인먼트에 소속된 스타일리스트야. 지가 맘에 안 들면 바꿔달라고 하겠지. 제발 그렇게 됐으면 좋겠다."

"우리 라임이 많이 힘들구나."

"응. 하지만 이제 괜찮아. 네가 왔으니까."

라임은 리아를 다시 안았다. 리아는 그녀의 등을 토닥토닥 두드려 주었다. 라준은 그녀들을 무표정하게 바라보다가 핸드폰을 귀에 가져다 댔다.

"도착하셨습니까? 네. 지금 나가죠. 김 실장님."

라임은 눈을 똥그랗게 뜨고 라준을 불렀다.

"오빠! 어디 가?"

"회사."

"리아가 방금 한국에 돌아왔잖아."

"그래서?"

"집에 무사히 들어갈 때까지 함께 있어줘야지."

"네가 있는데 내가 왜?"

"뭐?"

라임은 간단명료한 한마디를 남기고 멀어지는 라준을 멍하니 바라보았다.

"하여간 못돼 처먹었어. 얼음마왕."

라임은 차에 올라타는 순간까지 라준의 흉을 보느라 여념이 없었다.

"약혼녀가 5년 만에 귀국했으면 끝까지 매너 있게 행동해야 하는 거 아니야? 우리 오빠 뉴욕에서도 저랬니? 널 데리러 갔다는 말 듣고 그래도 일말의 희망은 걸었어. 이제 저 얼음에게도 봄이 오나 하고."

라임은 기어를 넣고 살벌하게 출발하였다. 안전벨트를 맨 리아였건만, 난폭한 라임의 운전 실력에 다급히 손잡이를 붙잡을 수밖에 없었다.

"이라임. 아직 못 고쳤어?"

"스릴 있잖아."

라임이 귀엽게 혀를 쏙 내보였다. 빨간 소형차가 부릉부릉 고함을 치기 시작했다. 라임의 차가 시원스럽게 인천대교를 달려 나갔다.

"너, 결혼하면 분가할 거야? 우리 할아버지와 할머니는 은근히 네가 들어와서 살았으면 하시더라고. 물론 난 대놓고 찬성했어. 내가 너무했니? 결혼하자마자 시댁에 들어와 사는 건 새신부에게 끔찍한 일이라는 거 알아. 하지만 리아야. 우리 가족 모두널 사랑해. 넌 며느리가 아니라 딸이 될 거야. 그러니까 우리 같이 살자, 응?"

리아는 입을 굳게 다물고 있었다.

"구리아. 내 말 듣고 있어?"

라임은 리아의 표정을 슬쩍 바라보다가 정면을 주시했다.

"기분 나빴어? 음. 그렇다면 합가는 내가 어떻게든 막아볼게. 우리 언니 핑계 대지 뭐. 못된 시누이 노릇할 수 있다고 엄마한테 슬쩍 흘려놓을게. 너도 잘 알잖아. 라빈 언니 솔직히 우리 과는 아닌 거. 어찌나 차갑고 도도한지 얼음마녀가 따로 없다니까. 누가 보면 내가 아니라 오빠와 엄마가 같은 줄 알겠어? 근데 리아야. 내가 도와주는 조건으로 소원 하나만 들어줘. 어려운 거 아니야. 아주 쉬운 거야. 네 신혼집에 내 방 하나만 마련해 주면 되니까. 오빠는 만날 일한다고 바쁠 테니까, 내가 너네 집에 가 있을게. 그럼, 너도 안 심심할 테고, 나는 너랑 같이 있어서 좋고. 꿩 먹고 알 먹고, 누이 좋고 매부 좋고. 어때, 괜찮지?"

"라임아. 나, 이 결혼 안 해."

"뭐!"

라임은 순간적으로 속도를 늦췄다. 그녀의 자동차가 순한 양처럼 얌전해졌다.

"무슨 소리야? 결혼을 안 하겠다니!"

"들은 대로. 안 할 거야."

"아니, 왜?"

"애초부터 약혼이 내 뜻이 아니었다는 거, 너도 잘 알잖아. 결혼도 마찬가지야."

"하, 하지만 너와 우리 오빠는 결혼해야 하는 거 아니야? 약혼 기간도 오래됐고, 어렸을 때부터 난 너 외에는 다른 어떤 여자도 올케로 생각해 본 적이 없어."

리아는 '핏' 하고 웃음을 흘렸다. 누가 남매 아니랄까 봐. 뉴욕에서 라준에게 들은 말 중 한 단어만 다른 말을 듣고 나니 이 현실이 코미디처럼 느껴졌다.

"구리아. 한 번만 더 물을게. 정말 결혼 안 할 거야?"

"응."

라임은 갓길에 차를 세웠다.

"넌 내가 시누이가 되는 게 싫어? 난 네가 결혼해서 우리 가족이 되는 순간만 꿈꾸었단 말이야!"

"왜 그런 꿈을 꿨어?"

"사랑하니까!"

리아는 라임의 말에 웃음을 지우고 담담하게 그녀를 바라보았다.

"나도 같은 이유야."

"사랑하니까 결혼을 못 한다고? 너와 오빠, 그런 불꽃같은 사이 아니잖아. 사랑하니까 결혼 못 한다는 사람들은 부모들이 막 반대하고, 뛰어넘을 수 없는 신분 차이가 있거나 것도 아니면 불치병이라서 헤어질 수밖에 없는 그런 드라마에 나오는 사람들이나 하는 말 아니야?"

"사랑하니까가 아니라 사랑이 없으니까야."

"사랑이 없어? 조금도?"

"응."

"아냐. 잘 생각해 봐. 자그마치 약혼 기간이 9년이었어. 미처 네가 발견하지 못한 사랑이 있을 거야. 사랑이 없다면, 왜 그 사랑보다 질기다는 정이라도 남아 있지 않겠어?"

"넌 사랑하지도 않는 남자와 결혼할 수 있어?"

"못 해. 아니 안 해. 하지만……."

"나와 라준 오빠는 경우가 다르다고 말하고 싶은 거니?"

라임은 고개를 주억거렸다.

"아무리 우리의 결혼을 어른들이 원해서도, 사현과 보성그룹에 막대한 이익을 가져다 줘도 사랑이 없는 건 없는 거야."

"리아야. 그냥 우리 오빠 사랑하면 안 돼? 우리가 고등학생일 때, 잠깐이지만 네가 우리 오빠를 좋아한다고 생각했어. 네가 아니라고 했고 네 자존심을 아니까 더 이상 캐묻지는 않았지만, 그때 넌 분명 우리 오빠를 동방신기 오빠들 보듯 바라봤단 말이야."

"맞아. 라준 오빠 좋아했었어."

라임의 눈이 반짝거렸다.

"아니야, 라임아. 지금은 아니라고."

"왜 지금은 아닌데?"

"라준 오빠에 대한 감정은 그때뿐이었으니까. 그 이후론 난 내가 가야 할 길을 발견했고, 그 길이 행복해서 그곳으로만 걸어가고 싶어. 그리고 내 길엔 라준 오빠는 없어."

"용서할 수 없어. 이라준! 사랑이 없다는 것, 그 일 때문이지? 그래서 네가 오빠를 밀어낸 거지? 네가 뉴욕으로 도망치듯 떠난 것도 모두 그 여자 때문이야. 그렇지?"

"그래. 그랬어."

"우리 오빠, 너 떠나고 난 다음, 그 여자 정리한 눈치였어. 정말이야. 그 여자에 대해서 한 번도 양 비서를 통해 들은 적이 없어. 그리고 네가 못 봐서 그러는데, 그때 오빠가 나한테 얼마나 화를 낸 줄 알아? 우리 오빠도 남자라서 그 불여우한테 잠시잠깐 자신을 망각하고 홀렸던 거야. 하지만 그 이후로는 단 한 번도 여자 문제로 실수한 적이 없고, 네 약혼자답게 처신을 잘해왔어! 그러니까……."

"라임아, 바로 그게 문제야."

"그게 무슨 문제야?"

"단지 약혼녀에 대한 의무감으로, 어른들과 회사에 누를 끼치지 않기 위해서 라준 오빠는 마음에도 없는 정략결혼을 하려는 거잖아. 정말 그 여자를 사랑한지도 몰라. 나 말고 다른 여자를 바라본 게 오빠의 실수라고 말한다면, 그건 우리가 잘못하는 거지, 안 그래? 실수하는 걸 끔찍이도 싫어해서 자기 진심도 실수라고 치부하는, 그런 완벽한 약혼자는 내 쪽에서 사양할래. 감정 없는 로봇 같아서 싫어. 난 껍데기를 원치 않아."

"오빠에 대한 마음이 이런데 어째서 귀국한 거야? 어른들은 네가 결혼하기 위해서 귀국한 걸로 알고 계셔."

"라준 오빠가 찾아와서 일방적으로 통보했고 날 한국으로 끌고 왔어."

"오빠가 널 끌고 왔다고?"

라임의 기함에 리아는 대수롭지 않은 듯 어깨를 으쓱거렸다.

"돌았네. 얼음마왕! 어떻게 네 동의도 구하지도 않고, 아니 설득도 하지 않고, 널 함부로 데리고 올 수 있어? 설마 널 위협한 건 아니지?"

"그게 위협이었을까?"

"위협했구나! 야비해! 이라준! 이 못돼 처먹은 얼음마왕!"

라임은 분노해 핸들을 주먹으로 내려쳤다.

"뭐라고 협박했는데?"

"아이를 낳아 달래."

"그걸 설마 프러포즈라고 한 건 아니겠지?"

"아마도."

"기분 정말 나빴겠다. 마음에도 없는 남자가 그런 망발을 지껄여서."

"그랬어. 완전⋯⋯."

"재수 없었지?"

"응. 재수 없었어."

"그럼 하지 마, 리아야. 내가 아무리 널 올케로 맞고 싶어서 눈이 시뻘개져 있어도, 그런 결혼 하는 거 아니야."

"고마워, 라임아."

"이제 어떻게 할 거야?"

"우리 부모님부터 설득해야지. 그리고 너희 부모님과 할머니, 할아버지, 그리고 라준 오빠까지도."

"함께 해줄게. 부모님이 노발대발하셔도 마스크 끼고 옆에 있어 줄게."

"마스크?"

"시위는 본래 마스크 끼고 해야 제 맛이지."

리아는 라임의 개그에 모처럼 깔깔거렸다.

"파혼하면 뉴욕으로 돌아갈 거야?"

"그래야지. 휴학계만 부랴부랴 내고 왔어. 다른 아르바이트는 사장님께 말도 못 꺼내고 그냥 왔고. 재영 오빠 알지? 겨우 오빠에게만 급한 일이 있어 귀국한다고 알려주고, 뒷정리 부탁했어. 한국에서의 일이 정리되는 대로 돌아갈 거야."

"복수도 안 하고 떠나려고?"

"복수?"

"그래. 일을 이 지경으로 만든 우리 오빠에게 복수 안 해? 뉴욕에서의 네 일정과 계획을 모두 헝클어지게 만들었잖아. 할아버지가 가을쯤에 결혼하라고 하셨는데, 너희 아버지 찾아뵙고 한 달 뒤로 결혼식 앞당긴 것도 라준 오빠였어."

"가을이었단 말이지?"

"응."

"해야겠네. 복수."

"철저하게 응징해 주는 거야."

"알았어. 큭큭."

"복수한다는 애가 왜 이리 웃어?"

"네가 아주 든든해서."

"구리아. 우리 오빠 만만히 보지 마. 말도 안 되는 위협까지 해 가며 널 끌고 왔다며? 오점 남기기 싫어하는 인간이라 무슨 수를 써서라도 널 결혼식장으로 잡아다 놓을지도 몰라. 정신도 바짝 차리고 적기에 뒤통수를 후려치는 복수도 철저히 준비해야 한다고 봐. 네가 넘어야 할 산은 우리 부모님도, 너희 부모님도 아닌, 바로 이라준이라는 얼괴라고."

"얼괴?"

"얼음괴물이란 뜻이지."

말을 마친 라임은 얼른 차를 출발시켰다. 라임의 정해진 마음을 설명하듯 소형차는 부르릉 소리를 내며 쏜살같이 질주하였다.

'마왕에서 괴물이라? 이라준, 급이 떨어졌네.'

리아는 라임의 말을 곱씹으며 라준에게 어떤 복수를 하면 좋을까 생각했다.

5년 만에 밟아보는 한남동의 자택. 육중한 대문을 밀고 들어간 리아는 본채로 이어지는 소로로 발길을 옮겼다. 유학 기간 동안 그녀는 방학마다 한국으로 들어오는 것을 피했다. 부모님께는 공부를 빌미로 귀국하는 것을 꺼렸지만, 실상은 라준과 부딪치는 것에 자신이 없었기 때문이다. 실패한 첫사랑의 상흔을 달래느라 타국에서 지독한 외로움도 홀로 곱씹으며 견뎌왔는데, 다시 마주한 라준의 영향력은 상상을 초월하는 것이었다. 그와 함께한 만 24시간 동안 리아의 심장은 고장 난 시계 같았다.

비행기 안에서 심각하게 자문해 보았다. 라준을 원하냐고? 냉철한 이성이 들려준 답은 명백한 '노(NO)'. 무분별한 이성이 난리 블루스를 춰도 절대로 안 되는 것들이 있다. 그것은 이라준이라는 핵폭탄으로부터 멀리 도망가야 한다는 것. 5년 전에 경험한 그 폭발은 상당한 후유증을 야기했다.

현관문을 열고 리아를 반갑게 맞이한 사람은 엄마가 아닌 오랫동안 집안일을 돌봐주신 장 씨 아주머니였다.

"엄마는요?"

"출타하셨어요. 아가씨! 정말 반가워요. 그동안 건강하셨죠?"

"네. 아주머니도 잘 지내셨죠?"

"네. 아주 잘 지냈답니다. 벌써 할머니가 되었어요. 호호."

"그러세요?"

"그래서 사모님께서 아주 배 아파 하신다고요."

"엄마가요?"

"그럼요. 아가씨가 결혼하시면 사모님도 이제 곧 할머니가 될 수 있다며 노래를 부르셨어요."

리아의 얼굴에 푸르죽죽한 줄이 새겨졌다. 못 말리는 그녀의 엄마는 딸이 5년 만에 귀국한다는데도 얼굴도 보이지 않고, 절대 있을 수 없는 손주 타령을 타인의 입으로 듣게 하는 재주가 있었다. 리아는 핸드폰을 꺼내 엄마의 단축번호를 눌렀다.

[헤이! 딸!]

"어디 계세요?"

[백화점.]

"거긴 왜요? 모임 있으세요?"

[아니, 네 혼수 준비하러 왔지.]

"저 결혼 안 할 건데요."

[왜?]

"라준 오빠에게 아무 감정 없어요."

[그래?]

"네."

[알았어. 그럼, 여기 일 올 스톱하고 집으로 들어갈게. 참, 아버지께는 네가 말씀드릴 거지?]

"네."

[근데 우리 딸 목소리가 너무 침체됐다. 결혼 안 할 수도 있는 거지, 뭐가 그렇게 심각하니?]

리아는 묻지도 따지지도 않는 우은미 여사가 평범한 엄마가 아니라는 사실이 새삼 고마웠다. 철없던 시절에는 여느 엄마와 다른 태도 때문에 '혹 주워온 딸은 아닐까' 하고 지레짐작도 했었다. 하지만 철저히 본인중심적인 양육방식을 채택한 우은미 여사는 리아의 선택이라면 무조건 지지해 주고 믿어주는 엄마였다.

[밥 먹지 말고 기다려. 엄마가 밥 차려줄게.]

엄마의 목소리가 뚝 하고 사라지자 리아는 서둘러 주방으로 들어갔다.

"아주머니! 저 밥 좀 주세요."

"못된 기집애."

리아는 모른 척하고 망고 주스를 쪽쪽 빨았다.

"장 씨 아주머니를 왜 힘들게 하고 그래?"

"전 괜찮습니다, 사모님."

"아주머니. 앞으로 리아 밥은 차려주지 마세요. 뭐가 예쁘다고 차려줘요? 5년씩이나 집 떠나 있다가 돌아온 탕자에게. 혹시 말

들으셨어요? 리아, 결혼 파투 내겠대요."

"네?"

깜짝 놀라는 장 씨 아주머니의 얼굴을 뒤로하고 리아는 서둘러 엄마를 거실로 끌고 나왔다.

"엄마!"

"왜?"

"쿨한 척하시면서 뒤로는 호박씨 까고 계셨던 겁니까? 말에 뼈가 있으십니다."

"그런 건 아니지만, 집으로 돌아오면서 곰곰이 생각해 봤는데 말이야. 네가 결혼을 안 하면 잘생긴 라준이는 내 사위가 못 되는 거잖아. 그럼 그 탐나는 아이는 내가 아닌 다른 누군가의 사위가 된다는 말인데. 그 생각을 하니까 얼굴도 모르는 라준이의 장모에게 어찌나 질투가 일던지. 넌 내 꿈을 박살 낸 역적이야. 꽃미남 사위를 장장 25년을 꿈꿔왔는데! 구리아! 당분간 넌 엄마가 해주는 밥이나 먹어!"

"그런 식으로 구박하시는 건 아니죠! 전 절대 결심 안 바꿉니다."

"누가 바꾸래? 구박만 받으라는 거지. 네가 싫다는 거 언제 엄마가 억지로 시키디? 강요는 엄마 스타일 아니야. 네 아빠 스타일이긴 하지만."

리아는 아버지의 반응이 예상되어 얼굴을 찡그렸다.

"엄마, 제발 아빠를 막아주세요."

"사고는 네가 치고 수습은 엄마더러 하라고? 그게 맨입으로 가능하던가?"

"그럼요?"

"모든 거래에는 조건이 필요하지. 네 아버지는 특히 공략하기 어려운 분이시잖아."

엄마의 특기이자 장점인 거래가 오가면 상대방의 소원 들어주기 신공이 여지없이 펼쳐졌다.

구도현 회장은 눈을 감고 방금 딸이 내뱉은 말을 곰곰이 되짚어 보고 있었다.

"왜 갑자기 그런 생각을 한 거지?"

"갑자기가 아니에요. 아빠. 뉴욕으로 떠나기 전에 이미 결정을 내렸어요."

"그러니까 그 이유가 뭐냐고? 납득할 만한 것을 대봐. 너도 알다시피 너희들의 혼약은 충동적인 것이 아니다. 9년간이나 약혼 기간이 지속되었고 라준이는 널 기다리느라 그 시간들을 허비했어. 그리고 무엇보다 아버지는 성북동 어르신과 가족이 되고 싶다. 그 꿈을 이뤄줄 수 있는 자식은 리아, 너 하나뿐이야."

리아는 입안이 바싹 말랐다. 청년 시절 할아버지를 여의고 보성그룹을 재계 서열 20권내로 키워온 것은 아버지의 저력이었다. 물론 그 저력에는 사현그룹의 명예회장 이현호의 조력이 한 몫을 했다. 이현호 명예회장에 대한 아버지의 맹목적인 충성과 사랑은 돌아가신 친할아버지에 대한 그것만큼 컸다.

"라준 오빠와 저, 안 맞아요."

"어떤 면에서?"

"그야 감정적인 면에서죠."

구도현 회장은 대수롭지 않게 말하는 아내를 쳐다보았다.

"어떤 감정?"

"사랑이죠. 리아는 라준이를 사랑하지 않아요."

"그게 문제가 되는 거요?"

"당연하죠. 사랑 없인 결혼할 수 없으니까요. 내가 리아에게 동화책을 읽어주면서 누누이 일러준 것이 있었어요. 사랑을 줄 수 있는 사랑하는 남자에게만 청혼을 허락하는 것이라고요."

"한데 우리는 사랑 없이 결혼했잖소."

"그래서 내가 그렇게 당신을 미워했잖아요."

"하지만 곧 당신은 날 사랑하지 않았소? 우리는 사랑 없이 시작했지만 결국 사랑하게 되었고 리아까지 낳았지."

"모든 사람들의 관계가 우리 관계처럼 설명되지는 않아요, 여보."

"그래서 당신은 우리의 딸이 우리처럼 되지 못할 것을 우려해, 이 결혼을 해서는 안 된다는 뜻이오?"

"난 어디까지나 내 딸의 결정과 선택을 존중한다는 뜻이었어요."

"리아의 결정이 변덕일지도 모르잖소?"

"여보! 리아를 그런 식으로 말하지 말아요. 우리 예쁜 딸이 변덕쟁이라뇨?"

"기억나지 않소? 싫증내는 데 도가 튼 아이라는 걸?"

"보는 사람 나름이겠죠. 난 리아가 싫증을 빨리 낸다고 생각한 게 아니라 사고의 전환이 빠르다고 생각했어요."

"당신은 그게 문제야. 무조건 리아 편이고, 리아 말이라면 팥으로 메주를 쑬 정도로 열렬했지. 가수가 되겠다고 설치다가 돌연 경영학과를 가고 싶다고 하질 않나. 아버지의 모교에서 뜻을 이루고 싶다고 해놓고는 한국대를 가질 않나. 한국대에서 얌전히 공부할 것이라 여겼더니, 대한민국이 좁다고 뉴욕에 가질 않나. 이미 5년 전에 라준이와 결혼할 수 없다는 결정을 내렸다고 하면서 이제야 와서 폭탄을 터뜨리지 않나?"

"리아가 진취적이고 모험적인 게 변덕은 아니잖아요."

"그게 문제라는 거요. 진득하게 어느 한 가지라도 하는 게 있었소?"

"뉴욕에서 경영학 공부는 5년씩이나 했잖아요! 라준이와 약혼도 9년간이나 지속했고요!"

엄마의 항변에 리아는 도둑이 제 발 저린 듯 눈을 찔끔거렸다.

"당신이 너무 오냐오냐 해서 그래. 뉴욕으로 보내자고 나를 설득한 사람도 당신. 내가 그렇게 안 된다고 했는데, 당신이 리아 편에 서서 꿈쩍도 하지 않았다고! 그때 당신의 간청으로 마음이 약해지지 않았다면 리아는 벌써 라준이 애를 3명은 더 낳고 살고 있었을 거요."

"리아가 애 낳는 기계예요? 예를 들어도 어떻게 3명이나 들 수 있어요? 그리고 말은 똑바로 해요. 당신도 리아 일이라면 벌벌 떨면서 금이야 옥이야 키웠잖아요!"

"뭐, 그렇다고 칩시다. 사랑하는 데 누가 더 사랑했느냐, 그보다 더 많이 사랑했느냐는 지금 상황에서는 중요하지 않지. 난 다만 리아의 선택에 무조건 동의하는 것만이 사랑의 표현은 아니라는 걸 말하고 싶었던 거니까."

"무조건적인 동조라뇨? 난 성인이 된 리아의 판단을 믿을 뿐이에요."

"만약 리아의 판단이 100%가 아니라면? 현재 라준이를 사랑하지 않는다고 했지만 우리처럼 사랑하게 될 확률도 50%나 되지."

"여보, 그 50%를 보고 리아에게 싫다는 결혼을 강요할 수는 없어요."

"그러니까 그 나머지 50%가 리아의 진정한 행복이라면 어떻게 할 거냐, 이 말이요!"

리아는 핑퐁게임을 방불케 하는 입씨름에 아버지에게서 엄마에게로 고개가 돌아갔다. 엄마는 말문이 막힌 듯 미간에 내 천 자를 그렸다.

안 돼요, 엄마. 아버지의 행복 논리에 넘어가시면!

"진정한 행복이라고요?"

리아는 엄마의 말에 작게 탄식했다.

"당신도 나와 결혼하는 거 극도로 싫어했었지. 하지만 우린 지금까지 완벽하게 행복하지 않았소?"

아버지의 어조가 부드럽게 변했다. 불 뿜는 용에서 잔잔한 설득의 달인으로 변모하신, 구도현 회장님의 부드러운 카리스마가 나올 작정인 모양이었다.

"그렇죠. 우린 아주 행복하죠. 가끔 말싸움을 할 때가 있지만."

"리아도 그렇게 될 수 있어. 라준이를 봐요! 얼마나 믿음직한 청년이오? 당신도 리아와 라준이가 결혼하길 손꼽아 기다리고 있지 않았소? 장 씨 아주머니가 부러워 할머니가 되고 싶다고 노래를 불렀지. 정말 당신은 리아와 라준이를 반반 닮은 손주가 궁금하지 않은 거요? 만약 리아가 이 결혼을 못 하겠다고 하면 그 손주는 세상에 나오지 못하게 되는 거지."

"어머!"

리아는 생각도 못 한 아버지의 손주 공격에 당황했다. 엄마는 방임주의적 양육방식을 고수하다가도 당신이 원하는 무언가를 발견하였을 땐, 무슨 일이 있어도 당신 뜻대로 하고 말아야 직성이 풀리는 성격이었다.

"아마도 아주 예쁘겠지?"

"우리 리아를 닮았으면 귀여운 인형 같을 거예요."

"라준이 얼굴도 오버랩 시켜 봐요, 여보."

아버지의 말에 엄마는 꿈꾸는 듯한 눈빛을 허공으로 보냈다.

망했어요! 리아는 머리를 쥐어뜯고 싶었다.

"이번만은 무조건 내 뜻대로 하는 거요. 당신이 날 사랑한다면 말이오."

"설마, 이 언쟁 때문에 내 사랑을 의심하는 거예요?"

"아니. 그건 아니야. 하지만 당신이 어느 때는 나보다 리아를 더 사랑한다는 느낌을 받을 때가 있어. 그럴 때마다 질투가 난다고!"

아버지의 행복 공격에 이어 엄마가 사족을 못 쓰는 사랑으로 인한 질투 작전까지라니!

"아빠!"

"왜?"

"전 라준 오빠가 싫다고요!"

"우리가 좋아. 그니까 넌 결혼이나 해. 그리고 너! 넌 사랑이 없을지도 모르지만 어쩌면 라준이에게는 있을지도 몰라."

엄마의 지구는 아빠만 향해 돌아간다.

"사랑 따윈 필요 없다고 했다니까요!"

"네가 잘못 봤을 수 있어. 아빠를 찾아왔을 때 라준이 표정을 봤다면 너 그런 말 못 해."

구도현 회장님의 쐐기를 박는 말에 리아는 맥이 탁 풀렸다. 부모님과의 게임에서 완벽히 지고 말았다.

"구리아. 아까 거래는 취소하는 걸로."

리아는 벌레를 씹은 듯한 표정으로 고개를 떨어뜨렸다. 막강한 아빠를 무찌르기 위해 포섭한 엄마는, 라임이 요즘 담당하고 있는 배우의 이름을 어찌 알아냈는지, 그 연예인과의 일일 데이트권을 요구했었다. 리아의 변덕은 변심의 여왕, 우은미 여사의 피를 고대로 받은 데서 시작되었다.

부모님을 설득해 파혼하겠다는 제1 라운드는 리아의 패배로 돌아갔다. 하지만 결혼식까지는 아직 시간이 있었고, 그 시간 동안 라준의 뒤통수를 치는 복수를 감행한다면 라준 쪽에서 파혼이라는 카드를 들고 나올지도 모른다. 제2 라운드 복수의 서막을 열기 위해 리아는 머리를 굴렸다.

6

파란 하늘에 옹기종기 모여 있는 구름을 응시하다가 리아는 눈앞의 커피를 바라보았다. 우아한 손짓으로 커피 잔을 들고 한 모금 마셨다. 역시 커피는 쓰디 쓴 사약을 마시는 것 같은 지독한 맛이었다. 리아는 육감적으로 그가 왔음을 눈치챘다. 그는 리아의 맞은편에 앉아 긴 다리를 우아하게 꼬았다.

"용건이 뭐야?"

"커피가 식겠어요."

그의 한쪽 눈썹이 스윽 올라가갔다. 그는 하얀 사기잔을 입가로 가져갔다.

"내가 좋아하는 카푸치노로군."

"언제나 기억하고 있었어요."

"품!"

커피를 마시던 그가 순식간에 썩은 표정으로 리아를 노려보았다.

"내 스타일이 아니잖아!"

"지금 내 기분이 딱 그러니까 그렇죠."

"그럼, 미리 시키질 말았어야지!"

"오빠가 내 기분을 알길 원했으니까."

"내가 네 기분을 알면 뭐가 달라지는 거냐?"

"네. 아주 쓰죠?"

알쏭달쏭한 리아의 말에 그의 얼굴은 벌레를 씹은 듯 찌그러졌다.

"오빠의 제안 받아들일게요."

"제안이라니?"

"결혼하자고 했잖아요."

"내가? 언제?"

"뉴욕에서. 정확히 2년 전에."

그는 기억을 더듬는 듯 허공을 쳐다보았다.

"아! 그거."

"결혼합시다. 우리."

"구리구리! 무슨 장난을 이렇게 살벌하게 치냐? 무섭게."

기준은 삼천 궁녀라도 녹일 듯한 달콤한 미소를 지으며 리아를 쳐다보았다.

"똑똑히 기억해요. 홍 비서 언니에게 하루 휴가를 줬다고 오빠가 화를 냈죠. 그래서 나한테 청혼했잖아요."

"그래. 내가 네게 청혼을 했지. 네가 내 스케줄을 엄청 꼬이게 만들었으니까."

"그러니까 하자고요, 결혼."

"결혼은 라준이하고 해야지. 내가 아니라⋯⋯."

"결혼을 해줄 수 없다면 도와줘요."

"뭘 도와줘?"

"복수."

"복수⋯⋯ 라니?"

기준은 리아의 말에 흥미가 동해 의미심장한 미소를 머금었다.

파티는 딱 질색인데.

리아는 한숨을 내쉬며 남기준이 기어코 입혀준 블랙 미니 드레스를 내려다보았다. 뉴욕으로 돌아갈 수 있게 협조해 달라고 했더니 남기준은 복수라는 단어에 꽂혀서는 가야 할 파티가 있다며 리아를 채근했다.

그리고는 연예인들이 출입하는 미용실에서 풀 메이크업과 헤어 스타일링까지 받게 했다. 여성미가 넘치는 굵은 웨이브를 늘어뜨리고 있는 건 리아 스타일이 아니었음에도 기준은 환상적이라며 공치사를 남발하곤 유명 디자이너 숍에서 리처드 기어 흉내까지 냈다. 턱을 까딱이며 '다시 갈아입어' 하는 기준의 얼굴은 정말 신이 난 꼬마 얼굴 그 자체였다.

기준이 복수를 도와준다는 말만 하지 않았어도 리아는 그 자리를 박차고 나갔을 테지만, 기준의 속내가 매우 궁금해서 동물원 원숭이 노릇도 얌전히 해냈다.

리아는 과일 향이 물씬 풍기는 샴페인을 홀짝이며 홀을 둘러보았다.

이곳은 어디일까? 조금 전 청담동에 위치한 정체불명의 건물로 끌려왔다. 다크블루 통유리가 사면을 에워싼 독특한 디자인의 건축물은 실내에 불빛이 들어오자 오묘한 야광주처럼 발광했다. 그 모습에 감탄하다가 정신도 차리기 전에 남기준이 밀어놓은 곳은 촛불이 일렁이는 아담한 홀이었다.

연탁 위에는 먹음직한 뷔페 음식, 형형색색의 꽃 그리고 은촛대의 불빛이 그녀를 맞이하고 있었다. 모르는 사람이 가득한 이곳은 파티장이 분명했다.

파티가 복수와 무슨 관련이 있을까 궁금해하며 격조 있는 실내악에 한참을 귀를 기울여 봐도 기준은 리아에게 오지 않았다. 그는 도착하자마자 슈트 차림의 남자와 이브닝드레스로 한껏 멋을 낸 여자들에게 둘러싸여 그녀를 방치했다.

"남기준 아저씨, 아주 신이 나셨구만."

가느다란 인내심이 팽팽해져 막 끊어질 무렵, 누군가가 리아에게 다가왔다.

"안녕하세요?"

키가 큰 준수한 남자가 그녀를 내려다보고 있었다.

"남기준 사장님 일행이시죠?"

"네."

"처음 뵙는 분이라 남 사장님이 소개해 주실 때까지 기다리고 있었는데. 보시다시피……."

그가 여자들의 추앙을 받고 있는 기준을 슬쩍 가리켰다.

"기준 오빠는 제가 이곳에 있다는 걸 까먹은 모양이에요. 예전부터 예쁘신 여성분들만 보면 헤벌쭉거리면서 뇌기능이 정상적으로 작동하지 않았답니다."

"하하하! 어느 누구도 남 사장님을 그런 식으로 말한 적은 없었어요. 정말 재미있는 분이시군요."

리아는 그의 웃음소리가 꽤 듣기 좋다는 것을 인정했다. 일면식도 없는 남자가 혼자 있는 그녀가 염려되어 남기준이 내팽개쳐 버린 예의를 다하려고 하는 듯했다.

"처음 뵙겠습니다. 전 명 엔터테인먼트 대표 명지호입니다."

"명 엔터테인먼트요?"

"네."

라임이 소속된 그 회사였다. 리아는 눈을 깜빡이며 명지호를 주시했다. 얼마 전 라임의 전담 연예인을 아이돌에서 배우로 바꾼 장본인이 이 남자일까? 만약 그렇다면 라임은 이 남자를 사탄이라고 지칭했다.

"그쪽은요?"

"아, 전 구리아예요."

"그쪽과 정말 잘 어울리는 귀여운 이름인데요?"

"감사해요. 구리구리하다는 평만 들어서."

"설마요? 대체 어느 누가?"

"저기 계신 분이."

"남 사장님이 그때 잠시 이성을 잃었었나 봅니다. 아니면 못 먹을 걸 먹었다거나. 제 눈에는 이름만큼 아름다우신데요?"

여자의 육감으로 장담하건대 지호는 지대한 호기심을 가지고 그녀를 대하고 있었다. 그 호기심엔 물론 남기준과의 관계에 대한 궁금증과 이성을 향한 관심도 포함되어 있었다.

"이 파티는 어떤 파티인가요? 이곳은 정말 신기해요. 대체 어떤 곳이기에 공연장도 있고 연습실도 있죠?"

"그건 이곳이 바로 명 엔터테인먼트 사옥이라서 그래요. 몰랐습니까?"

"네. 한국에 돌아온 지 얼마 되지 않았어요."

"그렇군요."

"그럼 그쪽은 이곳 주인장이시네요."

"주인장?"

뭐가 우스운지 명지호는 또다시 웃음을 터뜨렸다.

"해외에 계셨던 분치곤 언어를 참 고전적으로 구사하시는데요?"

"뉴욕에 있어도 사극은 열심히 봤거든요."

"오늘 파티는 공연예술계에서 인지도 있는 분들과 함께하는 파티랍니다. 다음 시즌 공연문화의 방향과 주제를 논의하는 자리이죠."

"파티에서요?"

"네. 파티에서 가능한 토론도 있답니다. 저기 저분 보이시죠? 얼마 전 성황리에 끝난 뮤지컬 헨리 8세를 현대적으로 재해석해 평단의 호평을 이끌어낸 극작가이십니다. 저분은 사람이 많은 곳은 야단스럽다고 다니지 않으시거든요. 하지만 공연예술은 홀로 독야청청해서 만들어지는 것이 아니라 협업의 결과물이죠. 저분에게는 관계의 중요성을, 그리고 다른 분들에게는 고전과 현대의 가교 역할을 하는 저분의 관점을 나누게 하고 싶었죠. 이해와 나눔이 바로 오늘 파티의 주제입니다."

"명 엔터테인먼트는 아이돌과 연예인들을 키우는 그런 회사가 아닌가요?"

"네. 그저 그런 회사 맞습니다."

"불쾌하셨다면 사과할게요. 제 말은 그런 뜻이 아니라……."

"알고 있어요. 무엇을 말씀하고 싶은지. 대중이 환호하는 엔터테인먼트도 실은 공연예술의 하나랍니다."

"큰 깨달음을 얻었네요. 감사합니다."

리아는 진심으로 명지호의 열리고 넓은 시야에 감탄했다.

"두 사람, 통성명했어?"

"남 사장님."

"명 대표. 사석에서는 선배라고 부르라니까."

"선배도 절 명 대표라고 부르잖습니까?"

"아, 그렇군. 지호야, 이번에 극단 명에서 준비하고 있는 작품이 있다고 했지?"

"오셀로 말입니까?"

"그래. 데스데모나로 이 아가씨 어때?"

리아는 깜짝 놀라 기준을 쳐다보았다. 그리고 그에 못지않게 놀란 사람이 한 사람 더 있었으니, 그는 바로 명지호였다. 그는 의문을 가득 담은 얼굴로 리아를 바라보았다. 기준이 사사롭게 배우를 천거한 적은 없었기 때문이다.

"오해는 마. 네게 실력도 없는 풋내기를 네 연극에 써달라고 로비하는 건 아니니까. 리아는 뉴욕 필름 아카데미에서 연기학을 전공하고 있어. 연기에 입문한 지 1년여 남짓밖에 되지 않았는데도 지도 교수님으로부터 격찬을 받았지. 혹시 알고 있어? 존 엉거 교수라고."

"현 뉴욕 필름 아카데미 학장님 말입니까?"

"그래."

리아는 부모님조차 알아내지 못한 사실을 기준이 알고 있다는 사실에 경악했다.

"하지만 선배, 제 무대는 어느 누구도 청탁으로 서지는 못합니다."

"알고 있어. 단지 기회만 달라는 거야. 네 무대에 구리아가 설 만한 재원인지 아닌지 알아볼 기회."

"오디션을 말하는 겁니까?"

"그래. 오디션."

"알겠습니다. 저도 리아 씨에 대해 궁금증이 생기기 시작했거든요."

지호의 의미심장한 시선에 기준은 헛기침을 두어 번 하더니 입을 뗐다.

"험험, 말을 많이 하니 목이 마르네. 지호야, 샴페인 좀 가져다주라."

"네."

명지호가 사라지자 리아는 남기준을 무섭게 노려보았다.

"어떻게 알았어요?"

"어떻게 하다 보니 알게 됐어."

"어떻게 했는데요? 대체 어떻게 했길래 우리 부모님도 모르는 사실을 오빠가 알고 있는 거예요? 설마 라임이를 협박한 거예요?"

"무슨 소리야, 구리아? 내가 아무리 네게는 이상한 오빠로 보여도, 그런 치사하고 옹졸한 방법은 안 써!"

"그러니까 어떻게 알았냐고요!"

리아의 고함에 기준이 그녀의 입을 순식간에 막았다.

"얘가, 다른 사람들이 쳐다보잖아. 아얏."

리아는 기준의 손가락을 깨물어 밀치고는 그를 꼬나보았다. 서슬 퍼런 눈빛에 기준은 포기한 듯 입을 열었다.

"라준이가 알려줬어."

"라준 오빠도 알고 있는 거예요?"

"제일 먼저 알아차린 사람이 라준이라니까. 난 그렇게 뻔질나게 뉴욕에 드나들어도 네가 여전히 컬럼비아대 재학생인 줄 알았다고!"

"라준 오빠는 어떻게 알아낸 거래요?"

"그건! 나도 모르지."

리아는 입술을 세게 깨물었다. 이라준, 대체 무슨 속셈인 거야? 그동안 알면서도 왜 아무런 말도 하지 않았지? 그녀는 라준에게 약점을 하나 더 잡혔다는 사실이 짜증스러웠다. 그 약점 하나로 결혼의 덫으로 맥없이 끌려갈지도 모른다.

"그만 깨물어. 그러다 피 나온다. 그럼 너무 호러적이잖아."

리아는 또다시 기준에게 눈을 흘겼다.

"네. 그건 그렇다고 칩시다."

"뭘?"

"그거요!"

"아, 그거."

기준은 전연 이해가 되지 않았지만 노기등등한 리아의 화를 잠재우기 위해 알아먹는 척했다.

"근데 자존심 상하게 왜 날 저 남자 연극에 추천한 겁니까? 오빠가 함부로 취급할 만큼 내 꿈이 하찮게 보였습니까? 난 오빠가 이런 요상한 짓을 하지 않아도 충분히 내 힘으로 무대에 오를 수 있다고요!"

"구리아."

기준의 목소리가 갑작스럽게 낮아졌다.

"이건 복수니까."

리아는 그가 내뱉은 말의 의미를 생각해 보느라 입을 다물었다.

"라준이에게 복수하고 싶다며? 네가 제안한 결혼식 날 식장에서 도망치기는 너무 흔해. 그런 복수에 당할 라준이라면 내 친구라 할 수 없지. 도망치는 널 그날로 잡아 제 곁에 갖다놓을 위인이야. 라준이에게는 좀 더 치밀하고 지능적으로 접근해야 돼."

"치밀과 지능적이요?"

"그래. 그건 설득을 위한 포석이지."

"설득은 나도 해봤다고요. 하지만 라준 오빠는 꽉 막힌 돌덩이 같았어요."

"설득도 정면승부가 능사는 아니란다, 구리구리."

기준이 검지를 리아의 눈앞에서 좌우로 까딱거렸다.

"라준이가 서서히 깨닫고 믿게 해야 그 싸움은 승산이 있어."

"뭘요?"

"그건 필요 없는 질문이야. 이미 넌 알고 있거든."

알쏭달쏭한 기준의 말에 리아는 심각해졌다.

처음부터 리아의 패를 아무 속임수 없이 보여준 것이 패배의 원인일지도 모른다. 어린 시절부터 쿨 아니면 핫, 그도 아니면 흑백논리로 살아온 것은 어쩌면 복잡다단한 인생을 회피한 것인지도. 그래서 그때 그렇게 아팠으면서도 라준을 향한 첫사랑을 가차 없이 버렸던 것일까.

"고민 그만해. 네 꿈과 사랑으로 라준이를 설득하라는 말이었으니까. 라준이 설득되면 그건 네 상상을 초월하는 복수가 되는 셈이라고."

"복수?"

리아는 기준의 말을 되새겨보았다. 기준은 회심의 미소를 짓다 홀 입구를 바라보았다. 익숙한 형체가 그의 눈에 포착되었다. 제대로 된 복수가 시작되는지 어디 이제 구경이나 해볼까?

"아, 저기 오는군."

리아의 눈에 샴페인을 들고 오는 명지호 대표가 보였다.

"이제 신데렐라가 되어야지. 응?"

리아가 기준의 말뜻을 납득하기도 전에 기준은 지호가 들고 오는 샴페인을 받아들고 지호의 등을 떼밀었다.

"이런 근사한 음악이 흐르는데 숙녀분을 혼자 두는 건 예의가 아니라고."

지호는 얼떨결에 리아의 손을 이끌고 몇몇 커플들 속으로 스며들었다. 번개같이 몰아치는 기준의 기세에 얼이 빠져 있던 리아도 문득 정신을 차리고 보니 지호의 어깨에 두 손을 얌전히 올리고 있었다.

"미안해요. 전 춤을 못 춰요."

"저도 그다지 훌륭한 실력은 못 됩니다."

"그럼, 우리 그만둘까요?"

"그건 안 되겠습니다."

"네?"

"저기, 남 선배가 우릴 죽일 듯이 노려보잖아요. 우리가 그냥 나가면 분명 폭풍 잔소리를 해댈 거라고요. 왜인지는 모르지만 이번 타임만 남 선배 뜻대로 해주는 게 좋을 것 같은데요?"

리아는 의아한 눈으로 기준을 바라보았다. 기준은 그들에게 관심 없는 듯 샴페인만 마시고 있었다. 기준 오빠가 원하는 것이라니? 지호가 리아의 허리를 감싼 팔에 힘을 주었다. 리아는 그의 발을 밟지 않기 위해 춤에 집중했다.

"이라준 사장님, 이곳에서 뵙게 되니 영광입니다."

"그렇습니까?"

"물론이죠. 대한민국 경제를 쥐락펴락하시는 분을 이런 사모임에서 직접 만나게 되다니 영광 중의 영광이죠."

"그렇군요."

"아시안게임 마장마술 경기 장면은 제 평생 잊을 수 없는 명장면이었습니다."

"그런가요?"

"네에! 게다가 사현그룹이 공연문화예술계에 보여주는 지대한 관심과 투자는……."

"그렇군요."

"네?"

일순 상대방의 얼굴에 당황함이 묻어났다.

"저, 제가 지금 무슨 이야기를 하고 있는지……."

"그러죠. 그럼 이만 실례를."

라준은 그의 앞길을 막아섰던 낯선 남자에게서 빠르게 벗어났다. 그의 눈은 오직 한곳에만 못 박혀 있었다. 구리아.

라준이 기준으로부터 호출을 받은 시각은 불과 한 시간 전, 이사진들과 마라톤 회의를 진행하던 중이었다. 경망스럽게 울리는 진동 소리에 인내심이 툭 끊어져서 들여다본 카톡에는 하나의 사진이 전송되어 있었다. 아찔한 미니 드레스를 입은 리아.

무시하고 회의를 진행시키려고 해도 뒤틀린 입매와 찌그러진 미간은 돌아오지 않았고, 이사들의 설명도 의미 없는 음향처럼 들릴 뿐이었다. 핸드폰을 멀리 던져 버리고 PPT 화면에 집중하려고 정신을 모으려는 그때, '지이잉' 하는 소리가 유독 크게 들려왔다.

〈보고 있나, 이라준?〉

그를 도발하는 기준의 문자에 라준은 불끈 치밀어 오르는 화기를 꿀꺽 집어 삼켰다. 라준을 비웃기라도 하듯 연달아 들어오는 카톡에는…….

〈그들도 보고 있다. 이라준.〉

남기준이 참석하는 파티는 모두 퇴폐적이다. 분명 라준의 기준에서는 그랬다.

〈궁금하지 않나? 이라준.〉

약을 올리는 듯한 기준의 표정이 선연했다.

〈청담 밝을 명.〉

친절하게 장소까지 알려주다니! 라준은 핸드폰을 엎어놓고 다시 정면을 응시했다. 열렬한 발표는 여전히 실내를 장악했지만 그의 머리를 휘어잡지는 못했다. 그가 손을 들어 보였다.

"김 이사님."

"네?"

"오늘은 여기까지 듣는 걸로 하겠습니다. 내일 아침 7시에 다시 시작하도록 하죠."

어리둥절한 얼굴로 수군거리는 이사진들을 뒤로 하고 라준은 자리에서 일어났다. 리아가 너무 짧은 옷을 입고 있다는 사실이 못마땅했다.

명 엔터테인먼트의 사옥에 도착한 라준은 어렵지 않게 홀에서 낯선 남자와 춤을 추고 있는 리아를 발견할 수 있었다. 상대는 라준도 일면식이 있는 명지호였다. 기준의 후배가 아니었다면 결코 만나지 않았을 인사. 라준은 연예계가 딱 질색이었다. 당장 그들에게 달려들 듯이 다가가는데 얼굴 모르는 방해자의 출현에 시간을 지체했다.

기준은 쐐기를 박아야겠다는 마음가짐으로 유들유들하게 걸어가 라준의 어깨에 팔을 기댔다.

"어때? 구리구리 예쁘지?"

"네가 한 짓이냐?"

"뭘?"

"저렇게 벗겨 놓은 거."

"매혹적인 드레스지. 오늘 파티의 여왕이 될 만큼."

"구경거리겠지."

라준은 기준을 노려보고는 어깨로 기준을 밀쳤다. 그 바람에 기준이 몸을 휘청거렸다.

"야, 구리구리가 어때서? 내 눈엔 섹시하기만 하구만."

"내 아내가 될 여자가 다른 사람들의 구경거리가 되는 건 정말 참을 수 없어."

라준의 짓이기는 말에 기준의 귀가 번쩍 띄었다.

"여자?"

기준의 물음을 무시하고 라준은 재킷을 벗으며 홀로 성큼성큼 걸어갔다. 그런 라준을 기준은 만족스럽게 쳐다보았다.

"신데렐라, 이제 마왕을 사로잡을 시간이야."

은은한 음악이 끝이 났다. 지호는 매력적인 웃음을 머금고 리아에게 말했다.

"기다리겠습니다."

"아뇨. 그러지 마세요. 가지 않을 거예요."

"제 안목을 못 믿는 겁니까?"

"그런 건 아니지만 기준 오빠가 청탁을 넣은 거잖아요."

"결국 절 못 믿는다는 말이군요. 이거 가슴이 아픈데요?"

지호가 상처 입었다는 듯 익살스러운 표정을 보이자 리아가 웃음으로 화답했다.

"우리의 시작에 남 선배만 없었더라면 좋았을 텐데."

"그랬다면 명 대표님이 일개 연기자 지망생에게 관심을 두실 리가 없죠."

"아니요. 리아 씨는 언제 어디에 있든 자신을 당당하게 드러낼 거예요. 여왕 같으니까요."

"저야말로 못 믿겠는데요? 대놓고 아첨하는 것 같아서."

"바로 이런 점이죠. 리아 씨는 자신의 힘을 모르고 있어요. 누구에게도 휘둘리지 않고 외려 압도하는 자유가 있다는 걸."

리아는 지호의 평가에 고운 미간을 살짝 찡그렸다. 처음 보는 누군가로부터 평가를 듣는다는 건 그것이 아무리 좋은 평가라도 낯설었다. 첫인상은 사고의 오류를 일으킬 수 있는 여지가 많다. 근데 압도하는 자유라니, 가늠할 수 없는 말이다.

"믿어요. 당신이 무엇이든 가지고자 한다면 반드시 그렇게 될 겁니다."

"과찬이시네요."

"천만에요. 내일 5시입니다. 꼭 나오세요. 나오시기 전에 이리로 전화 주세요."

지호가 내민 명함을 받아들며 리아가 대답했다.

"생각해 볼게요."

따뜻하고 묵직한 느낌이 어깨에서 느껴졌다. 블랙 재킷이 리아의 어깨를 덮고 있었다. 리아는 무심코 고개를 돌리다 귓가에 들리는 익숙한 목소리에 눈을 치떴다.

"이만 갈까?"

예상치 못한 라준의 등장에 리아의 몸이 저절로 움츠러들었다. 멍한 눈으로 그를 올려다보는데, 라준은 온화한 미소를 띠우고 그녀의 눈을 마주했다.

"입술이 파래. 추운 데 너무 오래 있었어."

말도 안 된다. 이곳의 난방은 완벽한데.

"난 괜찮은데요?"

"손이 이렇게 차가운데 뭐가 괜찮다는 거야?"

다정한 연인처럼 라준은 리아의 손을 잡고 쓰다듬었다. 그것은 누가 보더라도 리아가 그의 여자라는 것을 공표하는 행동이었다.

"오랜만입니다. 이라준 사장님."

철저하게 이방인 취급을 받은 지호가 그들의 대화에 끼어들었다.

"그런가요?"

라준은 리아에게만 눈을 주며 건성으로 대답했다.

"남 선배와 리아 씨 그리고 저, 이렇게 세 사람이 술 한잔하려던 참이었는데, 이 사장님도 동석하시겠습니까?"

"아뇨. 우린 여기서 퇴장입니다."

라준은 리아의 허리를 감싸 그에게로 끌어당기며 은근하고 아찔한 미소를 그녀에게 보냈다. 그 모습은 영락없이 사랑에 빠진 남자가 보일 만한 장면이었다.

"리아 씨는 이곳에 더 있고 싶어 하는 것 같은데요?"

지호 또한 그리 호락호락하게 물러날 인물이 아니었다.

"그럴 리가? 내 약혼녀는 지금 나와 단둘이 되고 싶어 안달이랍니다."

리아는 귓가에서 느껴지는 뜨뜻한 숨결을 믿을 수 없었다. 왜인지는 모르겠지만 라준은 소유욕에 가득 차 평상시와는 전혀 딴판인 모습을 연출했다. 감미롭고 은밀한 속삭임을 남발하는 남자가 정말 이라준인가 싶었다.

"약혼녀라고요?"

지호가 라준의 말을 확인하듯이 리아를 쳐다보며 되물었다.

"네. 제 약혼자예요."

리아의 말에 지호는 어퍼컷을 얻어맞은 복서처럼 충격을 받았다. 하지만 대한민국 연예계를 주무르는 노련한 사업가답게 그는 금방 포커페이스를 유지했다.

"그렇군요."

라준은 지호의 태도가 심히 거슬린다는 듯 눈썹을 까딱하고는 리아를 품에 밀착시켰다.

"우린 이만 가지."

라준의 빠른 보폭에 맞추지 못해 리아는 거의 뛰다시피 했다.

"리아 씨, 내일 기다리고 있겠습니다."

명지호의 말에 대답을 하려는 찰나, 라준의 음산한 목소리가 들렸다.

"한마디도 하지 마."

리아는 저도 모르게 입을 다물었다.

라준에게 끌려나오다시피 한 리아는 건물을 나오자마자 그의 품에서 벗어나려고 버둥거렸다. 그러나 라준의 손아귀 힘은 매우 억세 쉽사리 빠져나올 수 없었다. 리아는 작게 한숨을 내쉬며 그를 올려다보았다.

"놔줘요."

"애원은 공손하게 하는 거야."

그의 말이 리아의 신경에 기름을 확 부었다. 투지가 활활 타올랐다.

"내가 뭘 잘못해서 오빠한테 애원한다는 거예요?"

"정말 모른다는 거야?"

라준은 리아를 그에게 바짝 끌어당겼다. 라준의 탄탄한 가슴팍의 감촉이 그녀의 부드러운 가슴에 느껴졌다. 게다가 남성적인 강렬한 그의 체취에 리아의 몸은 독 오른 뱀처럼 빳빳해졌다. 긴장감이 리아의 심장에 장난질을 한다. 고장 난 심장 같으니라고.

"난 잘못한 것이 없어요."

"잘못한 것이 없다고? 기준일 따라 이곳에 온 것 자체가 잘못이야!"

"내가 누구를 만나 뭘 하든 오빠가 무슨 상관이에요?"

"구리아. 유치한 어린애 같은 행동은 그만해. 넌 곧 나와 결혼할 거야. 난 내 여자가 음란하기 짝이 없는 이런 파티에 와서 다른 남자들의 눈요기가 되는 것도, 다른 사람들의 구설에 오르는 것도 용납할 수 없어. 대체 이 불결한 옷들은 어디서 구한 거지?"

리아는 라준의 말도 안 되는 억지에 기가 차서 말이 나오지 않앉다. 거만한 이라준이 지독한 보수주의자, 아니 폐쇄주의자라는 사실이 놀라웠다. 그리고 남자와 여자를 구별하는 편협한 구시대적 시선까지. 이제야 이라준의 실체를 파악하게 된 것일까. 고고한 학처럼 고상하고 바르다는 이미지는 실상 독선과 교만을 오해한 어른들이 지어낸 것인지도 모른다.

"몰랐어요? 난 불결한 이 옷들을 사랑하고 음란한 이런 파티도 아주 좋아하는데. 하나 더 가르쳐 드리면 내 트레이드마크는 난잡한 사생활이랍니다."

그녀의 지지 않는 대꾸에 라준은 리아를 몸에서 떨어뜨려 놓고 신경질적으로 그의 머리카락을 흩뜨렸다.

"도대체 뉴욕에서 무슨 일이 있었던 거야? 내 말에 한마디도 지지 않고 있잖아. 뉴욕으로 가기 전까지의 넌 적어도 입은 무거운 아이였어."

"기억을 되살려드리자면 난 원래, 이랬어요. 오빠가 기억하는 그 시절의 난 미친 고3이었으니까 입을 뗄 필요가 없었겠죠."

라준은 쌀쌀맞게 말하는 리아를 냉정하게 쳐다보았다.

"사장님, 차 대기해 놓았습니다."

"박 기사는 이만 퇴근해."

라준은 리아의 팔목을 잡아 자동차 조수석에 밀어 넣고 운전석으로 걸어갔다. 차에 올라탄 라준은 시동을 걸고 질주했다.

"어디로 가는 거예요?"

대로로 나온 차는 속도를 높였다. 리아는 힐끗 라준을 훔쳐보았다. 그녀의 도발에 제대로 걸려들었는지 라준은 팽팽한 긴장의 줄을 당기며 침묵했다. 그 침묵은 날카로운 분노였다. 언제 어디서든 제 페이스대로 사람을 끌고 가는 라준의 힘을 피부에 느끼는 순간 리아는 침묵이 참을 수 없어졌다.

"라준 오빠!"

그는 여전히 묵묵부답이었다.

신호정지가 걸리자 그제야 라준은 리아에게 고개를 돌렸다.

"어디 가냐고 물었잖아요!"

"네 난잡한 트레이드마크에는 어울리지 않겠지만……."

일순 라준은 말을 잇지 못했다.

진주같이 하얗고 탄력적인 리아의 허벅지가 그의 눈에 가득 들어왔기 때문이다. 뭘 발랐는지 윤이 나다 못해 광채가 흐르는 것 같았다. 라준은 그의 몸이 서러브레드의 앞다리처럼 잔뜩 긴장되는 것을 느꼈다. 제길. 그는 성급히 리아의 어깨에 둘려져 있던 그의 재킷을 낚아채 리아의 허벅지를 덮었다.

"뭐하는 거예요?"

"내 허락 없이 또 이런 옷을 입으면 그땐 후회가 뭔지 똑똑히 알려주겠어."

"그런다고 내가 무서워할 줄 알아요?"

"그런 건 기대도 안 해. 어렸을 때부터 넌 단 한 번도 날 무서워하지 않았잖아."

"앞으로 오빠를 무서워하겠다고 하면 결혼하는 거 다시 생각해 줄래요?"

어이없는 리아의 제안에 라준은 신호가 바뀐 줄도 모르고 있었다. 뒤에서 울리는 클랙슨 소리에 라준은 황급히 차를 출발시켰다.

"꿈도 꾸지 마."

그냥 던져본 말이야. 리아는 빠르게 지나가는 바깥 풍광을 쳐다보며 속으로 중얼거렸다.

내가 잘못 본 것일까? 라준의 눈빛이 분노로 인해 타오르는 것이 아니라 욕망으로 번들거리고 있다는 생각이 들었다. 여자를 원하는 남자의 눈이었다. 생소한 그 눈에 리아는 어떤 반응을 보여야 할지 감을 잡을 수 없었다.

'그때와 똑같아.'

뉴욕에서의 키스. 결혼하면 안 되는 이유를 찾다 서로에게 이성적 끌림이 전혀 없다고 선언했을 때, 그때 보았던 눈과 같다. 짙고 흐렸지.

그 사실을 깨닫자마자 리아는 차 안의 공기가 빵 터질 것만 같다고 생각했다. 시차 적응이 되지 않아서 착각을 한 것은 아닐까?

리아는 운전에 집중하고 있는 라준을 흘끗 쳐다보았다. 예고도 없이 파티에 나타나 명 대표 앞에서 다정한 약혼자 행세를 하는 것이며 여동생 단속하듯 짧은 옷을 지적하는 것이며 그리고 무엇보다 삼킬 듯이 바라보는 정열적인 눈은 분명……?

리아의 눈이 휘둥그레졌다.

설마 질투? 곰곰이 따져보면 라준은 분명 질투하는 남자가 보이는 전형적인 태도를 보이고 있었다. 그런데 그 질투는 어디에서 기인하는 것일까? 왜 지금 이 상황에서 그런 모습을 보이는 것일까? 내가 정말 여자로 보이는 걸까? 가슴이 쿵쾅거렸다.

리아의 눈으로 익숙한 교차로가 보이자 라준이 방향을 잡은 곳이 그녀의 집이라는 것을 알아차렸다. 라준의 차가 어느새 그녀의 집 근처에 정차했다.

"부모님께 말씀드렸어요."

"뭘 말이야?"

"오빠와 결혼하지 않겠다고요."

"그래서?"

리아는 무심하게 되묻는 라준을 노려보았다. 놀랍지 않은 반응을 보아하니 내부의 스파이가 라준에게 모조리 일러바친 것이 틀림없다. 엄마!

"이미 알고 있으면서 왜 물어요?"

"네 입으로 직접 듣고 싶으니까. 그래야지만 네 바람은 이룰 수 없는 꿈이라는 걸 알 거잖아."

"아직 포기하기는 이르죠. 결혼까지는 한 달이나 더 남았어요."

"그 시간동안에도 넌, 결혼 준비로 눈 코 뜰 새 없이 바빠서 내게서 도망칠 생각은 꿈도 못 꿀 거야."

"결혼을 앞당긴 이유가 뭐예요? 라임이는 오빠가 서둘러서 이렇게 엉망진창으로 만들었다고 그랬어요."

"어차피 해야 할 결혼이었어. 난 더 이상 뉴욕이 널 변하게 만드는 것을 참을 수가 없었어."

"내가 어떻게 변했다는 거예요?"

"네 미래는 내 아내가 되어서 얌전히 집에서 날 기다리는 거야. 그런데 넌 뉴욕에 있는 5년 동안 네 본분은 완전히 잊어버리고 터무니없는 공상에 사로잡혔잖아."

"공상?"

"내가 몰랐다고 생각해? 그 말도 안 되는 연기를 공부하면서부터 넌 네 본분을 망각했어. 네 옆에 있어야 할 사람이 나라는 것도 잊었고, 네가 앞으로 무엇을 해야 할지도 전혀 생각하지 않았어. 예전의 넌 말썽쟁이이긴 했지만 네 신분과 위치를 하찮게 여기는 아이가 아니었어. 근데 뉴욕에 가서는 허황된 꿈만 꿨어."

"어떻게 알았어요? 알고 있었으면서 왜 아무 말도 안 했어요?"

"난 너와 관련된 건 뭐든지 알고 있어야 할 책임이 있어. 넌 내게 속한 사람이니까. 내 사람을 보호하고 지키는 건 내 의무야."

"내가 오빠에겐 의무의 대상자였다니 어이가 없네요."

리아는 라준의 말이 끔찍해 비아냥거렸다. 이라준은 감정이 없는 로봇이란 말인가? 약혼이라는 프로그래밍대로 움직이는 것 말고는 중요한 것이 없다는 말인가? 그에게 전가되는 책임, 이끌어야 할 회사, 지켜야 할 사람들 외에, 스스로를 행복하게 하는 사랑을 나눌 존재는 정말 중요하지 않는가 이 말이다.

문득 리아의 뇌리로 5년 전 그 여자가 떠올랐다. 유일하게 라준의 마음을 휘어잡고 그를 웃게 만들었던 여자. 그녀의 말간 얼굴과 유독 붉었던 입술이 생각났다. 리아에게는 악몽으로 각인

되었던 그때의 기억. 그 여자만이 스스로의 틀에 갇혀 계획하고 그 계획대로 철저하게 움직이던 라준을 잠시나마 무모하게 만들었던 것이다. 정도(正道)만 걷는 이라준을 그와 어울리지 않은 공간에서 그것도 수많은 사람들이 쳐다보는 곳에서 그녀와 키스를 나누게 했다. 라준에게도 그녀와 같은 충동적인 면이 있다는 것을 알게 된 것은 바로 그 사건 때문이었다.

그 일은 리아로 하여금 열패감과 좌절을 맛보게 했다. 이해득실을 따져 회사와 가족에게 이득이 되는 약혼 때문에 라준의 곁에 있는 리아와 달리, 그녀는 순수하고 예쁜 감정으로 그 순간 라준의 곁에 있을 수 있었던 것이다.

하지만 라준은 사랑하는 그녀와의 결혼도 결국 선택하지 않았다. 언제나 그를 에워싼 냉철한 이성이 움트려고 했던 감정의 싹을 잘라내 버린 것이 틀림없다. 이라준은 정녕 얼음으로 된 심장을 가진 인간인 모양이었다.

변화하지 않는다는 게 얼마나 불행한지 모른단 말인가? 변화는 성숙을 이루어내는 모체이다. 사람을 이해하고 배려하는 건 성숙하지 않고서는 불가능하다.

"난 계속 꿈을 꿀 거예요."

"연기를 포기하지 않겠다는 뜻이야?"

"네. 그러려고요."

"내가 허락하지 않는데도?"

"오빠의 허락은 필요 없어요."

"정말 재주가 좋아."

리아는 이기죽거림에 깜짝 놀라 라준을 바라보았다. 화를 내더라도 항상 냉정을 먼저 찾는 그였기에 생경한 칼날 같은 말에 도무지 적응을 할 수가 없었다. 조금 전 느꼈던 그의 분노가 더 진해져 리아에게 날아왔다.

"날 화나게 하는 데는 이제 도가 텄어. 내 허락이 필요 없다고?"

나지막이 위협하는 어조에 리아의 용기가 움츠러들었다. 그는 짙은 분노를 으깨 냉기 속에 숨겨놓고 리아에게 발산하고 있었다. 좁은 차 안에서 느껴지는 라준의 분노, 그의 힘, 그리고 강한 남자의 체취. 이 삼박자가 고루 맞춰져 리아를 떨게 만들었다.

그녀는 처음으로 라준이 무섭다는 생각이 들었다. 무엇보다 그의 눈이 무서웠다. 분명 화를 내고 있는 것이 맞는데, 그 눈은 조금 전 그녀가 감지해 냈던 눈과 같은 빛깔을 띠고 있었다. 욕망에 젖은 눈. 깊이를 알 수가 없어. 문득 '저 눈도 감정이라고 부를 수 있을까' 하는 생각이 들었다.

심장이 두근거렸다. 겁이 나서 그러는지, 실내가 더워서 그러는지, 아니면 불쑥 솟아난 궁금증 때문에 그러는지 도저히 알 수가 없었다. 리아는 입술이 바싹 마르는 것 같아 저도 모르게 혀로 입술을 핥았다.

"그 귀여운 입으로 다시 말해보시지. 정말 내 허락이 필요 없는지."

라준의 눈에 집중하느라 리아는 그의 말을 듣지 못했다. 라준의 눈이 말하는 저 감정이 욕망인지 분노인지 알고 싶은 마음뿐이었다.

"오빠에게 내가 지금 여자로 보이는 거죠?"

"뭐?"

라준은 리아의 말에 돌연 멍해졌다. 화를 내고 있는데 무심한 어투로 뜬금없이 여자로 보이냐니? 지독히도 적절하지 않은 타이밍에 적절하지 않은 몹쓸 질문이다.

"아닌가?"

리아가 미간을 찡그리며 갸웃거렸다.

라준은 그를 지배하고 있던 화가 깡그리 사라지는 것을 느꼈다. 그리고 리아가 그의 눈에 들어왔다. 리아의 순진무구한 눈동자와 지난 며칠 동안 마주치기라도 하면 언쟁을 일삼던 작은 입술, 그리고 뽀얀 목선과 가느다란 쇄골. 그 아래를 내려다보던 라준의 눈이 흐릿해졌다. 탐스럽게 자리한 복숭아 같은 가슴. 그늘이 지는 가슴골에 시선을 빼앗기다 라준은 다시 그녀에게 눈을 돌렸다.

리아의 눈이 묻고 있었다. 그에게 있어 그녀가 여자고 맞냐고? 그의 이성이 순식간에 마비되었다.

"맞아. 여자야."

쉰 목소리로 속삭이던 라준은 더 이상 망설이지 않았다. 그는 리아에게 입술을 밀어붙였다. 촉촉한 리아의 입술을 맛보지 않으면, 그 입술 안의 부드럽고 붉은 혀를 맛보지 않으면 죽을 것만 같았다. 라준은 성급하게 리아의 입술을 삼켰다. 리아가 깜짝 놀라 숨을 멈췄다. 그는 그 기회를 놓치지 않고 돌진했다.

그녀 안의 세상. 말캉거리는 느낌은 라준을 야생마처럼 몰아치게 했다. 도망치는 리아를 붙잡아 그의 세상으로 초대했다. 그러자 격렬한 소용돌이가 생겨나 도저히 거부할 수 없는 느낌이 온몸으로 짜릿하게 퍼져 나갔다.

리아는 심장이 터질 것 같다고 생각했다. 거칠게 들어오는 라준의 느낌은 황홀했지만 무섭기도 했다. 그녀도 모르게 그를 밀었을 때 라준은 야수같이 으르렁거렸다. 그에게 입술을 빼앗기느라 리아의 목은 뒤로 꺾이고 또 꺾였다.

폭풍 같던 키스가 일순 잠잠해졌다. 고삐 풀린 욕망이 허기를 채웠는지 잔잔한 바다 위에 노니는 한가로운 배들처럼 키스가 유순해졌다. 그런데 그 느린 움직임이 라준을 더욱 크게 느끼게 했다. 언제 어디에 그의 입술과 뜨거운 혀가 나타날지 몰라 리아는 살짝이라도 고개를 틀 수가 없었다. 그의 존재감과 터질 것 같은 성적 긴장감이 쌓여 그녀를 옥죄었다.

리아는 저도 모르게 한숨을 내쉬었다. 압사당할 것 같다고 생각했을 때, 라준의 입술이 마술처럼 떨어졌다. 리아는 타액으로 번들거리는 라준의 입술을 쳐다보다 멍하니 그를 올려다보았다. 여자를 간절히 원하는 남자의 눈. 리아는 그에게 자신이 철저하게 여자임을 자각했다.

"눈 감아."

라준은 쉰 목소리로 속삭였다.

왜? 의문이 리아의 눈에서 떠올랐다. 호기심 어린 그 눈에서 라준은 스스로가 짐승같이 느껴졌다. 온몸으로 발산하는 육감적인 매력과는 도무지 어울리지 않는 순진하고 초롱초롱한 눈이라니. 아기 새를 잡아먹는 못된 맹수가 된 느낌이었다. 하지만 라준은 리아의 체향에 사로잡혀 그가 무슨 짓을 하고 있는지도 알지 못했다.

라준의 뜨겁고 야릇한 입술이 리아의 목선을 더듬었다. 그가 살며시 빨고 지나가는 그 자리에 그의 흔적을 새겼다.

리아는 생경한 그 느낌에 눈을 감았다. 고요해졌던 숨결이 또다시 달음질을 시작한다. 그의 단단한 손이 리아의 목과 어깨를 더듬었다. 라준은 리아의 보드라운 살결을 느끼자마자 폭발했다.

이제 아무것도 그를 막을 수가 없었다. 다급해진 그가 그녀의 쇄골을 핥고 어깨를 물고 뱀파이어처럼 목을 빨았다. 그럴 때마다 리아의 눈은 더욱 꼭 감겼다. 알 수 없는 느낌이 배꼽 아래 겹겹이 싸여 그녀의 몸을 요동치게 만들었다.

리아의 입술을 점령한 라준은 또다시 리아의 정신을 혼미하게 만들 정도로 그녀를 탐했다. 그의 두 손도 이번에는 가만히 있지 않고 리아의 몸을 어루만졌다. 볼록한 리아의 가슴을 손으로 느끼는 그 순간 라준은 번개를 맞은 듯 움직임을 멈췄다.

순환하던 피가 메말라가는 아찔한 전율. 부드러움이 날카로움보다 강할 수 있다. 그는 다급히 리아의 가슴을 덮고 있던 오프숄더 드레스를 밑으로 잡아당겼다.

하얀 마시멜로 같은 가슴이 그의 눈앞에 툭 튀어나왔다. 수줍게 얼굴을 내미는 열매 하나가 눈에 들어오자마자 라준은 성급하게 입안에 머금었다.

"아!"

리아가 탄성을 내질렀다.

그녀의 신음 소리가 라준의 지칠 줄 모르던 갈증을 끝까지 몰고 가버렸다. 그의 혀에서 마시멜로가 달콤하게 녹기 시작했다. 은은한 리아의 향기가 그의 콧속으로 들어왔다. 그의 입이 그녀를 흡입하면 할수록 리아의 허리가 뒤로 젖혀졌다.

라준을 받아들이고 싶었다. 리아는 양쪽 가슴에서 번갈아 느껴지는 쾌감에 고양이처럼 가르랑거리며 그의 머리에 손을 박았다.

그녀의 반응은 라준을 폭풍 속으로 몰아치게 만들었다. 라준은 그녀의 입술에 열렬한 키스를 퍼부으며 리아의 허벅지에서 그의 재킷을 치워 버렸다. 그리고는 일초의 주저함도 없이 그녀의 짧은 드레스 안으로 손을 밀어 넣어 리아의 은밀한 곳을 매만졌다. 촉촉한 열기가 그곳에서 느껴졌다. 라준은 뻣뻣한 그의 욕망을 그녀의 몸속에서 자유롭게 풀어놓고 싶었다. 손가락 하나가 팬티 속으로 들어가 그 속살을 마주할 때, 리아가 흐느끼듯 외쳤다.

"오빠!"

그 소리가 라준을 차갑고 딱딱한 물질의 세계로 회귀시켰다. 리아의 입술에서 가까스로 입을 떼 좌석 시트 쪽으로 고개를 돌렸다. 경주를 한 듯 거친 호흡이 자동차 안에 그득하였다. 묘한 느낌으로 포화되었던 공기가 서서히 현실로 돌아왔다.

라준은 리아에게서 몸을 떼어 흐트러진 그녀를 응시했다. 벌거벗은 리아의 몸을 보는 순간 라준은 혐오감에 목이 졸리는 듯했다. 하마터면 리아를 가질 뻔했다. 이성이란 것은 애초에 없었다는 듯 조그마한 여자에게 빨려 들어가 그 자신을 산산조각 낼 뻔했다. 이런 상황은 한 번도 예상치 못했는데!

그는 리아의 피부에 손길이 닿지 않으려 노력하며 리아의 드레스를 정리해 주었다. 여전히 몽롱한 눈빛을 감추지 않는 그녀의 눈길을 애써 피하며 헝클어진 머리카락도 어깨 뒤로 넘겨주었다.

"라준⋯⋯."

"들어가. 늦었어."

"지금요?"

"그럼? 여기서 계속할까? 아니면 다른 곳으로 가?"

순진한 리아의 물음에 라준은 화를 내며 그녀를 쏘아보았다. 리아는 언제 흥분한 사람이었냐는 듯이 침착한 눈으로 그를 마주보고 있었다.

"아니요. 그럴 마음은 없어요. 충분히 알아먹었으니까."

"알아먹었다니?"

"내가 오빠에게 여자로 보인다는 걸 증명하기 위해 이런 일을 벌인 거잖아요. 아마도 이걸 빌미로 오빠는 우리의 결혼을 더욱 정당화시키겠죠. '육체적 끌림까지 있으니 결혼은 당연하다'고 할 게 뻔해요. 그래도 난 오빠의 이런 꼼수에 넘어가지 않아요."

"꼼수?"

"일단 인정은 할게요. 내게도 오빠가 남자로 보이긴 하나 봐요. 두 번씩이나 이런 불미스러운 일이 있었으니까. 하지만 오빠처럼 나도 차가운 머리를 가지고 있어요. 오빠가 계산 하에 이런 일을 벌였듯이……."

라준은 리아의 말이 하나도 이해가 되지 않아 말을 가로챘다.

"무슨 계산?"

"날 오빠의 틀에 끼워 맞추려고 세뇌시키려고 한 것이요. 사랑 없는 결혼을 하지 않겠다고 분명히 의사를 밝혔는데, 오빠는 비겁하게 순수한 욕망까지 무기로 내세웠어요. 내가 모를 줄 알았어요?"

"대체 넌 뭘 알고 있는데?"

"뻔뻔스러워요! 감정 없는 이런 보여주기 식의 행위! 오빠에게 목적을 이루는 수단으로 전락한 불쌍한 열정은 그야말로 폭력적이었어요. 그건 감정도 뭣도 아닌, 세상을 조각낼 핵폭탄과 다름없었다고요! 앞으론 절대 사절이에요!"

대기를 찢어놓을 듯이 고함치고 리아는 재빨리 차에서 내려 쾅하고 문을 닫았다.

라준은 폭발한 리아의 분노에 미칠 것만 같았다. 풀리지 않는 욕망도 힘을 보태 그의 이성을 완전히 공중분해시켰다.

"젠장, 쟤는 뭐라고 하는 거야? 하나도 못 알아듣겠잖아."

라준은 고삐 풀린 분노를 제어하지 못하고 끙끙댔다. 그는 리아가 쏙 들어간 그녀의 집을 노려보며 핸들을 쳤다.

어째서 리아는 그의 뜻대로 움직여 주지 않는 것일까.

끔찍해. 끔찍해.

리아는 부모님께 인사를 하는 둥 마는 둥 하고 그녀의 방으로 올라가 욕실로 사라졌다. 뜨거운 물줄기에 몸을 맡기면서도 리아는 욕설을 멈추지 않았다.

나쁜 이라준. 폭력적인 이라준. 감정 없는 로봇에다 본능도 차단하는 못된 이라준.

리아는 가슴을 내려 보다 일순 조금 전의 아찔한 느낌이 생각났다. 이라준의 손길과 입술이 선사하는 매력적인 전율. 리아는 그 순간 그에게 매달리고 싶었다. 제발 사랑해 달라고! 사랑과 감정은 아무래도 좋으니, 그녀를 안아 달라고!

그런데 차가운 이성의 소유자인 이라준은 끓어오르는 자신의 욕정도 싹둑 잘라 버리는 특기를 선보였다. 달콤한 초콜릿을 눈앞에서 빼앗긴 기분이 얼마나 쓰디쓴지 뼈저리게 깨닫게 되었다. 그것도 두 번씩이나…….

호르몬이 날뛰는 순간마저도 그의 자로 잰 듯한 계획을 이루기 위한 수단에 불과했다. 이라준은 고수였다. 욕망이 감정일지도 모른다는 일말의 희망으로 사람을 헷갈리게 만들었다. 그리고 강한 남자의 매력으로 그녀의 세계를 뒤흔들었다. 그러더니 금방 얼음 가면을 뒤집어쓰고 그녀에게 헛꿈 꾸지 말라며 차디찬 세상으로 쫓아냈다. 아무것도 약속하지 않은, 무정하고 메마른 세계로…….

리아는 입술을 깨물고 몸 구석구석을 씻었다. 라준의 온기와

감촉을 하나도 남겨두지 않으리라. 결혼뿐만 아니라 은밀한 남녀 간의 관계에서도 제멋대로 자신의 틀에 집어넣으려는 남자는 절대 사절이다. 그녀는 그의 뜻대로 움직이는 인형이 아니다. 그녀의 고장 난 심장이 미친 소리를 지껄인다 해도 아닌 건 아니었다. 그녀의 사랑은 하찮게 취급받을 만한 것이 아니다. 그 누구보다 고귀하고 아름다운 것이 바로 그녀의 마음이었으니까.

"절대 이 결혼 안 해! 안 한다고!"

리아는 이를 갈며 결심 또 결심하였다.

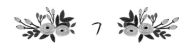

7

기준은 시끄럽게 울리는 벨 소리에 의아해하며 인터폰을 쳐다보았다. 라준이 무서운 얼굴로 화면에 나타나자 '헉' 하고 소리를 질렀다.

"누군데?"

기준이 자랑해마지않는, 인테리어 찬란한 홈바에 앉아 있던 준이 물었다.

"이라준."

"라준이 온다고 했었어?"

"아니. 즐거운 시간 보내고 있을 거라고 생각했는데, 아니었나 봐."

기준은 성급하게 울리는 벨 소리에 몸서리를 치며 얼른 버튼을 눌렀다. 입에 물고 있던 사탕이 콜라 맛인지 초콜릿 맛인지 분간이 되지 않았다.

문이 열리자 한기가 기준의 아파트로 몰아쳐왔다. 기준은 딱 보기에도 '나 저기압이니, 함부로 말 걸지 마라' 포스로 나타난 라준에게 어색한 미소를 지어보였다.

"연락도 없이 웬일이냐?"

라준은 기준을 일별하고는 아무 말 없이 홈바로 걸어가 준이 마시고 있는 위스키를 가로채 단숨에 마셔 버렸다.

독고준의 눈썹이 재미있다는 듯 꿈틀거렸다.

"무슨 일 있었어?"

준의 물음에도 라준은 입을 굳게 다문 채 위스키 병을 잡았다.

"어허, 아무리 어려운 일이 있더라도 자작은 술에 대한 예의가 아니지."

라준의 옆에 재깍 앉은 기준이 글라스에 위스키를 그득 채웠다.

"마셔, 마셔. 안 좋은 일은 잊고 털어버려야지. 그럴 땐 술이 최고야."

라준은 또다시 잔을 비워냈다. 기준이 장난스럽게 웃으며 또 잔을 가득 채우자 준이 못마땅한 표정으로 기준을 바라보았다.

"그만해. 라준이 술 못 마시잖아."

"이럴 때 먹여야지. 언제 이놈 주사 부리는 거 보겠냐?"

라준은 두 사람의 대화에 아랑곳없이 술잔을 입에 가져가 털어 넣었다. 세 잔째 독한 위스키를 잠자코 받아 마신 라준이 걱정된 기준은 막대사탕 하나를 대충 까 그에게 내밀었다.

"인마, 술만 마시면 속 버려. 안주도 먹어야지."

"미친놈."

라준의 비아냥거림에 기준은 라준에게 내밀었던 사탕을 제 입으로 쏙 넣었다.

"아직 덜 취했구만. 부어라, 마셔라. 자식아."

기준이 위스키를 다시 채우자 라준은 잔을 들었다. 준이 라준의 잔을 빼앗아 대신 비워냈다.

"이라준. 그만해. 내일 분명 후회할 거야."

"으, 콜라 맛이잖아. 분명 초콜릿 맛이라고 했는데!"

기준은 분개하며 벌떡 일어나 두 사람에게서 저만치 떨어졌다. 그러고는 핸드폰을 꺼내 아주 교만한 자세로 전화 통화를 했다. '홍 비서, 깼냐? 좀 자지 그랬냐? 그래야 괴롭히는 고약한 쾌감을 내가 느껴보잖아? 뭐? 지금이 괴롭다고? 너 지금 연기하는 거 내가 모를 줄 알아? 나 골탕 먹이려고 죄다 콜라 맛으로······' 어쩌고저쩌고 하는 남기준의 원맨쇼를 지켜보다 라준은 고개를 떨어뜨리며 중얼거렸다.

"통제가 안 돼."

"남기준이 언제 통제가 됐나?"

"아니, 리아."

"리아?"

준의 입매가 의미심장하게 올라갔다.

라준이 이토록 절제하지 못하게 만든 존재가 구리아라는 사실이 아주 흥미로웠다. 라준은 기준과는 달리 어느 면에서도 실수를 하지 않는 냉정한 놈이었다. 말수도 자신에 못지않게 짧았고 행동도 일호의 주저함 없이 단호했다. 결혼도 마찬가지였다. 리아와의 약혼도 거대한 태평양에 물 한 바가지 보태는 것 같이 대수롭지 않게 여겼다. 외려 사업적인 계약을 할 때 더 신경을 쓰고 고민했던 이라준이다.

"리아는 본래부터 통제가 안 되는 애라고 알고 있었잖아?"

"맞아. 알고 있었지. 근데 통제가 안 돼도 너무 안 돼."

"그게 네가 괴로워하는 이유야?"

"내가 괴로워한다고?"

라준의 말이 기준의 귀에 들렸던지 핸드폰에 대고 잔소리를 해대던 기준이 '끊어'라고 하더니 부리나케 그들에게 다가왔다.

"누가 이라준을 괴롭게 만들었는데?"

"너 때문이야."

라준은 기준을 노려보며 말했다.

"나? 내가 뭘?"

어리둥절하던 기준의 얼굴 위로 사악한 미소가 떠올랐다.

"아하, 그 드레스 말이지? 아주 좋았지? 밑으로 끌어내리는데 아무 불편감도 없고. 흐흐. 유경험자로서 네게 딱 맞는 옷이었어."

"드레스라니?"

준의 물음에도 라준은 대답하지 않더니 별안간 기준의 머리채를 잡고 탁자에 박았다.

"야, 이라준! 뭐하는 짓이야?"

"음탕한 놈!"

"앗, 준아! 얘 좀 말려봐. 이러다 이마에 혹이라도 나면 모두 네 책임이야!"

"왜 내가?"

준은 이맛살을 찡그리며 라준의 손을 기준의 머리통에서 떼어냈다.

"이라준, 너 너무 많이 마셨어. 정신 차려."

준은 이성적이라면 세상에서 둘째가라면 서러워할 라준이 술기운을 빌려 치기 어린 분노를 표현하는 것이 재미있었다.

"난 말짱해."

라준은 정자세로 고쳐 앉으며 술잔을 쳐다보았다.

"리아와 무슨 일 있었어? 저녁나절에 함께 나갔잖아."

기준은 턱을 괴고 호기심 가득한 눈빛을 라준에게 발사했다.

"설마 12시가 되기 전에 마법이 풀려 버린 건가?"

"무슨 소리야?"

영문을 알 바 없는 준이 기준에게 답을 요구하자 기준은 '그런 게 있다'며 음흉하게 웃었다.

"결혼을 앞두고 예민해진 것 아닌가? 천하의 이라준도 미국 공장 일이 마무리되기 전에 결혼까지 해야 하니, 머리가 복잡해진 탓이겠지."

"모르는 소리. 이라준이 평소답지 않은 건 리아의 주술에 걸려서 그런 거야."

기준은 준에게 손가락을 좌우로 까딱거려 보였다. 그리고는 준에게 귓속말로 소곤거렸다. 남기준에게서 고개를 든 준은 '복수라고?' 소리 없이 되물었다.

기준은 눈을 감고 있는 라준의 어깨를 톡톡 두드렸다.

"어이, 널 이렇게 만든 사람은 구리구리지?"

"구리구리라고 부르지 말라고 했을 텐데. 변태 같으니라고."

"헉. 이라준이 변태라고 말했어! 준, 너도 들었지? 온갖 우아 고상 품위의 껍데기 안에 숨겨진 차진 육두문자를?"

"네가 더 취한 것 같다?"

준은 라준의 옆으로 다가와 앉았다. 라준은 휘날리는 갈대처럼 몸을 가누지 못했다.

"리아가 어떻게 널 괴롭혔는데?"

준은 라준에게 염화미소를 보이며 타이르는 듯한 기준의 태도에 호기심이 일었다. 아무래도 그가 모르는 무언가를 남기준은 알고 있는 모양이었다.

"리아는 도무지 말을 듣지 않아."

"어떻게?"

"날, 내가 아닌 것처럼 만들어."

"너답지 않은 게 뭐야? 계속 말해봐. 눈 감지 말고."

기준은 라준의 어깨를 흔들며 잠의 세계로 들어가는 그를 붙잡았다.

"리아가 널 어떻게 만들었어?"

"말썽쟁이 같으니라고. 자꾸 무난하고 평탄한 내 삶을 엉키게 만들어. 그래서 화가 나. 그냥 좀 따라와 주면 안 되는 거야? 얌전히 결혼 준비하고 내조하며 살겠다고 하면 그만이잖아. 근데 구리아는 어디로 튈지 모르는 공 같아. 엉뚱하게 뉴욕으로 날아가서 연기를 공부하고 있질 않나? 사랑 없는 결혼은 안 하겠다고 내게서 도망치려고 하질 않나? 나보고 어쩌라는 거야?"

"그래서 넌 뭐라고 했어?"

"우린 어른들의 뜻대로 결혼해야만 돼. 그건 원래부터 정해진 거야. 파혼은 있어서도 안 되고 있을 수도 없는 일이야."

"난 리아가 이해가 되는데. 사랑 없는 결혼에서 리아가 소망을 품지 못한다는 건 아주 심각한 거야. 그냥 리아 뜻대로 해줘."

"리아는 한 번도 내 사람이 아닌 적이 없었어. 약혼하기 전부터 내 것이었어."

"리아가 무슨 물건도 아니고?"

기준의 깐죽거림에 라준의 눈에서 불꽃이 일었다.

"차라리 물건이라면 좋겠다. 리아는 어렸을 때부터 항상 내 심기를 거슬렀어. 사사건건 내 말에 토를 달고 한 번도 순순히 따라와 주지 않았어. 하지만 그게 싫지만은 않았지. 재미가 있었거든. 그런데 지금은……."

"널 이토록 힘들게 만든다는 뜻이지?"

"그래. 내 말을 죽도록 듣지 않는 건 똑같은데, 예전하고 달라. 답답하고 미치게 만들어! 차라리 동방신기를 쫓아다니던 때가 나았어. 그때는 누구나 인정하는 질풍노도의 시기였으니까 나도 그러려니 해서 안중에도 두지 않았다고! 그런데 사랑이 뭔데 자꾸 사랑 없는 결혼은 안 하겠다는 거야? 그딴 거 개나 줘버리라지. 난 그따위 골치 아픈 감정은 딱 질색이야. ……그런데도 난 그 애에게 마음이 쓰여."

라준의 주절거림에 기준과 준은 서로를 바라보았다.

"답이 나오네. 역시 사랑 때문이었군."

"사랑 때문이라고?"

믿기 힘들다는 듯 준의 음성이 커졌다.

"그래. 리아는 사랑을 원하는데 이놈은 사랑을 할 생각이 없으니 당연히 리아는 결혼하기 싫겠지. 게다가 라준은 제 감정조차 모르고 있으니 꼬이기만 하는 거고."

"라준이 감정이 어떤데?"

"보고도 몰라? 바른생활 이라준이 언제 술을 입에다 댄 적이 있냐? 제 주량 알고 나서부터는 술과는 척을 진 놈이라고. 그런 녀석이 술 마시고 여자 얘기하잖아. 술 취한 남자가 여자 얘기하면 그건 백이면 백, 사랑 때문에 힘들어서 그런 거라고."

"그럼, 라준이가 리아를 사랑한단 말이야?"

준으로서는 꽤나 충격적인 말인 모양이었다. 기준은 팔짱을 끼고 널브러진 라준을 지켜보다 준에게 시선을 돌렸다.

"너도 어지간히 무딘 놈이었구나. 정말 감도 못 잡았냐? 난 그때부터 알아봤었지."

"언제?"

"리아가 동방신기 콘서트에 가 있을 때마다. 이라준 이 녀석도 그곳에 있었어."

"뭐?"

좀처럼 놀라지 않는 준은 두 눈을 휘둥그레 떴다. 정말 믿을 수 없는 이야기라 준은 재차 물었다.

"넌 그걸 어떻게 알아?"

"나도 그 자리에 있었으니까."

"너도 같이?"

"그래. 이라준 이 녀석, 그때도 이렇게 말했어. 리아는 자기 사람이라 제 보호 아래 있어야 된다고. 사고 같은 거 일어나면 안 되니까 철저히 안전해야 한다고. 책임감에 불타서는 쌀쌀맞은 얼굴로 동방신기 콘서트에 가자고 날 협박했단 말이야. 그 꽃돌이들 추종자들 속에서 내가 얼마나 토 쏠렸는지 넌 결코 모를 것이다."

"리아가 라준이 진심을 알아차리게 하면 되잖아. 그렇다면 라준이가 이렇게 괴로워하지 않아도 되고."

"그리 간단한 문제가 아니야. 난 리아가 라준이를 사랑한다는 말을 들어본 적 없는데, 넌 들어본 적 있냐?"

기준의 말에 준은 고개를 가로저었다.

"만날 반듯한 직진 인생을 살아온 이라준이라면 어른들의 명을 어기지 않기 위해서 무슨 수를 쓰더라도 결혼을 감행해야 하는데, 리아는 호락호락하지 않고 사랑을 들먹이고 있지, 게다가 그 사랑의 대상자는 이라준이 아니지, 그 무엇보다 문제인 건 이 녀석이 제 마음을 모르고 있다는 거야. 그러니 이 녀석은 자기 인생 최초의, 최대의 난관에 부딪치게 된 거라고. 눈앞에 구불구불한 산길이 나타났으니 얼마나 답답하고 화가 나겠냐? 복잡해, 정말. 괜히 나섰어."

"잠깐, 네가 두 사람 일에 관련이 있다는 거야?"

"이 죽일 놈의 호기심 때문에 일을 벌였는데 좋은 방향은 아닌 것 같아. 홍 비서 말을 들을 걸 그랬어. 늘 내 호기심이 고양이도 죽일 수 있다고 말했거든."

"어떻게 할 거야?"

"일단 한쪽이 입장 정리가 되면 그나마 낫겠지."

"라준이가 먼저 입장을 정리해야 한다는 거야?"

"그게 제일 빠를걸? 이 녀석으로 하여금 제 마음을 빨리 깨닫게 하는 게 우리의 과제지. 난 가끔 구리구리의 눈보다 그 세 치 혀가 더 무섭게 느껴질 때가 있어."

"생각해 놓은 건 있고?"

"이라준은 미꾸라지 같아서 정공법을 쓰면 필시 얼음가면을 뒤집어쓰고 요리조리 핑계를 대고 빠져나갈 게 분명해. 그래서 별명이 달리 얼음마왕이겠냐? 또 자존심은 어찌나 센지 오리발 내미는 데에는 완전 눈 하나 깜짝하지 않는다니까. 그래서 준비했지."

"뭘?"

"그냥 단순한 밑밥 하나 던져놨어. 더 이상 알려고 하지 마. 골치 아픈 건 나 하나로 족하니까."

"알았어. 라준이 침대로 좀 옮기자. 이렇게 자게 내버려둘 수는 없잖아."

"그래."

준과 기준이 라준을 부축하여 기준의 침실로 라준을 옮겼다. 기준이 라준의 옷가지를 벗겨내고 시트를 덮어주고 나가자 준이 불을 끄고 침실의 문을 닫았다.

"제대로 된 복수네. 구리구리, 정말 여왕 같다. 라준을 사랑에 빠지게 하다니."

"내가 어디에 빠졌다고?"

기준의 중얼거림에 준이 묻자 기준이 뒤를 휙 돌며 말했다.

"아니, 너 말고 라준이. 근데 이 밤의 대마왕아! 넌 술 좀 줄이고 여자 정리 좀 해. 조용하게 있어서 숙맥인 줄 알았더니만 완전 카사노바였잖아. 이라준은 결벽증이고 넌 색마야. 너야말로 사랑에 대해 진지하게 탐구해 볼 필요가 있어."

"사랑이라니? 내게 어린애 장난 같은 걸 들먹이지 마."

"어린애 장난? 허헛. 너 계속 그렇게 살다가 몰매 맞아. 여자를 숭배하라고 했더니 되레 깔아뭉개기만 하고 있어. 어디서 못된 것만 배워가지고. 자고로 사람에겐 주변 환경이 중요한 거야. 맹모가 괜히 세 번을 이사 갔겠어? 네 어머니 말이 모두 다 옳은 건 아니야."

"선 넘지 마라, 남기준."

준의 날카로운 눈빛에 기준은 어깨를 으쓱였다.

"알았어. 알았다고. 너네 어머니 욕 안 할게."

기준의 말에 준은 찬바람을 일으키며 쌩하니 나가 버렸다.

라준은 목이 너무 말라 잠에서 깼다. 주위를 살펴보니 기준의 침실이라는 것을 깨달았다. 어젯밤 분기를 가득 품고 기준의 아파트로 찾아와 마시지도 못하는 술을 입에 댔다는 것까지 기억났다. 그의 주량이 온더락스로 위스키 한 잔이었음에도 불구하고 지난밤에는 연거푸 마셔댔던 것이다. 침대에서 몸을 일으키다 라준은 지끈지끈한 두통과 속 쓰림에 얼굴을 찡그렸다.

대학 신입생 오리엔테이션 이후로 단 한 번도 취한 적이 없던 그였다. 주량을 알고 난 후 절대 술을 마시지 않겠노라 결심을 했고 그 결심은 어젯밤까지 잘 지켜져 왔다. 라준은 그의 전도에 걸림돌이 되는 행동은 결코 하지 않았다.

그런데 어제는 노기를 주체할 수가 없었다. 리아를 좁디좁은 차 안에서 가질 뻔한 사실에 충격을 받아 스스로에 대한 혐오를 지울 수 없었던 것이다. 리아가 그에게 여자로 보인다는 사실은 알게 되었지만, 그것이 라준을 이런 곤혹한 상황으로 몰아넣을 것이라고는 상상도 하지 못했다. 여태껏 여자를 욕망하는 일은 그에게 일어나지 않았고, 무엇보다 라준은 자신의 자제력과 이성을 온전히 신뢰하고 있었다.

하지만 그는 어젯밤 자신으로부터 뒤통수를 얻어맞고 말았다. 완벽한 배신. 무엇이 그를 그렇게 막다른 길로 내몰았던 것일까? 자신의 말이라면 엇나가고 보는 리아의 본능적인 행동, 그도 아니면 다른 남자에게 보여주는 환한 미소? 그도 아니면 사랑 없는 결혼은 하지 않겠다고 부르짖으며 필사적으로 그를 밀어내는 리아의 진심? 아니면 관능적인 다리를 드러내는 그 불결한 옷 때문인가?

아무튼 모든 것들이 조화를 이루어 라준의 분노에 기름을 콸콸 부었다. 무엇보다 미칠 듯이 화가 나는 건 리아가 여전히 깨닫지 못하고 있다는 것이었다. 어째서 리아는 자신이 라준의 사람이라는 것을 모르고 있을까? 그래서 답답했다. 깔끔한 머릿속이 실타래가 엉킨 것처럼 어지러운 것도 심히 마음에 들지 않았다. 대체 이 감정은 무엇이란 말인가. 그를 그답지 못하게 만드는 이 불쾌한 기운은?

리아를 소유하고 싶다. 소유라는 말이 만족스러워 갑갑증이 한 단계 낮아지는 것 같았다. 리아의 몸은 물론 마음까지도……!

마음? 라준은 불현듯 떠오른 단어에 깜짝 놀라 벌떡 몸을 일으켰다. 내가 언제부터 리아의 마음까지 염두에 둔 거지? 하도 감정이 없느니, 사랑이 없느니, 차갑다는 말을 많이 들어서 아무렇지도 않은 단어 하나에도 가시가 걸린 것처럼 마음에 걸리는 것일까? 목이 너무 말라 엉뚱한 억측까지 줄줄이 비엔나소시지처럼 올라오는 것 같다. 라준은 생각의 고리를 끊기 위해 방을 나왔다.

거실 소파엔 기준이 엎드린 자세로 쿨쿨 꿈나라를 여행 중이었다. 냉장고에서 생수를 꺼내 벌컥벌컥 들이켜다 남기준이 사용하다 내버려 둔 노트북이 눈에 들어왔다. 기준은 노트북을 제 분신처럼 사랑했고 어딜 가든 들고 다녔다. 그리고 그의 노트북에는 손도 대지 못하게 했다. 무얼 하는지 알 수 없지만 필시 회사 일을 하는 노트북은 아닌 것 같다고 생각했다.

문득 기준이 예전에 했던 말이 떠올랐다.

"지식인에게 물어봐. 다 가르쳐 줘. 심지어 '따라라라라 따라라라'라고 치기만 해도 알고 싶은 곡명까지 다 나와. 그 곡이 쇼팽의 녹턴이었다니까. 놀랍지? 아니면 네티즌 수사대에게 사건을 의뢰하든지. 조사하면 다 나와."

라준은 대수롭지 않게 노트북을 외면하다 곧 뚫어지게 쳐다보았다. 저곳에다 물어보면 이 괴로움의 원인을 알 수 있을까? 내가 지금 무슨 생각을?

그러나 평소와 같으면 무시해 버릴 남기준의 얼토당토않은 말이 계속 그의 귀에 끈질기게 달라붙어 있었다. 결국 라준의 손가락은 어느새 지푸라기 하나라도 잡고 싶은 심정을 담아, 혹은 이 답답증을 눌러보겠다는 열망으로 키 하나를 누르고 있었다. 검은 화면에 '팟' 하고 빛이 들어오며 녹색 검색창이 눈에 띄었다.

— 가슴이 답답하고 화가 납니다. 무엇 때문일까요?

검색된 문장을 마우스로 주르르 내려 읽어보았다.

— 먼저 체한 것인지 점검해 봅니다. 소화제를 먹었는데 안 된다면 스트레스일 수도 있어요. 스트레스를 해소해도 해결이 안 된다면 심

각합니다. 공황장애라고 하지요? 숨도 쉬기 어렵고 식은땀까지 난다면 백발백중. 빨리 정신과를 방문하세요. 제가 잘 아는 병원이 있는데, 마음과 마음 사이 병원 원장님이 친절하게 잘 상담해 주시더라고요. 02-****-****

　― 아는 게 없어서 답변을 못 드리겠네요. 죄송.

　― 혹시 썸타고 계세요? 저는 썸녀가 다른 남자와 함께 있는 걸 볼 때마다 가슴이 답답해지고 머리끝까지 화가 나더라고요. 너무 빨리 그녀를 사랑하게 된 것 같아 무섭기도 합니다ㅠㅠ

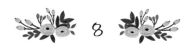

8

오디션 현장은 수십 명의 배우 및 연기자 지망생들로 북적거렸다. 극단 명에서 준비 중인 연극 〈오셀로〉는 여느 극단에서 준비하고 있는 연극과는 달랐다. 자금력이 빵빵한 명 엔터테인먼트 소속의 극단이라 언론매체의 조명을 받는 것은 물론, 지난해 천만 관객을 모았던 유명 영화감독이 연출로 참여한다는 소식 때문에 그에게 눈도장을 찍길 원하는 국내 신인, 무명, 유명 배우들까지 대거 참여했기 때문이다.

리아는 대기실에서 시끄러운 주위에는 아랑곳없이 〈오셀로〉의 등장인물 중 데스데모나와 에밀리아, 비앙카의 감정에 집중했다. 지호가 제의한 오디션에 응하기로 결정 내린 것은 라준과의 결혼에 맥없이 끌려가기 싫었기 때문이다. 당당하게 결혼하지 못하는 이유를 제시하려면 리아의 꿈이 얼마나 절실하고 중요한지를 부모님께 알릴 필요가 있었다.

갑자기 대기실이 웅성거렸다. 누군가의 출현으로 인한 것이었지만 준비가 부족한 리아는 한눈을 팔 새가 없었다. 그녀는 이른 새벽 지호에게 오디션을 보겠다고 문자를 넣었고, 그로부터 즉각 답장이 왔다. 오디션장에서 보자는 내용이었다.

보통 지망생들은 오디션을 보기 전에 자신이 참여했던 작품, 공연 이력 등의 서류 심사를 받게 된다. 하지만 명지호의 뒷배로 리아는 서류 심사가 생략되었다. 심사위원들이 특별한 눈으로 그녀를 바라볼 것만 같아 리아는 밤이 새도록 악착같이 연습했다.

"김소현이야!"

"설마 우리랑 같이 오디션을 보는 거야? 보통 유명한 배우들은 따로 오디션을 보잖아."

"저 여자, 엄청 겸손하다고 소문났어. 그래서 특별한 대우를 마다한 것인지도 몰라."

"정말 세상은 불공평해. 뛰어난 실력은 물론이고 얼굴도 저렇게 예쁘고 게다가 겸손함까지 갖췄다니."

"작년 한국뮤지컬대상에서 대상 받은 것 기억나지? 몬테크리스토 백작에서 비련의 여주인공 메르세데스의 감정을 완벽하게 연기했었잖아."

"맞아. 나도 그 뮤지컬 봤어. 완전 성황리에 끝났지. 그런 김소현이 〈오셀로〉 오디션 현장에 나타났다는 건⋯⋯."

"데스데모나는 김소현 것이라는 거지."

"흑. 너무해. 우린 그저 못다 핀 꽃 한 송이가 될 뿐이잖아."

"꽃이면 다행이게?"

"뭐? 킥킥킥."

리아는 대본에서 눈을 뗐다. 옆에서 소곤거리는 지원자들의 말에 리아는 김소현이라는 배우가 의식되었다. 오디션 지원자들을 절망에 빠뜨린 배우 김소현을 리아는 알지 못했다. 하지만 어렵지 않게 그녀를 찾을 수 있었다. 대기실의 눈들이 모두 그녀를 향해 있었기 때문이다.

막 들어온 그녀는 앉을 자리를 찾느라 두리번거리고 있었다. 하얀 셔츠와 청바지. 수수하고 단정한 모습이었다. 그녀가 리아 쪽으로 몸을 트는 순간, 그녀를 알아본 리아의 손에서 볼펜이 떨어졌다. 볼펜은 떼구르르 굴러 그녀의 발치께에 멈췄다.

"이거 그쪽 거죠?"

리아의 눈앞에 떨어진 볼펜을 내미는 그 여자는 바로 악몽의 주인공, 붉은 입술의 그녀였다.

"받으세요."

꿈에서는 목소리를 듣지 못했는데, 현실 세계에서의 그녀의 목소리는 미소만큼이나 상큼했다.

"고맙습니다."

"별말씀을요."

김소현은 활짝 웃으면 눈이 초승달같이 변하는 아름다운 여자였다.

리아는 심중 깊은 곳에 느껴지는 격동이 전신을 침범하지 못하게 하느라 안간힘을 썼다. 그러나 불운하게도 리아의 옆자리 지원자가 벌떡 일어나 오디션을 보러 나가자 김소현은 리아의 옆자리에 자리를 잡았다.

리아는 더 이상 연습할 수 없음을 깨달았다. 대본의 활자가 눈에 들어오는 것이 아니라 가녀린 김소현의 낭랑한 목소리가 귀로 들어왔기 때문이다. 오디션을 포기할까 하는 생각까지 들 즈음 그녀의 지원번호를 부르는 소리가 들렸다.

"오디션은 잘 봤어?"

라임은 자리에 앉자마자 대뜸 오디션에 대해 물어왔다. 리아는 살짝 얼굴을 찡그리며 커피를 한 모금 마셨다.

"오후쯤 결과가 발표될 거래. 대표님 비서 언니가 살짝 알려줬어. 분위기 어땠냐니까?"

리아는 라임의 질문에 애매한 미소만 보였다. 어제의 그 오디션은 생각도 하고 싶지 않았다. 무슨 정신으로 여러 심사위원 앞에서 오디션을 치렀는지 기억도 나지 않았다. 국내 유명 공연기획자와 베테랑 심사위원들 앞에서 연기를 평가받는 실전은 생전 처음이라 긴장한 데다, 머릿속은 온통 김소현이라는 여자로 얼룩져 있었기 때문이다.

리아는 연기에 목말라 있는 사람으로서 프로페셔널하지 않았다. 악몽을 꿀 때면 나타나는 전형적인 증상, 두려움, 떨림, 고통스러운 심경에 젖어 연기를 선보였었다.

"이 드레스 어때?"

라임은 스마트폰에 찍어온 여러 벌의 웨딩드레스를 리아 앞에 펼쳐놓았다.

"아무거나."

"그래도 네가 하나 골라봐."

"라임아. 나 결혼……."

"알아. 안 할 거라는 거. 하지만 난 네 엄마가 기뻐하시며 웨딩드레스를 고르는 모습을 잊을 수가 없어. 양심의 가책을 느껴. 그러니까 여기서 하나 골라. 오후에 네 의견 따라서 어머니께 사진 전송하겠다고 약속드렸어."

어제 라임은 리아가 오디션 현장에 가 있을 동안 리아의 엄마와 함께 유명 디자이너의 웨딩드레스 숍을 방문했었다. 우은미 여사가 라임의 동물적인 패션 감각을 믿은 데다 리아가 사정이 있어 라임과 함께 가기를 엄마에게 청했기 때문이다.

"미안해. 라임아."

"미안하면 우리 오빠 한 번만 더 예쁘게 봐줘."

리아는 그제 밤으로 라준에 대한 모든 미련을 버렸다고 말하려다가 갈망 어린 라임의 눈을 보고 말을 삼켰다.

"내가 평생 동안 우리 오빠 감시할게. 라빈 언니더러 시누이 노릇도 하지 말라고 그러고."

리아는 우정의 따스함에 미소를 지었다. 아무 대답 없는 리아에게서 확답을 얻은 라임은 한숨을 내쉬었다.

"고집쟁이 구리아를 누가 이길까? 알았어. 네 찐한 친구 노릇만 할게."

"오늘은 내가 살게."

"비싼 거 먹을 거니까 각오해."

"알았어."

그때 리아의 핸드폰이 울렸다. 리아는 액정 화면에 찍힌 지호의 번호를 물끄러미 바라보았다.

"누구야? 왜 안 받아?"

"너네 회사 대표님."

"합격인 거야?"

"그럴 리가 없어."

"아님, 정말 너한테 관심 있는 거야?"

라임의 목소리에는 적대감이 서려 있었다. 그녀는 리아로부터 대충 명 대표가 리아에게 호감을 가지고 있다는 것을 전해 듣고, 행여나 리아가 그에게 넘어갈세라 명 사탄이라며 자신에게 한 짓을 리아에게 낱낱이 고했던 것이다.

"전화 받아봐. 헛소리하거든 날 바꿔줘. 나 사직서 걸고 한 판 뜰 테니까."

리아는 화면을 밀었다. 경쾌한 지호의 목소리가 전화기에서 흘러나왔다.

[리아 씨? 리아 씨? 여보세요?]

"네. 말씀하세요."

[오늘 6시까지 극단 명으로 나오세요. 장소는 잘 알고 있죠?]

"제가 왜요?"

[당신이 우리의 데스데모나니까요.]

심장이 땅으로 곤두박질치는 느낌이었다.

리아는 커피 잔을 달그락 소리가 나게 내려놓았다. 심장은 여전히 두방망이질 치고 있었다. 방금 들은 지호의 말이 물속에서 웅웅대는 것처럼 들려와 그녀는 여전히 납득이 되지 않았다. 어째서 내가 데스데모나일까?

지호는 극단 단원 및 배우, 그리고 연출가와 제작자들과의 첫 미팅 전 그의 사무실로 먼저 방문해 달라고 요청했다. 미팅 시간 30분 전 명 엔터테인먼트에 도착한 리아는 자신의 세계에서 왕같이 군림하는 명지호를 마주하였다.

그는 특유의 쾌활함과 정중함으로 리아에게 연극 〈오셀로〉의 중요성을 이야기했다. 왜 오셀로를 선택해 공연을 기획하고 언론을 통해 대대적인 오디션 홍보까지 했는지를……. 〈오셀로〉는 극단 명의 창립 20주년을 맞아 침체되어 있던 공연예술계에 활력을 불어넣기 위해 준비되는 야심작이었다. 그는 단순하게 셰익스피어 작품을 무대에 올리는 것뿐만이 아니라 〈오셀로〉를 현대적으로 각색한 드라마 제작까지 기획하고 있었다.

그런 지호가 드라마 주인공까지 명시된 계약서를 내밀자 리아는 당황했다. 단지 부모님을 설득하기 위한 방패였는데…….

리아는 스스로가 실전 무대의 중심에 설 만큼 준비가 되지 않았다는 것을 잘 알고 있었다. 그런데 사태는 걷잡을 수 없을 만큼 커지고 있다. 지호가 사인을 위해 펜을 내밀었지만 리아는 꼼짝하지 않고 계약서에 눈을 박았다.

"읽어보시면 알겠지만 파격적인 조건입니다. 리아 씨."

"그러게요. 무척 파격적이네요. 왜 이러시는지 정말 궁금할 만큼……."

"리아 씨니까요."

"이 건물에 들어오는 순간부터 궁금했었어요. 내가 왜 데스데모나일까, 하고요. 이 배역은 누구나 탐을 낼 만큼 매력적인 데다 드라마 주인공이라는 프리미엄까지 주어지잖아요. 난 신인이라고 이름 붙이기에도 모자랄 만큼 이곳에선 먼지 같이 미미한 존재죠. 오디션도 이번이 생전 처음이었고요. 그런 내가 다른 실력 있는 배우들을 제치고 이 역을 따내다니. 누가 봐도 이상하지 않아요?"

"여전히 자신이 가지고 있는 힘을 모르고 있군요."

"힘이라뇨?"

"압도하는 자유, 여왕 같다고 분명 제가 그렇게 말했을 텐데요?"

"그렇다면 명 대표님의 개인적인 관심이 오늘의 결과를 낳았다고 생각해도 되나요?"

"전 개인적인 관심을 사업과 연결 지을 만큼 무모하지도 순진하지도 않습니다. 게다가 리아 씨는 이라준 사장님의 약혼녀잖아요?"

리아는 명 대표의 말에서 약혼자가 있다는 것을 알게 된 순간, 이미 그녀에게 이성으로서의 관심도 없어졌다는 뜻까지 읽어낼 수 있었다.

"정말 믿어도 되나요?

"제가 아무리 제작자이긴 하지만 공연예술계에서 잔뼈가 굵은 여러 선배님들의 의견을 무시할 만큼의 깜냥과 식견은 없어요."

명지호는 장난스럽게 너스레를 떨다 진지해졌다.

"어제 오디션 현장 분위기를 압도한 사람은 단 한 명, 리아 씨였습니다. 당신이 바로 우리가 찾던 데스데모나였어요."

"어째서요? 어제 그 자리엔 김소현 씨도 있었잖아요."

"배우 김소현 말입니까?"

"네. 그분의 연기력은 상당하다고 들었는데요."

"소현 씨가 연기는 곧잘 하는 편이긴 하죠. 하지만 데스데모나는 아닙니다."

어째서? 그 작고 아름다운 여자는 비련의 데스데모나 그 자체인데?

"못 믿으시겠다면 어쩔 수 없죠. 점수표를 보여드리는 수밖에."

지호가 점수표를 찾기 위해 책상으로 걸어가자 리아가 만류했다.

"아니요. 믿을게요. 그러지 않으셔도 돼요."

"그럼, 이제 사인하시는 겁니까?"

"네."

"제 안목을 믿으세요. 리아 씨. 당신은 분명 잘해낼 겁니다."

리아는 동글동글한 글씨체로 계약서에 단박에 사인하고 말았다.

라준은 핸드폰을 노려보았다. 아무리 전화를 걸어도 무정한 통화음만 뚜르르르 울릴 뿐이었다. 벌써 오늘만 하더라도 다섯 번째. 지난 닷새 동안 리아와의 통화는 단 한 번도 이루어지지 않았다.

물론 처음 이틀 동안 라준은 복잡한 머릿속을 정리하느라 여념이 없어 리아에게 신경 쓸 틈이 없었다. 정신을 차리고 난 후 리아와 연락을 시도했지만 땅으로 꺼졌는지, 하늘로 솟았는지, 그도 아니면 산신령이 됐는지, 리아는 펑하는 연기만 남기고 머리카락 한 올도 보이지 않았다.

어제 그의 예복을 선택하기 위해 기다린 웨딩숍에도 리아는 나타나지 않았다. 리아의 집으로 전화를 걸었더니 그녀의 모친은 웨딩숍으로 갔으니 조금만 기다려 보라고 했다. 하지만 라준은 철저하게 바람을 맞고 말았다.

필시 리아는 어딘가에 숨어 그와 결혼해서는 안 되는 이유를 제조 중일 것이다. 폭력적이라고 화를 내더니 이제는 거짓말에다 숨바꼭질까지 하고 있다. 폭력적이라고, 내가? 그것도 핵폭탄의 파괴력에다 비유를 했어. 라준은 눈을 감고 흐트러진 호흡을 진정시키기 위해 심호흡을 했다. 종적을 홀연히 감춘 리아의 꿍꿍이를 알아차릴 수 있는 방법은 단 하나⋯⋯!

차는 어느새 성북동 본가에 도착했다. 조부모의 '결혼 준비 잘 되고 있지'라는 질문에 '네' 하고 영혼 없는 대답을 한 라준은 부모님에게도 서둘러 문안 인사를 드렸다. 그러고는 즉시 라임의 방으로 직행했다. 하지만 9시가 훌쩍 넘었음에도 라임은 아직 퇴근 전이었다.

째깍째깍 제 존재감을 알리는 초침 소리에 라준의 억눌린 분기도 점점 더 견고한 지층으로 쌓여갔다.

문이 벌컥 열렸다. '어맛' 하는 소리가 들리자 라준은 감았던 눈을 무섭게 떴다.

"오빠가 왜 내 방에 있어?"

"지금이 몇 신 줄 아니?"

"알아. 그게 내 방에서 기다린 이유야? 내가 어린애도 아니고! 생전 하지 않던 내 귀가 시간은 왜 체크하는데? 얼마나 놀란 줄 알아? 웬 저승사자가 앉아 있네, 했잖아."

"리아 어디에 있어?"

"리아? 지금 리아 때문에 이러고 있는 거란 말이야?"

"연락이 안 돼. 내 전화는 받지 않아. 리아 집에서는 나와 연락이 되는 걸로 알고 계시던데."

"자업자득이잖아. 오빠가 한 짓을 생각해 보셔."

"내가 무슨 짓을 했는데?"

"애 낳아달라고 했다며? 꽃과 보석으로 즐비한 프러포즈도 시원찮을 마당에 어떻게 그런 저차원적인 말을 할 수가 있어? 그것도 뉴욕까지 가서! 오빠가 경상도 남자라면 내가 이해라도 하지! 리아는 결코 집안에서 정해준 오빠의 씨받이가 아니야!"

"씨받이?"

"그래! 정말 그 순간만큼 오빠가 창피한 적이 없었어."

"너희 둘은 정말 비밀이 없구나."

"당연하지. 우린 죽고 못 사는 사이니까!"

"리아가 다른 말은 안 하던?"

"오빠 정말 구제불능이야. 또 무슨 말을 해서 리아를 괴롭힌 거야?"

"그게 궁금하면 리아에게 내 전화 받으라고 전해."

"싫어. 리아가 원하는 게 내가 원하는 거야. 사랑 없는 이 결혼 내가 막을 거라고!"

"너도 사랑 타령이니?"

"타령? 정말 어이없어. 사랑을 그런 식으로 하찮게 부르지 마. 어떤 여자든 오빠와 결혼한다고 하면 내가 도시락 싸들고 다니며 말릴 테니까 각오하시지."

라임의 협박에도 라준은 잔잔한 물처럼 고요하기만 했다. 그 반응에 잔뜩 독이 오른 라임은 리아가 그랬던 것처럼 그를 꼬나 보았다.

"아까 말했던 것 진심이야?"

"뭐?"

"리아가 원하는 게, 네가 원하는 것이라는 말."

"맹세코!"

"정말이니? 넌 리아를 가족으로 만들고 싶어 했잖아."

"그랬었지. 하지만 지금은 아냐."

"알았어. 네 말 참고할게."

건조하게 말하는 라준이 의심스러워 라임은 쌍심지를 켰다.

저 초월한 자태 좀 보게. 진짜 마음에 안 들어.

"다른 여자가 네 올케가 돼도 상관없다는 것 확실하지?"

"그래."

"너 리아 없이 못 사는 애잖아."

라준의 지적이 정곡을 찌른 듯 라임의 얼굴이 멍해졌다.

"그래두! 리아가 싫다면 나도 싫어!"

"네가 조금만 협조하면 리아는 우리 가족이 될 수 있을 텐데. 너도 알다시피 리아를 가족으로 만들 수 있는 사람은 나뿐이거든. 내 마음이 바뀌기 전에 내게 협조하는 게 네게 득이 될 거야."

라임은 고집스럽게 도리질했다.

"알았어. 네가 원하는 대로 다른 여자를 찾아볼게."

라준은 얼음 같이 쌀쌀하게 말하고 방을 나가기 위해 몸을 틀었다. 한 치의 빈틈도 없는 라준의 모습에 라임이 발끈했다.

"오빠! 정말 이럴 거야?"

"뭘?"

"리아는 사랑하지 않을 수 없는 애라고! 어떻게 그렇게 쉽게 다른 여자를 입에 올릴 수 있어? 약혼기간이 자그마치 9년이었단 말이야!"

"맞아. 사랑하지 않을 수 없지."

"뭐?"

라임은 자신이 잘못 듣지는 않았는지 의심하며 다시 물었다.

"그럼, 오빠도 리아를 특별하게 생각하고 있다는 거야?"

"네 대답 여하에 따라……."

"지금 장난해? 리아는 오빠가 장난할 대상이 아니라고!"

"장난 아니다. 이라임."

"내 눈 똑바로 보고 말해. 진심이야?"

"그래."

"헉! 오빠가 지금 내 말대로 한 거야? 아무리 졸라도 안 해주는 오빤데?"

라준은 이상하게 쳐다보는 라임을 삐딱하게 바라보았다. 다급해진 라임이 백에서 핸드폰을 꺼내 보이지 않는 손놀림으로 카톡을 넣었다.

"리아에게 연락하는 거야?"

"응."

"뭐라고?"

"오빠 스팸 처리한 것 풀고, 카톡 차단한 것도 풀라고 그랬어. 비상사태라고!"

"내가 스팸 처리됐단 말이야?"

황당함의 쓰나미가 라준을 순식간에 집어삼켰다. 아무리 그래도 그렇지, 그는 곧 결혼할 약혼자가 아닌가? 며칠간 무수하게 전화를 해도 연결이 되지 않은 게 스팸이라서 그렇다니!

"리아 지금 생각 많아. 연습에도 집중해야 하니까."

"연습이라니? 무슨 연습?"

라준의 매서운 어투에 라임은 '아차' 하더니 이내 순순한 얼굴로 술술 불기 시작했다.

"리아, 오디션에 합격했어."

라준의 한쪽 눈썹이 하늘로 향해 치켜 올라갔다.

"우리 회사 소속 극단에서 창립 20주년에 올릴 연극 〈오셀로〉의 주연배우 오디션을 열었는데 리아가 뽑혔어. 그것도 여주인공으로."

"데스데모나?"

"오빠도 알고 있었구나. 맞아. 데스데모나. 리아가 바로 그 배역을 오롯이 제 실력으로 따냈단 말이야. 대단하지? 정말 리아가 연기에 재능이……."

라임의 말을 끝까지 듣지 않고 라준은 냉기를 뿜으며 방을 나섰다. 쾅 하고 닫힌 문을 바라보던 라임의 얼굴에 심각함이 내려앉았다.

"설마 내가 실수한 건 아니겠지?"

문이 열리며 라빈이 방안으로 들어왔다.

"언니!"

"오빠와 무슨 일 있었어? 왜 저렇게 화가 난 거야?"

"언니 눈에도 그렇게 보였어?"

"응. 아는 척했는데도 그냥 나가잖아. 재수 없어."

"으, 괜히 말했나 봐. 리아가 실토할 때까지 모른 척할걸. 이러다 둘이 완전히 틀어지는 거 아닌지 몰라?"

"무슨 일 있어?"

"내 입을 꿰매 버리고 싶어."

"제발 남들 일에 에너지 낭비 좀 하지 말고 네 일이나 신경 써.

제 코가 석 자면서 누가 누굴 도와?"

라빈의 바늘 같은 말이 라임의 양심을 콕콕 찔러댔다.

"언니, 나가! 지금은 입바른 소리 하는 언니가 제일 얄미워!"

라임은 피를 토하듯 부르짖으며 라빈을 방에서 쫓아냈다.

"그러니까 이 사장님의 뜻은 위약금의 10배를 지불할 테니, 리아 씨를 〈오셀로〉에서 빼달라고 요청하시는 겁니까?"

"네."

지호는 단답형의 이라준 사장의 대답에서 권위를 느꼈다. 거칠고 사나운 연예계에서 잔뼈가 굵었다면 굵은 그였는데, 이라준 앞에서는 범 앞의 하룻강아지가 된 느낌이었다. 상장 규모가 달라서 그런가? 지호의 자존심에 쩍쩍 금이 가고 있었다. 제아무리 국내 제일 기업의 후계자라고 하지만, 엔터테인먼트의 세계에서 제일은 아니지 않은가?

"싫은데요."

"제 약혼녀라는 사실을 잊으신 것은 아니겠죠?"

"그럴 리가요. 지난 파티 때 바로 눈앞에서 확인했는걸요."

"제가 제시한 금액이 모자라다면 더 지불할 의향이 있습니다만."

"돈이 문제가 아니라 제 예술혼에 관한 문제라서 쉽사리 받아들일 수 없다는 겁니다. 저도 돈 좋아하기로는 둘째가라면 서러운 사업가이긴 하지만 가끔 예술혼에 불타오르기도 하거든요."

"그 예술혼이 왜 하필 제 약혼녀 앞에서 불타오르는지 의아합니다만?"

라준의 예의 있는 이기죽거림에 지호는 하마터면 웃음을 터뜨릴 뻔했다. 그는 쑥떡같이 말해도 찰떡같이 알아먹고 공격해대는 라준의 센스에 백점 만점을 주고 싶었다. 그리고 종결어미 '-다'에 붙이는 '만'이 어찌 저리도 우아하게 느껴지는 것일까. 나도 쓰고 싶군.

"리아 씨는 오디션을 통해 발굴한 진주니까요. 그때 데스데모나의 환생을 제 두 눈으로 목도했습니다."

"그렇다면 명 대표님은 오셀로의 환생도 곧 목도하시겠군요."

"네?"

라준이 그의 사무실로 들어온 이후 지금 처음으로 지호는 라준에 대한 호기심이 물컹물컹 솟아올랐다. 상류사회에서도 꼭짓점에 위치한 인사들은 유난히도 사생활과 가족 공개를 꺼린다. 당연히 라준도 피해갈 수 없는 법칙 같은 것에 휘둘려 약혼녀의 연극 무대 입성을 반대하는 것이라 알고 있었는데, 희한하게도 질투 때문이라니?

지호는 기준으로부터 라준과 리아는 정략 약혼했다는 것을 전해 들었다. 정략에서 질투와 사랑은 참 어울리지 않는 이질적인 단어였다. 사랑으로 포장하고 광고해서 결혼한 무수한 커플들이 10년을 못 채우고 이혼한 경우가 모래알처럼 허다하지 않은가.

"그러면 전 이라준 사장님을 오셀로로 캐스팅하겠습니다."

"대표님과 농담 따먹기나 하려고 내 시간을 이곳에서 낭비하고 있는 건 아닙니다."

"네. 죄송합니다. 제가 멈췄어야 했는데 이라준 사장님이 구사하는 언어가 아주 유희적이라 잠시 이성을 잃었네요."

라준은 지호의 친밀함을 나타내는 스스럼없는 말에 얼굴을 구기며 자리에서 일어났다.

"나머지는 제 변호사와 이야기하시죠."

"이라준 사장님!"

라준은 다급한 지호의 부름에 뒤를 돌아보았다.

"오셀로가 왜 데스데모나를 죽인 줄 아십니까?"

라준은 대답하지 않고 명지호를 노려보았다.

"물론 아시겠죠? 질투가 오셀로를 괴물로 만들어 버렸으니까요."

"하고 싶은 말이 뭐죠?"

"질투는 자신밖에 보지 못하게 만들죠. 질투의 또 다른 얼굴은 불신이랍니다. 나 말고 누구의 말도, 누구의 생각도, 누구의 시선도 믿지 않겠다는 교만. 거기에서 비극이 잉태되었죠."

"명 대표의 눈에는 내가 지금 질투 때문에 이러고 있는 것처럼 보입니까?"

"조금 전에 오셀로로 환생하겠다고 하셨잖아요? 설마 부인하시는 것은 아니겠죠?"

라준의 얼굴에 실소가 그려졌다. 지호는 라준의 기분이 불쾌하지만은 않다는 것을 알아차렸다.

"제게 기회를 주십시오. 이라준 사장님. 하면 제 예술혼이 왜 리아 씨에게 불타올랐는지 아실 수 있을 겁니다."

"명 대표의 개인적인 관심이 아니고요?"

느른한데 날카로운 칼을 숨긴 라준의 말에 명지호가 솔직함으로 받아쳤다.

"이라준 사장님의 피앙세 아닙니까? 제정신이라면 그럴 리 없죠."

"그렇다면 기회를 드려야겠네요."

"절 따라오시죠. 이리로……."

무대는 생각보다 넓었다. 현실 세계에서 꿈의 동굴로 들어가는 듯한 느낌에 라준은 주위를 살펴보았다. 앞서가던 지호가 무대의 중앙을 가리켰다. 라준의 시야에 열정적으로 연기를 하고 있는 리아가 잡혔다.

"이미 세상 모두가 다 알고 있죠. 제가 무어 장군님을 사랑하고 생을 함께하기로 했다는 것을요. 그것은 어떠한 험한 운명의 물결이라도 제 것으로 받아들이고 제 자신을 맡긴다는 결심이었습니다. 이곳에 계신 의원님들이여, 남편이 전쟁터에 나가 있는 동안 저 혼자 이곳에 남아 아무것도 하지 않고 있다는 건, 참으로 쓸쓸하고도 견디기 힘든 시간들이겠죠. 그러니 제발 저도 함께 갈 수 있도록 허락해 주십시오."

리아의 얼굴에는 데스데모나를 결단으로 이끈 사랑과 용기가 빛나고 있었다. 섬세한 손끝이 말하는 감정, 멸시하는 무어인을 향한 데스데모나의 사랑이 라준에게로 전염되었다. 손을 주머니에 찔러 넣은 채 라준은 빨려가듯 리아의 연기에 몰입되었다.

"아내의 간청을 허락해 주십시오. 이렇게 말씀드리는 건 제 욕망을 위해서가 아닙니다. 아내의 의지, 열망하는 소원을 들어주고 싶습니다. 아내가 저와 함께 있다 하여 중대한 임무를 소홀하게 되리라는 걱정은 하지 마십시오."

오셀로 역의 남배우가 화답하듯 우렁차게 연기했다. 그런 오셀로를 향한 무한한 신뢰, 그를 지지하듯 연신 고개를 끄덕이는 리아, 아니 데스데모나.

라준은 천천히 좌석에 허리를 묻었다. 그런 라준을 바라본 지호의 얼굴엔 만족한 웃음기가 흘렀다.

"좋았어. 느낌 살아. 구리아."

"감사합니다. 감독님."

"너 무대가 처음이라는 거 순 뻥이지?"

"아닌데요. 진짜 처음인데요."

"거짓부렁 아냐? 아까 데스데모나가 설득하는 데 나도 설득당할 뻔했잖아. 초짜가 무대에서 강심장인 건 반칙이야."

"와아! 그거 칭찬이시죠? 충성! 커피 쏘겠습니다."

"또 커피냐?"

"감독님은 커피 같은 존재시잖아요. 악마처럼 검고 지옥처럼 뜨겁지만 사랑처럼 달콤하신 분."

"리아 너는 어떻게 날 무서워하지도 않고 들었다 났다 들었다 났다 네 마음대로야?"

"제가 바로 그 유명한……."

"유명한 뭐?"

"요물이잖습니까?"

"아하하하! 요물이 아니라 보물이다. 이번 오디션 대박이야. 어디서 이런 진주가 불쑥 솟아났냐? 명 대표가 보는 눈이 있네. 서류심사도 하지 않은 낙하산이라고 생각했는데 그게 아니었어. 넌 어떻게 생각하냐, 조연출아?"

"네. 저도 감독님과 같은 생각을 하고 있습니다만 빨리 연습을 진행하시는 편이 좋을 것 같은데요? 김소현 씨가 다음 스케줄이 빡빡해서요."

"제 아무리 김소현이라 해도 우리 연극이 무엇보다 우선순위가 돼야 돼. 왜냐? 내 연출 언제 받아보겠어?"

"오늘만이랍니다, 감독님. 그래서 소현 씨도 감독님 때문에 오셀로에 참여하게 된 거고요."

"흠흠, 그렇단 말이지? 유명 배우가 나 때문에 오디션 보기로 했다니 기분 나쁘진 않네. 자, 이제 연습합시다."

"다음 장면 갑니다. 제 2막 1장, 키프로스 섬의 항구. 등장 배우들은 준비해 주세요."

조연출의 외침에 유쾌함으로 물들었던 무대가 긴장감으로 일렁였다.

라준의 입가에 구름 같은 미소가 슬쩍 어렸다. 턱을 괴고 연기에 집중하는 리아에게서 한시도 눈을 떼지 않았다. 무대에서의 리아는 그 예전, 처음 만났을 때처럼 신선한 충격이었다. 화를 내지도 그렇다고 웃지도 못하게 만들었던 기억. 꼬맹이는 5세 인생이 전부였던 그 시절에도 완전한 주인공이었다. '뭐시라'라고 소리치던 앙증맞은 목소리까지 기억났다. 호기심 어린 도도한 눈빛은 세상에서 처음 경험한 난관을 못마땅해했다. 그래서 리아는 말했었다. 중전의 신하는 바로 이라준이라고.

그때부터였을까. 잠들었던 용암이 활화산의 입구를 타고 폭발하듯 흐르는 이 감정이 시작된 것이⋯⋯. 잠복기라면 길었네. 이라준.

"명 대표님."

"네."

지호는 라준의 심경이 조금 전과 사뭇 달라졌다는 것을 알아차렸다.

"당분간은 대표님의 예술혼에 동조해 드리죠."

지호의 얼굴에 만족스러운 웃음이 감돌았다.

"단 드라마는 안 됩니다."

라준은 단호한 눈으로 지호의 무언의 반발을 제압했다.

"알겠습니다."

지호는 졌다는 듯 어깨를 으쓱거렸다.

"그것으로 인한 계약 위반 사항의 위약금은 제게 청구하세요. 얼마든 지불하겠습니다."

당당히 말한 라준은 성큼성큼 극장 안을 걸어 나갔다.

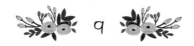

9

비가 내리고 있었다.

우산을 가지고 오지 않았는데. 리아는 두둑 떨어지는 빗소리에 신경이 쓰였다. 연습이 한창일 저녁 무렵부터 비가 왔다. 늦은 봄비가 장대비같이 쏟아 내리다가 이제는 잠잠한 세우로 변해 있었다. 연습 후 감독이 지적해 준 감정의 흐름을 주조연 배우들과 토론까지 하다 보니 시간은 어느새 자정이 가까워 있었다.

"리아 씨, 우산 가지고 왔어요?"

소현이 미소를 지으며 상냥하게 물어왔다.

"네. 가지고 왔어요."

"집이 어디예요? 비가 많이 내리는데 제가 태워줄까요? 차를 안 가지고 다니는 것 같던데."

"아니요. 괜찮아요. 금방 갈 수 있어요."

"너무 늦었고 비도 오는데 괜찮겠어요?"

"물론이죠."

"그럼 다음 연습 때 봐요."

"안녕히 가세요."

리아는 손을 흔들며 인사하는 소현에게 고개를 까딱해 보였다.

소현이 사라지자 리아는 한숨을 푹 내쉬었다. 소현 앞에서는 긴장이 되었다. 미소도 딱딱하게 변하고 마음도 건조해지는 것 같은 기이한 현상. 그녀의 명성에 비하면 보잘 것 없는 조연을, 사력을 다해 따낸 것처럼 그녀는 열심이었다. 소현은 들던 대로 실력이 월등했고 성품 또한 겸손하고 친절했다. 뮤지컬계의 톱스타가 의례히 내뿜는 거만과 우월의식은 손톱만치도 보이지 않아 함께 극을 이끌어가는 사람들의 칭찬이 자자했다.

하지만 리아에게 소현은 여전히 붉은 입술의 악몽이었다. 패배를 몰랐던 그 시절, 라준의 마음을 훔쳐 리아에게 쓰라린 고통을 안겨준 장본인이 바로 그녀였으니까. 리아는 다른 이들에겐 사근사근하게 굴었지만 그녀에게만은 눈에 띌 정도로 데면데면하거나 혹은 정중하게 바리케이드를 치고 자신의 영역으로 들어오는 것을 막았다. 연습 시간도 일주일이 넘어가는데 리아는 소현과 연습 이외에서 사적인 대화를 거의 나누지 않았다.

'옹졸하다고 해도 어쩔 수 없어. 나 나름대로의 트라우마가 있으니까.'

소현은 알지 못하는 리아만의 상처였으므로, 리아가 다짜고짜 소현에게 '그때 왜 내 약혼자에게 키스했어요?'라고 물을 수도 없거니와 소현에게 그 물음은 리아가 누군지도 전혀 알아보지도 못한 상태에서 당하는 날벼락 같은 것일 테니까.

비가 주룩주룩 내리고 있었다. 명 엔터테인먼트 사옥 곳곳에 점점이 불빛으로 수놓인 창문이 보였다. 아직도 구슬땀을 흘리며 연습하는, 꿈꾸는 자들이 있는 모양이었다.

"내일 뵙겠습니다."

"조심히 가세요."

어느새 안면을 튼 보안 직원과의 인사를 뒤로 하고 리아는 검은 하늘을 쳐다보았다. 재빨리 뛰어가면 되겠다 싶어 리아는 후드를 덮어쓴 후 운동화 끈을 바짝 조여맸다.

"하나, 둘, 셋!"

외치며 총알같이 뛰어가려던 리아의 백팩을 누군가가 잡아챘다.

"앗!"

순식간에 어른의 손아귀에 잡힌 말썽쟁이 꼬맹이처럼 버둥거림을 멈추고 리아는 뒤를 돌아보았다.

"그렇게 뛰다간 자칫 잘못해서 발목이 나간다는 거 몰라? 이렇게 비가 오잖아."

리아의 눈앞에 나타난 사람은 미카엘 천사가 아닌 바로 저승사자였다. 혹은 얼음마왕이라고 일컫는 이라준. 리아는 핏기가 가신 얼굴로 라준을 뚫어지게 쳐다보았다.

"왜 그런 눈으로 봐?"

"내가 여기 있는지 어떻게 알았어요?"

"네가 뛰어봤자 내 손바닥 안이지."

리아는 그 틈을 타 앞으로 진격하려고 했지만 어김없이 라준의 억세고 강한 팔이 그녀의 허리를 잡아챘다.

"비가 올 때는 우산을 써야지. 안 그래, 여왕님?"

"헉."

이라준이 미쳤나 보다. 장난스러운 말투와 다정하게 짓고 있는 미소로 가늠하건대, 필시 지구의 온난화가 가속화되고 있는 모양이었다. 얼음마왕을 유명무실하게 만드는 온실효과.

라준은 리아를 움직이지 못하게 제 팔로 꼭 잡고 다른 손으로 커다란 우산을 펼쳤다. 그는 리아의 팔을 잡아 그에게 팔짱을 끼게 하고 빗속으로 전진했다. 어느새 그들은 명 엔터테인먼트를 나와 차들이 오가는 대로를 걷고 있었다.

"난 잘못한 거 없어요."

종종걸음으로 그를 따라나서며 리아가 볼멘소리로 말했다. 라준 앞에 서면 그녀의 선택이 모두 잘못한 것처럼 느껴진다. 고양이 앞에 쥐가 된 이 기분.

"정말 그렇게 생각해?"

"네. 정당방위니까요."

"허락도 없이 오디션을 보고 덜컥 주인공까지 돼버렸잖아. 그것도 결혼을 얼마 앞두지 않은 마당에. 그래도 정당방위야?"

"오빠가 막무가내로 결혼하자고 덤벼든 것에 비하면 새 발의 피예요."

"네가 저지른 제일 큰 잘못은 왜 어물쩍 넘어가?"

"내가 또 뭘요?"

"날 스팸 처리했잖아."

리아는 말똥말똥 라준을 올려다보았다.

"인간적으로 그게 제일 기분 나빠. 구리아."

"그건 실수였어요. 스팸 문자가 너무 많이 와서 잘못 누른 거예요. 오빠도 그런 적 있잖아요. 스마트폰 터치가 제멋대로 될 때."

"카톡 차단도?"

리아는 잠시 말문이 막혔지만 어색하게 웃으며 말했다.

"물론이죠."

"둘러대지 마. 이미 이라임이 다 불었으니까."

리아는 땅이 꺼질 듯이 한숨을 내쉬었다.

"그래요. 했어요. 어쩔래요? 하지만 오빠가 저지른 일은 거의 만행 수준이잖아요."

"어떤 거? 워낙 저지른 것이 많아서 기억이 안 나는데?"

"결혼도 그렇고 키스하다가……."

'일방적으로 멈춰 버린 것이요!'라고 말하려던 리아는 순간 제 입을 틀어막았다.

"키스하다가 내가 어쨌는데?"

은근한 시선으로 노골적으로 답을 요구하는 라준이었다.

"잘했나?"

"아뇨. 그 반대였어요. 하고 싶지 않은데 억지로 그러니까……."

"내 기억하고 다른데? 네가 그랬잖아. 내가 남자로 보인다고."

"남자로 보인다고 했지 강제로 당하는 키스가 좋다고 하지는 않았어요."

"알았어. 다음부터는 허락받고 할게."

리아는 제대로 들었는지 귀를 의심했다. '다음부터'라니. 가슴이 세차게 뛰기 시작했다. 이라준에게 정말 여자가 된 건가? 왜 하필 지금?

리아는 의심스러운 눈을 거둘 수가 없었다. 그런 건 지금 상황에서 하나도 중요하지 않아. 인정할 수 없으니까.

"다음은 없어요, 오빠."

리아는 빗속으로 성큼성큼 걸어갔다.

"이리 들어와. 감기 들어."

"다음은 없다니까요!"

알 수 없는 절박함이 리아의 목줄을 눌렀다. 이 순간 다짐받아 놓지 않으면 그녀의 꿈과 세계가 블랙홀로 빠져들 것만 같았다.

"얼른."

라준은 리아에게 한 발짝 다가섰지만 그녀는 재빨리 뒤로 물러났다.

"약속해요!"

"할 수 없어."

"정말 숨 막히고 짜증나. 왜 오빠는 단 한 번도 내 말대로 하지 않는 거예요? 아무리 오빠라도 날 함부로 좌지우지할 수는 없다고요. 내가 하는 말에 한 번쯤은 귀 기울여 줘야 하는 거 아니에요? 왜 내 말은 모두 무시하고 오빠 멋대로 날 끌고 가느냐 말이에요?"

"내가 그랬니?"

빗방울이 노면에 떨어지는 소리가 라준의 한마디에 잠잠해지는 것 같았다. 리아는 또다시 가슴이 욱죄어왔다. 저 모습. 항상 절제되고 단정하고 감정이란 한 톨도 남겨두지 않은 차가운 모습. 황홀할 정도로 매력적이다.

그가 풍기는 냉랭함에 반해 버린 게 중3때였다. 소녀의 동경이 낳은 모순. 도도하고 자존심 센 치기 어린 소녀를 매혹시킨 대상은 다름 아닌 나쁜 남자였다. 달콤한 꿀에 흠뻑 빠져 죽는지도 모르고 탐하는 파리처럼 라준에게 빠져들었다. 마음을 겨우 인정하게 된 스무 살 때 알게 된 좌절. 나쁜 남자는 결국 처음부터 끝까지 나쁜 남자라서 사랑을 되돌려 주지 않는다.

5년간 라준을 마음속에서 몰아내면서 깨달은 사실이 있다면 온전히 사랑을 하고, 그 사랑을 책임지는 따뜻한 남자를 원한다는 것이었다. 주책맞은 심장이 여전히 이라준에게 벌렁거릴지언정 그녀의 이성은 확실한 노선을 알고 있었다. 그녀는 더 이상 아프고 싶지 않았다.

얼굴에 흘러내리는 것이 빗물인지 눈물인지 알 수 없었다. 리아는 두 눈을 꼭 감고 손바닥으로 얼굴을 가린 채 어깨를 들썩였다. 불꽃처럼 터져 나오는 이 감정이 오셀로의 불신에 충격 받은 데스데모나의 감정이면 좋으련만……

후드득 떨어지던 비가 멈췄다. 라준이 가만히 리아의 어깨를 감싸 안으며 속삭였다.

"리아야. 내게 기회를 줘. 듣고 싶어, 널……."

아득하게 들려오는 그 말이 리아의 심장에 '번쩍' 하고 벼락을 꽂았다.

"먹어."

리아는 훈김이 모락모락 피어나는 가락국수를 내려다보았다. 나무젓가락을 갈라 비비고 그녀 앞에 내미는 라준이 생소해 독 오른 뱀처럼 잔뜩 긴장을 품고 있었다.

"독 안 탔으니까 경계 풀고 먹기나 해. 아주머니한테서 금방 받아온 거 봤잖아."

라준은 편안하게 말하며 후루룩 가락국수를 먹었다. 리아는 허기가 졌는지 면발을 끊지 않고 입으로 넣는 라준을 신기하게 바라보았다.

허겁지겁 국수를 입에 넣는 라준의 입이 분명히 말했다. '듣고 싶어, 널' 그 말이 귓가에 새겨진 듯 메아리쳐 오는데 그는 아무 일도 없다는 듯이 뜨거운 국수 가락만 즐기고 있으니 리아는 자신이 왜 그렇게 격앙되었는지 알 수가 없는 노릇이었다.

환청이었나? 아닌데. 똑똑히 빗소리가 들리는데.

리아는 빗소리가 오도도 들리는 포장마차 안을 두리번거렸다. 한참을 울다가 라준에게 끌려온 것이 주홍색 천막으로 덮인 이 곳이었다. 유부가 동동 뜬, 김 가루와 고춧가루의 절묘한 마블링에 리아는 침을 꼴깍 삼키고 국물을 한 모금 마셨다.

"구리아."

"아! 뜨거."

"괜찮아?"

"뭐예요? 국물 마시고 있는데 갑자기 부르면!"

리아는 신경질적으로 라준을 꼬나보며 그가 내민 물을 벌컥벌컥 삼켰다. 물 컵을 탕 하고 플라스틱 탁자 위에 놓았는데 라준이 킥킥거리는, 못 볼 광경이 느닷없이 눈에 들어와 순간 사레가 들렸다. 라준이 벌떡 일어나 리아의 등을 두드렸다.

"괜찮아?"

"왜 그렇게 웃어요?"

"뭐가 잘못됐니?"

"오빠는 그렇게 웃으면 안 돼요."

"그럼 내가 어떻게 웃어야 되는데?"

"삐딱하게 웃어야죠."

"삐딱?"

"한쪽 입술 이렇게 끌어올리고 야비한 눈으로 쳐다봐야죠."

라준은 리아가 한 손으로 제 입술 한쪽을 위로 끌어올리고 리아의 트레이드마크와 다름이 없는 그 15도 각도의 눈빛을 연출하는 것을 바라보았다. 근래에는 좀처럼 보지 못했던 귀여운 리아의 눈빛. 라준은 흔쾌함이 뱃속 깊은 곳에서 스멀스멀 피어오르는 것 같았다.

"꼭 못된 악당 같은데."

"맞아요. 오빠는 마왕이니까."

"내가 마왕이라고?"

"네. 얼음마왕, 오빠 별명이잖아요."

"나도 모르는 내 별명을 네가 어떻게 알아?"

"그거야 나, 라임이, 기준 오빠만 부르는 거니까요."

라준은 어느 편인지 모르지만 기준이 있을 만한 허공을 노려보았다. 생각해 보니 기준이 마왕이니 얼음이니 하는 말을 들은 적 있다. 헛소리라고 치부했는데 여동생과 구리아와 기준은 짝짜꿍하면서 잘도 놀려먹은 것이 틀림없었다.

"오빠는 웃더라도 아주 냉소적으로 웃어야 된다고요. 아까처럼 자연스럽게 말고."

"어째서?"

"왜냐하면……."

'그게 더 멋있거든요'라고 말하려다가 리아는 입을 다물었다. 꾹꾹 눌러놓은 감정이 틈을 보이면 울컥 솟아난다. 이성이 확실한 노선을 선택했다니까 자꾸 이러네.

"한 번도 아까처럼 웃는 것을 본 적이 없으니까, 어색해요."

"그렇다면 심각한데?"

"뭐가 심각해요?"

"우린 곧 결혼할 텐데 내 웃는 모습이 어색하다니? 난 자주 이렇게 웃어."

"설마?"

"넌 얼마나 날 알고 있니?"

후루룩 국수를 입에 담고 막 새콤한 단무지를 한 입 베어 물려는 찰나, 치고 들어온 라준의 물음은 무게를 담고 있었다.

"……글쎄요. 알 만큼 안다고나 할까?"

"얼마나 알고 있는데?"

"나와 결혼하고 싶죠?"

"응."

"나 말고는 다른 여자는 눈에 들어오지도 않죠?"

"응."

"왜 그런지 알아맞혀 볼까요?"

"응."

"오빠는 예정된 인간이라서 그래요."

"예정된 인간?"

"이라준의 예정설. 구리아와 결혼해. 어른들이 정한 결혼이니까 거스를 수 없어. 이라준은 언제나 실망시키지 않는 그런 존재니까. 그런 말들이 오빠 마음에 가득하죠? 오빠가 원하지 않아도 어느새 오빠는 예정된 그 말들을 지키기 위해서 그렇게 행동해요. 마치 프로그래밍 된 로봇처럼."

라준은 어퍼컷으로 명치를 세게 얻어맞은 것 같은 충격을 느꼈다. 리아가 그의 일면을 정확히 꿰뚫어보고 있었다. 라준이 대꾸가 없자 리아는 말을 이었다.

"명령하는 데 익숙한 건 오빠가 지시받는 데 익숙하기 때문이에요. 누가 오빠에게 지시하는지 알아요? 그건 바로 오빠의 틀, 오빠의 시간 동안 견고하게 쌓인 그 틀이죠. 라준 오빠, 그 틀이 아니면 세상이 무너질 거라 생각하나요?"

"……."

"날 그 틀에 맞추려고 하지 말아요. 난 변했어요. 지난 5년간 뉴욕에 있으면서 우리의 세계가 내세운 기준들이 모두 옳지만은 않다는 것을 알게 되었거든요. 그래서 결혼을 할 수 없다고 한 거예요."

라준은 포장마차 아주머니에게 번쩍 손을 들어 보였다.

"아주머니. 여기 소주 한 병이요."

리아는 난데없이 주문을 하는 라준을 의아하게 바라보았다. 라준은 아주머니에게서 건네받은 소주를 리아에게 따라주며 말했다.

"이런 이야기에 술이 빠지면 안 되지. 네가 알고 있는 나. 맞아, 그런 것 같아."

리아는 그의 잔에 소주를 따르는 라준을 지켜보았다.

"이분의 일."

라준의 알쏭달쏭한 말에 리아는 라준을 바라보며 볼에 바람을 집어넣었다.

"딱 그만큼만 날 알고 있어. 너."

라준은 리아에게 소주잔을 내밀었다. 건배의 뜻을 읽은 리아는 잔을 들어 맞부딪쳤다. 짜랑 하는 소리가 들리더니 라준은 단숨에 마셨다.

"나 술 못 마셔. 알고 있었니?"

리아는 고개를 가로저었다. 라준이 소주병을 들어 잔에 따르려고 하자 리아가 급히 병을 잡아 라준의 잔에 술을 따랐다.

"자작하면 슬퍼진대요. 외롭다는 걸 스스로가 인정하는 거라고."

"누가?"

"기준 오빠가요."

"기준이와 술도 마셨어? 둘이서만?"

"라임이도 있었어요. 뉴욕에서."

"홋. 그랬군."

라준은 핑 도는 어지러움에도 리아에게 똑바로 시선을 맞추었다.

"나 피아노 치는 거 본 적 있어?"

"피아노도 쳐요?"

"것도 꽤."

"몰랐어요."

"마장마술 아시안게임 나갔을 때 속눈썹이 떨리게 떨었던 것도?"

"거짓말. 그렇게 안 보이던데. 캐스터가 고등학생 안 같다고, 강심장이라고 말한 것 기억나요."

"실은 겁이 나서 죽는 줄 알았어."

리아는 라준이 말하고 싶은 것이 무엇인지 알 수 있었다. 리아가 아는 것들이 다가 아님을, 알아가야 하는 것들이 여전히 남아 있음을……

"너와 결혼하려는 거 다분히 정략적인 것만 있는 게 아니야.

영리한 넌 당연히 정략이라는 목적을 간파했지만 다른 목적도 있어. 네가 놓치는 부분이 있다면 어떻게 할래?"

리아는 잔을 들어 입가로 가져가는 라준을 지켜보았다. 라준의 눈이 반짝이고 있었다. 그 눈에 일렁이는 것은 술인가 아니면 숨겨진 마음인가?

"내게 기회를 달라고 한 것은 진심이야. 널 듣고 싶어."

리아는 라준의 잔을 빼앗아 단숨에 잔을 비워냈다. 의아한 눈으로 바라보고 있는 라준에게 씨익 웃어보였다.

"오빠, 술 못 마신다면서요? 흑기사, 아니 흑장미 해줄게요."

"기회를 주는 거야?"

"글쎄요."

리아는 이제 라준과의 대화가 더 이상 어색하지 않았다.

"오빠는 날 얼마만큼 알아요? 얼마나 많이 알기에 나 말고 다른 여자와는 결혼 생각해 본 적이 없다는 그런 무시무시한 말을 막 내뱉어요?"

"동방신기 좋아하잖아."

"그건 모두가 아는 거잖아요."

"시아준수랬나?"

"네. 최강창민이라고 알고 있는 걸 내가 정정해 줬죠."

"연말 콘서트는 어김없이 갔었고. 빨간 풍선을 들고 말이야."

"펄 레드였어요."

대답하던 리아가 갸웃거렸다. 라준이 동방신기 풍선 색깔을 어떻게 알았을까? 검색해 봤나?

"그리고 확실한 건 날 무서워하지 않는다는 거."

"그건 세 살짜리 꼬맹이라도 알겠습니다."

"그리고 바로 그거."

"그거라뇨?"

"넌 네가 불리해질 때마다 그렇게 말해. 습니다체. 정색하면 상대방이 거리감을 느끼니까 네가 우위에 선 것 같지? 아니, 그럴 때마다 더 재밌어. 계속 놀리고 싶어지거든."

"놀리다니? 바른 생활 사나이의 입에서 나올 말은 아닌 것 같습니다…… 요."

리아는 속으로 뜨끔해했다. 그 틈을 타 얼굴이 벌게진 라준이 냉큼 리아의 소주를 날름 마셨다.

"오빠!"

"왜?"

라준의 환한 미소가 광채를 뿌려 리아는 눈이 부실 지경이었다. 술이 약하다는 말이 진짜 맞는 모양이었다. 겨우 소주 한 잔에 방실방실, 잘도 웃는다. 리아는 턱을 괴고 그를 쳐다보았다.

"연기로 전공을 바꾸었을 때 진심으로 놀랐다. 네가 연기라니? 집으로 돌아올 때는 어울리지 않는 옷은 모두 버리고 와야 되는 거야. 그런데 넌 그러지 않았어. 외려 네게 딱 맞는 옷들을 버리겠다고 했지. 무엇이 널 그렇게 변하게 만들었을까. 궁금하면서도 알고 싶지 않았어. 왜냐하면 넌 결심한 대로 꼭 이루고 마는 사람이니까."

"맞아요. 그게 나예요."

리아의 말에 라준이 감기려는 눈을 억지로 떠 시선을 마주했다. 흐릿한 운무가 껴 있는 그의 눈동자가 리아의 눈을 사로잡았다.

갑자기 라준이 손을 들어 리아의 두 눈을 가렸다.

"뭐하는 거예요?"

"그렇게 보지 마. 날 다 아는 것처럼 보지 말라고."

리아가 그의 손을 잡아 내리자 라준은 또 태양 같은 미소를 지었다.

"안 보이니 또 보고 싶긴 하네. 말썽쟁이?"

수수께끼 같은 말에 리아의 뇌 회로가 요리조리 엉켜 버렸다.

"리아야. 파혼은 절대 안 돼. 이렇게 말하면 넌 싫어하겠지만 안 되는 건 안 되는 거야."

"오빠의 틀이라서요?"

"그래. 틀. 네가 말하는 그 틀."

라준은 리아가 제지할 틈도 없이 소주를 따라 마셨다. 겨우 소주 두 잔에 이미 몸을 가누지 못할 정도가 된 라준은 이제 소주잔을 바라보며 희희낙락대고 있었다. 평소 과묵하고 흐트러짐이 없는 라준이었는데 오늘은 왠지 그의 비밀스러운 모습을 엿보는 것 같아서 재미있기도 하고 신기하기도 했다.

"라준 오빠. 취했어요. 그만 마셔요."

"약속해. 안 되는 건 안 되는 거라고."

"네. 그렇게 할게요. 약속할 테니까 이제 병은 내려놔요."

"왜 이렇게 쉽게 말해?"

"원래 쉬운 여자라서 그래요."

"구리아, 너 쉬운 여자였어?"

"네. 쉬운 여자 맞습니다. 맞고요."

라준의 곁으로 다가간 리아는 그를 일으켜 세우려고 했다.

"내게는 되게 어려운데."

취중진담. 리아의 가슴에 소리 없는 파문이 크게 울렸다. 리아는 라준에게 어깨를 내어주고 그를 바라보며 조용히 물었다.

"오빠의 첫사랑은 누구예요?"

"소……."

한 음절에 놀란 리아가 일어섰고 라준은 탁자 위로 고개를 떨어뜨렸다. 쿵 하는 소리가 크게 들려왔다.

"어이, 형씨. 일어나 보슈. 언제까지 남의 침대에서 퍼질러 자고 있을 거요? 어이, 이씨?"

라준은 누군가가 그를 깨우고 있다는 것을 깨닫고 번쩍 눈을 떴다.

"일어났네!"

라준은 눈살을 찌푸리며 괴성을 지르는 기준을 쳐다보았다.

"인마, 너 진즉에 일어났으면서 지금까지 계속 잠든 척한 거지?"

"네가 왜 여기에?"

"내가 왜 여기에? 와! 굴러온 돌이 박힌 돌 뺀다더니! 네가 왜 여기에다! 이 자식아!"

라준은 상체를 벌떡 일으켰다. 그는 맨몸이었다.

"네가 이랬어?"

"그럼 나지. 누구겠냐?"

라준의 눈살이 못마땅하게 더욱 찌그러졌다.

"못된 상상은 그만하시지. 이라준. 아무리 급해도 난 남자 상대 안 하니까. 꿈 깨셔!"

"미친놈."

"아, 이것들이 돌아가면서 나보고 미친놈이라고 씨부리네. 인사불성된 거 찾으러 가줘, 구토한 거 다 치워줘, 오갈 데 없는 놈 재워줘. 내가 대체 뭘 잘못했냐고?"

기준은 반미치광이가 된 것처럼 제 머리를 쥐어뜯고 절규했다.

"저리 비켜. 나 이제 잘 거야. 내일 중요한 회의가 있단 말이야!"

기준은 라준의 옆 자리로 파고들었다. 그리고는 라준을 제 발로 밀었다.

"이리로 넘어오기만 해봐! 너 죽고 나 살자야. 이래봬도 나, 남자랑 침대에 든 건 이번이 처음이거든!"

"나 토했냐?"

"국수 먹은 거 나한테 자랑하고 싶었나 보지."

기준은 라준에게 등을 보이고 베개를 끌어다가 베면서 툭 싸지르듯 말했다.

"리아 앞에서?"

라준의 목소리에서 왠지 모를 창피한 기운이 느껴져 기준은 고개를 들어 친구를 쳐다보았다. 천하의 이라준이 똥 씹은 표정으로 손으로 이마를 감싸고 있었다. 쪽팔리겠지. 저도 인간인데 안 팔리면 진짜 인간 아니지. 기준은 확 일어나 라준을 향해 득도한 도인처럼 가부좌를 틀었다.

"기억 안 나냐? 불과 한 시간 전에 네가 벌인 일을?"

"지금 몇 시야?"

"새벽하고도 3시다. 인마."

"어떻게 됐는지 설명해 봐."

"이 자식이 구세주가 누군데 내 앞에서 명령하고 있어?"

기준은 억박지르며 발길질을 하려다 라준의 심각한 표정에 허공에서 발을 거두어들였다.

"리아가 전화했어. 네가 몸도 가누지 못할 정도로 술에 취했다고 어떡해야 할지 모르겠다고."

라준은 뇌리로 리아와 포장마차에 있었던 장면이 선명하게 떠올랐다. 얼음마왕이 내 별명이라고 웃을 때는 냉소적으로 웃으라고 리아가 가르쳐 준 말이 기억났다. 그리고 내가 내 틀에 갇혀 있다고 했었지. 또 내가 기회를 달라고 했던 것 같은데……. 소주 한 병을 시키고 한 잔 마신 기억은 나는데 그 다음은 없다. 벌써 두 번째였다. 필름이 끊길 만큼 술을 입에 댄 것이…….

"요새 고민 있냐, 이라준? 생전 안 마시던 술을 왜 자꾸 마셔? 혹시 술맛을 알아버린 거야? 마셔보니까 꿀떡꿀떡 잘 넘어가디?"

"네가 날 이곳으로 데리고 왔어?"

"고럼."

"리아는?"

"리아는 지네 집으로 갔지."

"설마 혼자 보냈단 말이야?"

"아니야! 준이 불렀어. 준이가 데려다줬어."

"준이까지?"

"그럼, 내가 어떻게 널 건사하고 리아까지 집으로 데려다주냐? 손발이 네 갠데."

라준은 '끙' 하고 신음했다. 기준은 라준의 괴로운 제스처에 만면에 희색을 띠웠다.

"리아 앞에서 실수한 거 없나, 고민하고 있지?"

라준이 기준의 눈을 똑바로 응시했다.

"걱정 마. 토는 내 집 안에서 했으니까. 아, 생각만 해도 더러워. 국수발이 퉁퉁 불어가지고서는 알록달록한 것이, 뭘 그리 많이 먹었냐? 속이 안 좋다고 비 맞은 땡중처럼 중얼중얼하다가 기어코 내 사랑하는 소파에게 몹쓸 짓을! 인마! 네가 물어내. 내 소파님이 오늘로 운명하셨다."

남기준이 투덜대거나 말거나 라준은 불쑥 떠오른 생각을 입 밖으로 끄집어냈다.

"내가 얼음마왕이냐?"

"그럼, 너지 누구겠냐? 네가 얼음마왕, 준이는 어둠의 대마왕? 내가 만날 그렇게 불렀잖아."

"준의 제국이라는 헛소리만 하는 줄 알았더니 그런 소리도 했었군."

라준은 침대에서 몸을 일으켰다.

"그럼, 내가 하는 말 여태까지 귓등으로 흘려들은 거였어? 이거 참, 사나이 자존심 무너지는구만. 우정이 이리도 얄팍한 것이더냐?"

신파조로 말하던 기준이 발딱 일어나 라준의 뒤를 따라왔다. 라준은 대답을 하지 않고 기준의 옷장에서 옷을 꺼내 주섬주섬 입었다.

"너 어디 가?"

라준은 기준의 말에도 아랑곳없이 카디건을 걸쳤다.

"남의 단잠 깨워놓고 제 볼일 다 보니까 바람처럼 사라지겠다고? 네가 레트 버틀러냐?"

라준은 성큼성큼 걸어가 기준의 침실을 나섰다. 똥 마려운 강아지처럼 기준이 졸졸 쫓아 나왔다.

"너 정말 이러기야? 너 아직 술 안 깼어. 그 상태로 운전하다간 음주 운전으로 걸린다고!"

라준은 묵묵히 현관에 놓인 그의 구두에 발을 집어넣었다.

"지금 여길 나서는 순간, 두 번 다시 내 집엔 내 허락 없이 못 들어올 줄 알아? 우씨. 이거 어디서 많이 듣던 대산데. 내가 저 놈 마누라도 아니고 뭐하는 짓이람?"

기준의 눈앞에서 현관문이 쿵 닫혔다.

"우와! 나 완전 무시당했어. 내가 이런 존재가 아닌데! 천하의 남기준이 이런 모욕을 당하다니! 내 기필코 복수하고 말겠다. 이

라준."

기준이 머리를 쥐어뜯고 있을 때 라준이 다시 문을 열고 모습을 드러냈다.

"근데 남기준, 넌 뭐냐?"

"뭐?"

"내가 얼음마왕이고 준이 대마왕이면, 너는?"

"나? 그야 대천사장 가브리엘이지."

"미친놈."

기준에게 우아한 욕설 하나를 남기고 그렇게 라준은 바람처럼 떠나갔다.

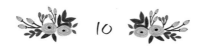 10

리아는 운동화 끈을 조여매고 대문을 나섰다. 아직 푸른 기가
남아 있는 이른 아침. 윤기 자르르한 초록 잎사귀 위로 탱탱한
이슬이, 반짝반짝한 햇빛에 사라지기 전, 리아는 아침 운동을
위해 일찌감치 채비를 마쳤다.

베테랑 연극인들과의 무대에서 발성이 뒤지지 않으려면 복식
호흡은 물론 든든한 체력 또한 뒷받침이 돼야 한다는 것을 체감
하고 있는 요즘이었다.

일주일째 접어드는 운동을 대견하게도 하루도 거르지 않았다.
검은 아스팔트 위를 경쾌하게 걸어가다 검은 차를 쓱 지나쳤다.
그러다 누군가가 뒤꼭지를 확 잡아당기는 것 같은 느낌에 리아는
뒷걸음질 쳐 슬금슬금 자동차에 다가갔다.

'어디서 본 적이 있는 차인데.'

리아는 썬팅이 진하게 된 창문 안을 슬쩍 들여다보다 안이 잘 보이지 않자 얼굴을 바짝 갖다 대었다. 개구리 같은 자세로 완전히 밀착되어 있는데 갑자기 스르르 창문이 내려갔다.

"배신자."

"헉!"

리아는 코앞에 나타난 라준의 얼굴에 깜짝 놀라 뒤로 물러섰다.

"놀라는 걸 보니 찔리는 게 있나 보지?"

"찔리긴 누가 찔렸다고 그럽니까? 오빠가 난데없이 얼굴을 내밀고 있으니까 그런 거죠."

"나는 어제 네가 한 짓을 알고 있다."

"내가 뭘 했는데요?"

"배신자."

"근데 왜 자꾸 나더러 배신자래요?"

"궁금해?"

리아가 예의 다름없는 시선으로 노려보자 라준이 은근하게 웃으며 가까이 오라는 뜻으로 손가락으로 까딱까딱했다. 리아는 슬그머니 다가갔다.

"이거."

라준이 앞머리를 뒤로 넘기며 이마를 보여주었다. 왼쪽 이마에 백 원짜리 동전만 한 시퍼런 멍이 보였다.

"멍인데요?"

"이건 그리 단순한 멍이 아니라 특별한 멍이야."

"특별한 멍?"

"네가 내게 새겨준 것이니까."

"예에? 내가요? 난 그런 적 없어요. 맹세코. 오빠를 때린 적 없다고요."

"그간 내가 한 짓을 볼 때 넌 분명 날 때리고 싶었을 거야. 내가 술에 취해 있었으니 더할 나위 없는 좋은 기회였을 거고."

"아무리 그래도 때리진 않는다고요. 뭐. 난 비폭력평화주의자 간지 선생님, 제일 존경해요."

"간지가 아니라 간디겠지."

"너무 어이가 없어서 혀도 꼬이잖아요. 절대 내가 그런 거 아니에요! 혹 기준 오빠 아니에요? 어제 오빠를 아주 난폭하게 데려갔다고요. 맹세할 수 있어요."

"진짜야?"

리아가 적극적으로 고개를 끄떡였다.

"이거 햄릿이 된 기분이네. 친구냐 약혼녀냐, 그것이 문제로다."

장난스런 라준의 표정이 심하게 잘생겨 보였지만 리아는 경계를 풀지 않고 그를 노려보았다. 겨우 저것을 취조하려고 꼭두새벽부터 진을 치고 있었나? 이라준이 이리도 융통성 없고 쪼잔한 남자였던가? 근데 왜 저렇게 즐거워 보이지?

"아냐. 기준이에게 물어봤는데 기준이는 절대 아니래. 집으로 갈 때까지 어디에 부딪친 적 없었고 침대에 눕혀놨을 땐 이미 생겨 있더라고 했어. 그러니까 범인은 바로 너."

"지금 기준 오빠를 선택한 거예요? 이럴 수가! 약혼녀를 선택해야지."

"내가 왜?"

"결혼할 사이라면서요!"

리아는 '아차' 하는 표정으로 라준에게서 뒤를 돌았다. 그 말이 그녀를 옭아매기 전에 경보선수처럼 걸어가려는 찰나 라준의 말이 뒤통수에 꽂혔다.

"구리아일언중천금. 그 말은 방금 녹취되었어."

"라준 오빠! 장난 그만 쳐요."

쿵 하고 차문 닫는 소리에 리아는 어젯밤 라준이 쿵 하고 탁자에 머리를 박은 것이 떠올랐다. 그럼 저 멍은 그때?

"보아하니 네가 맞는 모양이네."

차에서 내린 라준이 리아의 앞에 길쭉하게 서 있었다. 리아는 입을 꽁하게 다물었다.

"배신자가 범인이라니."

"범인은 맞는 것 같은데 또 내가 무슨 죄를 저질렀습니까? 배신자는 또 뭡니까?"

"저만 살겠다고 자칭 가브리엘 천사라고 말하는 이상한 녀석에게 날 버리고 갔잖아. 그걸 한 단어로는 배신이라고 하지."

"그게 최선이니까요. 마왕을 감당할 수 있는 건 천사뿐이잖아요."

"천사가 아니라 구리아만이 감당할 수 있어."

"에?"

"기준이도 날 무서워해. 근데 넌 날 무서워하지 않잖아."

라준은 허리를 굽혀 리아에게 얼굴을 디밀었다. 갑작스런 그의 행동에 리아는 당황하며 몸을 뒤로 뺐다.

"왜 이렇게 바짝 붙어요?"

"쓰러질 것 같아."

라준은 리아의 어깨에 얼굴을 묻었다. 그의 따뜻한 숨결이 느껴져 리아는 움찔거렸다.

"네가 나올 때까지 기다렸으니까. 것도 좁은 차 안에서."

"내가 나올 때까지요? 언제부터요?"

"지난 밤 내내."

"기준 오빠 집에서 잔 것 아니었어요?"

리아가 그를 살짝 밀어내고 올려다보았다. 라준의 눈에 다크서클이 내려앉은 것이 보였다.

"새벽에 깨서 나왔지. 그러고는 줄곧 여기에 있었어."

"왜요?"

알 수 없는 두근거림이 리아의 가슴에 잔잔히 물결쳤다.

"배신자를 처단해야 되니까."

"와아. 무모하다. 내가 언제 나올지 알고? 아니 안 나올지도 모르는데."

"원래 이라준은 무모하고 집요한 인간이야. 알아둬."

"그럴 리가? 오빠는 집요할지는 모르지만 무모하지는 않은데. 다년간 지켜봐 온 바로는 치밀한 편인데? 뭔가 있죠?"

리아의 의심스러운 눈빛에 라준은 싱긋 웃음을 보였다.

"실은 너 아침 운동하는 거 알고 있었어. 라임이 너 체력 단련한다고 아침마다 동네 한 바퀴 돈다고 알려줬지."

"내 그럴 줄 알았어."

리아는 라준에게서 한 발짝 물러서며 상큼한 미소를 지어보였다. 라준은 따뜻한 리아의 온기를 더 느낄 수 없자 아쉬운 마음이 들었다.

"배신한 대가는 나중에 받을게요. 그럼, 전 이만. 바빠서요."

"바쁘다고? 어디 가는데?"

"운동하러요."

"내가 쓰러질 것 같다고 했잖아. 배고파 죽겠어."

"아침 식사는 운동 후에 해야죠. 입맛 돌려면."

라준의 볼멘소리가 들렸지만 리아는 입가의 미소를 지우지 않았다.

그녀는 이라준에게 붙잡히지 않겠다는 일념으로, 그리고 이라준을 놀려먹겠다는 다짐으로 맹렬히 걸었다. 축지법을 쓰는 고덕의 노승처럼 땅에 발이 닿지 않게 발을 움직여 보았건만 결과는 이라준의 승리였다.

타고난 신체 구조를 극복하지 못한 것이 패인이었다. 리아는 동네 어귀를 나설 즈음 그의 기다란 다리에 따라잡히고 말았다. 벌써 그녀를 추월해 돌진하는 그를 부러운 눈으로 쳐다보던 그때, '왜 내가 이라준을 따라가고 있지'라는 생각이 들었다. 방향을 틀면 되잖아. 그럼 내가 이기는 거야.

리아가 막 몸을 틀려고 할 때 라준이 말했다.

"반칙 쓰지 마. 다 보여."

뒤통수에도 눈이 달린 모양이었다. 라준은 홱 뒤를 돌아보고 리아가 그에게 다가오도록 속도를 맞췄다.

"옷은 어디서 갈아입었어요?"

"딴소리네."

"궁금한 건 못 참는 성격이라……."

"기준이 거야."

"캐주얼한 차림도 그럭저럭."

혼잣말을 했는데 그가 용케 알아듣고 캐물었다.

"칭찬이야?"

"듣고 싶은 대로 들으세요. 소녀는 갈 길이 바빠서……."

그 틈을 타 리아는 라준을 추월했다.

아침. 조깅은 맑은 공기에 상쾌해하고 흘린 땀으로 가뿐해하고 오가는 사람들로 인해 활력적이어야 하는데 리아는 죽을 맛이었다. 지금 그녀는 가볍게 뛰는 조깅을 하는 것이 아니라 100미터 달리기의 결승선을 바라보듯 숨이 턱에 차오를 정도로 땀나게 뛰고 있었다. 헤르메스 이라준에게 잡히지 않으려면 젖 먹던 힘까지도……. 결국 전력을 다했지만 이라준에게 따라잡혔다.

"헉헉. 헉헉."

"내가 이겼지?"

"근데 오빠, 우리 왜 이러고 있어요?"

"네가 이기려고 그랬잖아."

"좀 져주면 안 돼요?"

원망이 섞인 리아의 눈동자를 보고 나서야 라준은 실수했다는 것을 깨달았다.

리아와의 감정적 거리를 좁히자고 결심했는데, 리아 곁에 있으면 본래의 목적을 잊고 말았다. 이건 아마도 20여 년간 단련된 리아의 대응법이리라. 리아 앞에 서면 속내를 들킬 것만 같아서 가면을 쓴 듯 더욱 치밀하게 행동하게 된다.

정작 리아는 그의 본모습에도 끄떡없는 태산 같은 존재인데. 라준은 습관이 된 그의 가면을 떨칠 수가 없었다.

"승부의 세계는 냉혹한 법이야."

그렇게 수습했지만 라준은 리아의 반응이 신경 쓰였다.

그런데 리아는 라준의 말에는 대꾸하지 않고 어디론가 사라지고 없었다. 라준은 주위를 두리번거려 북극곰 같은 개 앞에 다가가 갈기를 쓰다듬어주고 있는 리아를 발견했다.

"안녕, 상근아. 오늘도 만나서 반갑다. 아저씨? 오늘은 상근이가 좀 뛰었어요?"

"겨우 껌으로 달래서 뛰게 하고 오는 길이야."

인상 좋은 흰 머리의 할아버지가 힘이 넘치는 개를 빨간 목줄로 꽉 부여잡고 말했다.

"그랬구나. 상근아. 좀 뛰렴. 너 솔직히 비만이잖아. 요즘 여자들이 얼마나 외모 따지는 줄 아니? 응? 너도 이제 장가가야지."

"하하. 처자가 못 봐서 그러는데, 요놈이 암놈 앞에서는 그렇게 아양을 떨어."

"그래요? 상근이가 보기보다 사근사근한 성격이었네요."

"그래서 그런지 암놈들한테 인기가 아주 많아."

"자고로 수놈들은 그래야죠. 친절하고 자상하고 애교도 잘 떨고. 그렇지, 상근아?"

"처자, 또 봐."

"네. 안녕히 가세요."

리아는 깍듯하게 인사를 하고 사뿐하게 전진했다. 라준은 리아에게 보조를 맞추며 리아를 힐끗 쳐다보았다.

"또 어떻게 해야 해?"

"뭘요?"

"상근이가 여자에게 잘 보이려면? 친절하고 자상하고 애교 떠는 것 말고?"

"맛있는 것도 양보해야죠. 오빠도 봤듯이 상근이 비만견이잖아요. 제일 좋아하고 포기하고 싶지 않은 걸 암놈 때문에 포기한다면 단번에 마음을 얻을 수가 있죠."

"포기하고 싶지 않은 걸 포기하라? 또?"

"예쁘면 예쁘다고 꼬리쳐 주고 위기의 순간에 짜잔 나타나는 흑기사도 돼주고 승부의 세계에서 져주기도 하고 무엇보다 여자가 뭘 원하는지 알아봐 주고, 시키는 대로 하고, 기다려 주고, 믿어주고 또……."

"그만해. 충분히 알아들었으니까."

"네?"

"상근이를 빙자해서 내게 말하는 거잖아."

"상근이를 빙자해서 먼저 물은 건 오빠였어요."

"그러네."

"왜 물어봤어요?"

"기회를 놓칠 순 없지. 내가 모르는 또 다른 널 알게 될 기회."

"날 알고 싶어요?"

"응. 아주 많이."

"왜요?"

"그건……."

리아의 초롱초롱한 눈이 라준의 입술을 뚫어지게 쳐다보았다. 어떤 말이 나올까? 어쩌면…….

"결혼식 날 알려줄게."

푸시시, 기대가 바람 빠진 풍선처럼 쪼그라들었다. 이라준은 집요하고 망각을 모르는 인간임에 틀림없다.

라준은 고추기름이 둥둥 떠 있는 빨간 선짓국의 국물을 크게 한술 떠 입안으로 집어넣는 리아를 지켜보았다. 운동 후 집으로 들어가다가 짬뽕집과 선지해장국집을 놓고 고민하던 리아는 아침에는 밥을 먹어야 된다며 해장국집으로 발걸음을 옮겼다.

"잘 먹네."

"맛있어요. 칼칼한데 구수하고 감칠맛도 있고."

"여자들 선지 잘 못 먹던데."

"라임이만 그렇고요. 난 아니에요. 아버지가 선지를 좋아하셔서 삶아먹기도 했어요. 오빠는 별로예요?"

"아니, 맛있어."

라준은 선지를 하나 떠 입에 넣고 우물거렸다.

"오빠도 국물 음식 좋아하죠?"

"응."

"어쩐지 어제 국수도 잘 먹더라."

"집에서 해주는 칼국수는 더 좋아해. 멸치 육수 내서 끓인 국수."

"그렇구나. 뉴욕에 있을 때 제일 먹고 싶은 게 이런 국물 요리였어요. 가끔 라면도 먹고 마트에서 산 김치로 찌개도 끓여먹었지만 한국에서 먹던 맛이 아니더라고요. 그래서 귀국하자마자 일주일 내내 된장찌개랑 김치찌개만 먹었어요."

리아는 해장국을 푹 떠먹더니 황홀한 미소를 지었다.

"한국인의 맛이 뭔지 알아요?"

"김치?"

"아뇨. 국물에 젖은 이 진한 나트륨의 맛."

"뭐?"

라준은 어이없는 표정을 지어 보였다. 리아가 이렇게 재밌는 아이였나? 아니, 어쩌면 예전부터 알고 있었을지도 모른다. 스무 살 이전의 리아에게 관심을 두지 않기로 작정한 건, 리아가 어리기도 했지만 리아의 영향력이 새삼 크다는 것을 깨달은 직후였다. 그것이 긍정적인 방향은 아니었지만……

"너와 나 결혼하면 식성 때문에 싸울 일은 없겠다."

"역시 빈틈을 놓치지 않네."

"이라준이니까."

"오빠는 어떤 사람이에요?"

"내게 기회를 주는 거야?"

"마음대로 해석하세요."

리아는 고개를 숙이고 해장국을 열심히 먹었다.

"어제 우는 거 처음 봤어."

"잘 안 우니까요."

"뉴욕에서도 울었어?"

무슨 소리냐는 눈빛으로 리아가 고개를 들어 라준을 빤히 쳐다보았다.

"유학 생활 녹록치 않았을 거잖아. 힘든 적은 없었니?"

"매 순간 매 시간이 힘들지만 하고 싶은 걸 하니까 재미있었어요. 그래서 참을 수 있었어요."

"네 열정의 동력은 역시 연기인 거야?"

"네."

"알았어. 그럼 이번 공연은 허락할게. 결혼 후에도 해도 좋아."

"진짜예요?"

"응. 한 입으로 두말하지는 않아."

"고맙다고 해야 하나요?"

"해봐. 들어보게."

리아는 재빠르게 입 밖으로 고맙다는 말을 웅얼거렸다.

"뭐라고?"

리아가 또 웅얼거리자 라준이 씨익 웃었다.

"잊지 마. 결혼 후에, 라고 했어."

리아는 라준의 말뜻을 이해하고 흘겨보았다. '결혼 후'라는 것을 그토록 강조하고 싶은 모양이었다. 철벽같은 이라준은 뜻을 굽히지 않고 은근슬쩍 좀처럼 보이지 않았던 방법으로 리아를 무장해제시키고 있었다. 그는 따뜻하기도 하고 자상하기도 하고 무엇보다 그녀의 말을 귀담아 들어주고 있었다.

"오늘도 연습 있지?"

"네."

"일 마치고 데리러 갈게."

"오지 마요. 부담스러워요."

"연습이 늦게 마치던데? 밤늦게 혼자 가면 위험해. 기다리고 있어."

라준의 배려와 보호가 느껴져 리아는 저도 모르게 고개를 끄덕였다.

배역진들의 개인 연습이 저녁 식사 시간으로 인해 잠시 멈췄다. 연출 감독이 무대감독과 소품과 의상을 논의하기 위해 연습실에서 사라지자 배역진들은 너 나 할 것 없이 바닥에 주저앉았다.

오늘 연습에 참여한 배우들은 소수에 불과했다. 하지만 완벽주의 연출가의 신념으로 인해 극중의 행동선을 상대 배우와 맞춰

보는 연습을 여러 번 반복하자 신물이 나올 지경이었다. 리아 또한 소현과 짝을 이뤄 장면 연습을 무한 반복하고 있었다. 무대에서의 사소한 움직임조차 등장인물의 감정을 극대화하거나 혹은 축소함에 있어 리아는 개인적인 해석을 배제하고 감독의 지시에 철저히 따랐다.

그런데 소현은 달랐다. 그녀가 해석하는 연기의 색깔이 매우 창의적이라 두 번 정도 연출 감독의 칭찬을 받은 것 같았다. 리아가 무대에서의 자신감을 주로 칭찬받는 것과는 차원이 다른 것이었다.

갈증이 나 생수를 마시고 있는 리아의 귀로 한 구석에서 배우들이 웅성거리는 소리가 들려왔다.

"리아 씨, 오늘 소현 씨가 저녁 쏜대요. 비싼 거 시켜도 된다는데?"

"우리 고기 먹어요, 고기!"

"그럴까요?"

"우아! 소현 씨 그릇 한 번 크다! 스테이크 먹어도 됩니까?"

"스테이크가 배달이 돼요?"

"나가서 먹는 거 아니었어요?"

"감독님이 옆방에 계시는데 어떻게 나가요? 시켜먹어야지."

"그런가?"

"그럼 연습 메뉴의 영원한 테마인 중식으로 합시다."

"어머, 누가 남편 아니랄까 봐 이아고가 에밀리아의 지갑 사정까지 생각해 주고 있네."

"싫어요? 공짜로 얻어먹는 건데?"

"누가 싫다고 했나? 난 짜장."

여기저기서 탕수육, 볶음밥, 짬뽕하는 소리가 터져 나왔다.

"리아 씨는 뭐 먹을래요?"

"저요?"

"오늘도 리아 씨가 제일 힘들었잖아요. 대사량도 많고."

소현이 별 뜻 없이 내뱉은 한마디도 리아는 껄끄러웠다. 라준과 연관된 여자라서 그런 것만이 아니라 소현은 리아가 닮고 싶은 재능을 가진 여자였다. 그녀의 친절까지도 가진 자의 아량처럼 느껴져 거북했다.

리아는 심각해졌다. 공연은 협업이 생명인데 사감이 개입되다 보면 손발이 맞지 않고 실수를 하게 된다. 마음을 고쳐먹어 보려고 애를 썼지만 리아는 소현을 자연스럽게 대할 수가 없었다. 경직된 미소가 입에 걸리는 순간 핸드폰이 울렸다.

'살았다'라는 마음으로 액정 화면을 보는데 낯선 번호였다.

[리아니?]

"네. 구리아입니다. 실례지만 누구시죠?"

[네 시어머니 될 사람이다.]

"아주머니세요?"

[성북동 시어머니 말고 피아노 잘 치는 시어머니.]

"아, 안녕하셨어요?"

[안녕 못 해. 인사하러 언제 올 거니?]

"네?"

[너네 결혼하잖아.]

"네."

[나도 엄연히 시어머니라는 거 잊지 않았겠지?]

"물론입니다."

[그럼 인사하러 와. 지금.]

"지금요? 제가 지금 중요한 일이…….."

[지금이 아니면 안 돼. 나 내일 일본으로 출국하거든.]

"알겠습니다. 찾아뵐게요."

[라준이에게는 말하지 말고.]

"네."

[장소 문자로 찍어줄 테니까 그리로 오너라.]

전화를 끊고 보니 소현의 표정에 궁금증이 서렸다. 리아는 어색한 미소를 보이며 말했다.

"소현 씨, 고맙지만 오늘은 안 되겠네요. 나머지 연습도 못 할 것 같아요. 미안합니다."

"급한 일인 모양이에요? 그럴 수도 있죠. 내게 미안할 일 아닌데……. 리아 씨는 예의가 정말 바른 사람 같아요. 얼른 감독님께 말씀드리고 가봐요."

"네."

소현의 친절이 몸에 맞지 않은 옷을 입은 것처럼 마음에 부대꼈다. 리아는 주뼛주뼛 인사를 하고 연출 감독을 찾았다.

"오랜만이구나. 어서 앉아."

"안녕하셨어요?"

리아는 좌식의자에 얌전히 다리를 모으고 앉았다.

한 시간 전 리아는 연출 감독에게 적당히 둘러대고 연습실을 빠져나왔다. 나지영이 말한 한정식집은 다행히도 그리 멀지 않았다.

소담한 정원의 운치가 내려다보이는 내실. 리아는 앞에 앉은 라준의 친어머니를 바라보았다. 나이답지 않은 젊음이 느껴지는 지영은 유명한 피아니스트였다. 지영과 안면을 튼 것은 고등학교 때 두어 번 엄마를 따라 그녀의 독주회에 참석했을 때였다.

그 이후로 뉴욕에서 쭉 생활해 왔기 때문에 리아는 그녀를 만날 수가 없었다. 어렸을 때 본 지영은 리아의 눈에도 예술가의 자부심이 하늘을 찌르는 듯 보였고 범접할 수 없는 아름다움과 품위가 있었다.

"눈이 한결 편안해지고 성숙해졌구나."

"네?"

"꼬맹이 때는 길들여지지 않는 고양이 같았는데 말이야."

"고양이요?"

"그래. 처음 만났을 때 기억나니? 넌 고등학생답지 않게 아주 도도했어."

"제가요?"

"내 앞에서도 기가 죽지 않았지."

"제가 버릇이 없었던 모양이에요."

"아니, 네 특유의 분위기가 있었다고 말하는 거야. 내 아들의 약혼녀가 수줍어하거나 얌전만 빼는 아이였다면 난 이 결혼 말렸을 거다."

리아는 지영의 웃음 띤 얼굴을 쳐다보았다.

"하지만 넌 그런 아이가 아니니까."

문이 열리고 나지영이 주문한 음식들이 푸짐하게 들어오느라 지영은 말을 끊었다.

"내가 좋아하는 것들 이것저것 시켰어. 명색이 시어머니라고 하지만 내가 요리는 못해서."

"맛있어 보여요."

"많이 먹어."

"네. 잘 먹겠습니다."

리아는 고슬고슬하게 지어진 잡곡밥을 입에 넣으며 정갈하고 담백한 음식의 맛을 느끼려고 노력했다. 하지만 지영의 빤히 바라보는 시선에 얼굴이 따가웠다.

"왜 그렇게 보세요?

"라준이와 네가 결혼하면 난 뭐가 되니?"

"시어머니가 되십니다."

"그럼 어떻게 불러야 돼?"

"어머니라고 불러드려야죠."

"그럼 불러봐."

"어머니라고요?"

"그래."

"어머니."

리아의 부름에 나지영의 얼굴이 환하게 빛났다.

"그래, 그거야. 난 네 어머니라는 거지. 어쨌거나 다른 사람들처럼 입에 발린 말은 하지 않을게. 잘해주지도 못하는데 널 딸처럼 생각하고 대하겠다는 말은 못 해. 라준이도 살갑게 챙겨주지 못했으니까. 이것 좀 먹어봐."

지영은 리아의 숟가락 위에 고기반찬을 집어주었다. 그녀의 얼굴에 잔잔한 기쁨이 스며들었다.

"넌 날 어떻게 생각하니?"

"네?"

"첫인상이라든지 평소 느꼈던 점이라든지 나에 대해 생각하고 있는 게 있을 거 아니니?"

"자주 뵙지 못했지만 제가 생각하는 어머니는 솔직한 분이신 것 같아요."

"다른 말로 하면 직설적이라는 뜻이네. 맞아. 그게 내 장점이자 단점이기도 해. 그래서 말이다. 네게 당부해 주고 싶은 것들이 있어서 오늘 널 만나자고 했어. 긴장돼?"

"네. 아주 많이 됩니다."

"솔직하게 말해줘서 고맙다. 아니라고 했으면 그냥 밥만 먹고 갔을 거야. 말 안 통하는 애가 며느리가 됐다고 생각하면서."

리아는 대답하지 않고 나지영의 시선을 피하지 않았다.

"라준이가 올해 결혼할 것 같다고 했지만 이렇게 빨리 할 줄은 몰랐단다. 어제 너희 엄마와 통화하지 않았다면 난 널 만나지도 못하고 일본으로 갔을 거야."

"엄마와 통화하셨어요?"

"성북동 네 시어머니와 네 엄마가 돈독한 사이인 걸 알아. 근데 너희 엄마와 내가 함께한 세월도 만만치 않았거든. 내가 이혼하기 전까지 내 괴로운 이야기도 잘 들어준 사람도 네 어머니란다. 뭐, 라준이 새엄마가 내 집에 들어왔을 때, 한동안은 나와의 옛정을 생각해서 두 사람이 데면데면한 사이였으면 좋겠다고 생각한 적은 있었지만. 사람 가리지 않고 쿨하게 인간관계 맺는 게 너희 엄마 방식이니 내가 감 놔라, 배 놔라 할 처지도 아니지. 아니 외려 질척여서 두 사람 모두의 마음을 상하게 하는 것보다 낫다고 생각해."

리아의 모친의 쿨한 성격을 흉봤다고 생각했는지 지영이 급히 말을 덧붙였다. 리아는 그녀가 엄마 못지않은 쿨한 성격임을 알수 있었다.

라준의 집안 사정을 모르는 바가 아니었다. 그녀가 이혼하기전 라준의 부친인 이근호 회장은 이미 내연녀 사이에서 딸 하나를 두고 있었다. 이 회장은 이혼 후 내연녀와 정식으로 결혼해 또다른 딸까지 낳았다. 같은 여자 입장으로서는 분개하고 가슴 아픈 이야기였지만, 리아는 절친한 라임의 가정사라 더 이상 알은체를 하지 않았다.

"자식 교육도, 훈육도 아주 쿨하시답니다. 제가 저희 엄마 딸로 살아봐서 아는데 어떤 분야든 공정하게 쿨하시더라고요."

"너도 엄마의 그런 점을 닮았니?"

"엄마보다는 덜하지만 제게 피해 주지 않는다면 다른 사람 인생에 웬만하면 간섭하지 않으려고 해요."

"라준이에게도 그럴 거야?"

"네?"

"너희들 약혼은 정확히 말하면 정략이잖아. 정략결혼 내가 해
봐서 아는데 그거 생각보다 되게 어렵다? 추억도 사랑도 없어서
결혼 후 시간만 공유하다 지겹고 지루하면 화내고 싸우고 무시하
고 결국에는 무생물처럼 서로를 대하게 되지. 그러다 보면 결혼
을 위해 희생했던 열정과 내 마음이 너무 불쌍해서 병이 나기도
해."

지영은 가벼운 투로 말하고 있었지만 눈은 그렇지 않았다. 그
녀가 견뎌온 그 시간들이 병든 고목처럼 뒤틀렸다는 것을 말하고
있었다. 무거운 염려를 담은 눈으로 지영은 계속 말을 이었다.

"우울증이었어. 사랑하지도 않는 남자의 아이를 낳고 내가 무
엇을 하고 싶은지 이해받지 못한 채 소멸시켜야 했던 그 시간들
은 지옥이었어. 그래서 난 내 하나뿐인 아들을 지독하게 외롭게
만들었고, 심지어 그 아들이 내 날개를 꺾어버린 짐처럼 느껴져
미워하고 미워했지. 그 병에 걸리면 피해자는 나만 되는 거야. 나
때문에 상처받은 사람들은 중요하지 않아. 그저 방해물이고 들
러리일 뿐이니까. 너는 어떨 것 같아?"

"저요?"

"그래. 네가 만약 나와 같다면 너는 어떻게 하겠니?"

리아는 말문이 막혔다. 눈앞의 시어머니와 같은 삶이라고?

"라준이는 병든 나까지 책임져야만 하는 아이였어. 그래서 어

린아이가 당연히 누려야 할 감정적 자유마저 억제하고, 불안한 신뢰관계에서 자기가 감당해야 할 것이 무엇인지 생각하기 시작했지. 그게 고작 라준이가 일곱 살 때의 일이야. 불화한 가정의 아이는 보이지 않는 마음에 흉터가 새겨 있어."

"어머니가 제게 확답 받고 싶은 게 무엇인가요?"

"너희들의 결혼이 나와 같지 않다는 걸 증명할 수 있겠어?"

리아는 지영의 말을 기다렸다. 왜인지는 알 수 없으나 그녀는 그동안 어느 누구에게도 하지 못하고 담아두었던 깊은 말들을 수면 위로 끌어올리고 싶어 하는 것 같았다.

"널 불러내서 이런 말 하는 거 미안하게 생각해. 라준이는 내가 하려는 말들을 아마 듣지 않으려고 할 테니까. 그 애는 설사 알더라도 섶을 지고서라도 불구덩이로 들어갈 아이야. 라준이가 내게서 원하는 단 하나는 자기가 무슨 짓을 해도 믿어달라는 거야. 내가 주지 못했던 부모로서의 신뢰를 그 아이는 되레 자기가 주고 싶어 하니까. 라준이는 지키고자 하는 것들에 대한 책임감이 강한 아이란다. 실수도 하지 않으려고 하고 나름대로의 원칙과 계획을 세우면 꼭 지키고 이뤄내려고 노력하지. 그래야만 견딜 수 있었을 테니까. 그래서 난 라준이의 어떠한 결정과 선택도 믿어줄 수밖에 없어. 난 라준이를 그렇게 만든 가해자니까."

리아는 자조적인 지영의 말이 너무 아프게 들렸다.

"그렇게 말씀하지 마세요. 이미 지나간 일이에요. 어머니께선 라준 오빠가 상처를 가지고 있다고 말씀하시지만 제가 알고 있는 라준 오빠는 상처에 그렇게 쉽게 질 사람이 아니에요. 그걸 믿으세요."

"리아야. 너희들의 결혼, 단지 정략뿐이라면 다시 한 번 생각해 보는 것이 어떻겠니? 난 우리 라준이가 나처럼 불행한 걸 원하지 않아."

리아는 그녀의 말에 가슴이 덜컥 내려앉았다.

그동안 라준에게는 사랑이 없는 결혼을 하지 않겠다고 잘도 말해놓고, 당사자가 아닌 제삼자에게서 결혼을 재고해 보는 것이 어떻겠냐는 말을 들으니 이율배반적인 감정이 들었다. 라준의 옆에 자신이 아닌 다른 여자가 서 있는 모습은 상상도 하기 싫었다.

리아는 눈물이 날 것 같았다. 라준은 결코 포기할 수 없는 남자다. 5년간 지웠다고 생각한 첫사랑은 그저 잠들어 있었을 뿐 사라진 것이 아니었다. 사라질 수 없다. 알에서 깬 오리가 제일 먼저 본 것을 어미라고 생각하듯이, 라준을 처음 본 리아에게 그는 사랑할 수밖에 없는 사람이다. 각인.

"리아야. 이 결혼 다시 생각해 보렴."

"제게는 정략만이 아니에요. 어머니. 그러니 그런 말씀 마세요."

리아의 음성에 물기가 묻어 있었다. 리아가 울고 있다는 것을 안 지영의 눈동자가 커졌다.

"그렇다면 너는?"

"라준 오빠, 많이 사랑해요. 너무 오래돼서 이젠 사랑하지 않으려고 해도 사랑하지 않을 수가 없어요."

"그랬구나. 라준이도 너와 같은 마음이니?"

리아는 입술을 깨물고 고개를 가로저었다.

"저런? 네가 많이 아프겠구나."

다정하게 말하며 지영이 리아의 손을 잡아주었다.

"무뚝뚝한 내 아들을 사랑해 주니 고맙다. 근데 리아야, 라준이도 네 이런 마음 알고 있니?"

"아뇨. 말하지 않았어요. 사랑 없는 결혼은 끔찍하다고 파혼하자고 했는데, 라준 오빠는 우리 결혼에 감정은 중요하지 않다고 했어요. 집안끼리의 오랜 약속이고 우리에겐 두 회사를 이끌책임이 있으니까, 그것만으로도 결혼은 아주 합리적인 것이라고 말했어요. 그래서 무슨 일이 있어도 저와 결혼하겠대요."

"뭐야? 그 녀석이 그렇게 말했단 말이니? 세상에! 내가 다 부끄러워. 리아야. 대신 사과할게. 이라준 그놈이 미쳤구나. 네 앞에서 그런 망발을 지껄인다니? 근데 리아야. 네가 뭐가 모자라서 라준이 그놈한테 그런 말까지 들어가면서 이 결혼 하려는 거야?"

지영의 목소리 톤이 올라가더니 이제는 라준을 제쳐두고 울고 있는 리아의 역성만 들었다.

"그러지 마세요, 어머니. 어머니가 말씀하시기 전엔 어떻게든 이 결혼 피하려고 했어요. 그런데 막상 어머님이 그만두라고 하시니까, 라준 오빠 포기 못 하겠어요. 다른 여자가 오빠 옆에 서 있는 거 생각하니까 너무 아파요! 못 견디겠어요. 사랑이 없어도 그냥 결혼할래요!"

라준의 곁에 서 있는 다른 여자. 그녀는 붉은 입술을 가졌다. 그리고 그녀는 라준의 곁에 너무 가까이 다가와 있다. 불안했다.

리아의 뇌리로 소현의 얼굴이 지나갔다. 라준이 한때 마음을 주었던 사람, 그녀 또한 라준의 원칙에 패배해 그를 가질 수는 없었다. 하지만 리아는 다르다. 비록 사랑이 없더라도 라준의 껍데기는 가질 수 있다. 위안이 된다.

껍데기라니! 눈물이 솟구쳤다. 아니 절대 위로가 될 수가 없다.

이렇게 가슴이 찢어지는 건 라준을 전부를 가질 수 없어서 아픈 것일까, 그렇지 않으면 껍데기라도 부여잡고 싶은 그녀의 가여운 마음 때문일까? 리아는 알 수가 없었다. 깊은 나락으로 떨어지는 아득함에 한기가 몰아닥쳤다. 얼어붙은 마음은 깨어지기 쉬운 연약한 유리병. 대체 어디로 가야 하는지 알 수가 없어졌다.

정말 난 어떻게 해야 하는 거지? 부인하고 부인했지만 다시 알아버린 진심. 라준을 밀어낼 수도 그렇다고 당길 자신도 힘도 없었다.

"알았다. 리아야. 꼭 결혼해서 그 무심한 놈을 말랑말랑하게 만들어다오."

지영은 울음이 그치지 않는 리아의 곁으로 다가와 품에 안고 머리를 쓰다듬어 주었다.

"그 녀석이 널 사랑하도록 내가 도와줄게. 그러니까 눈물을 멈추렴."

"감사합니다."

"알고 있니? 우리 라준이 피아노 아주 잘 친단다."

"네. 들었어요."

"라준이가 말했다고?"

"네."

지영의 눈동자가 놀란 빛을 띠었다. 라준은 그녀로 인해 그 좋아하던 피아노를 무서워하게 되었다. 그 이후론 단 한 번도 피아노 앞에 앉아 있는 것을 본 적이 없었다. 그런데 두 번 다시 꺼내고 싶지 않은 끔찍한 기억을 리아에게 말하다니! 설마?

나지영의 가슴이 벅차올랐다.

"구리아. 넌 할 수 있어. 그러니까 울지 말고 내 얘기 잘 들어. 지피지기면 백전백승이니까."

"지피지기라뇨?"

"라준이에 대해 시시콜콜한 것까지 다 알려줄 테니까 꼬셔봐. 알았지? 제 놈도 명색이 남자인데 너같이 예쁜 애가 작업 거는데 안 넘어가고 배겨? 만약 것도 안 되면 자빠뜨려!"

"네?"

리아는 고상한 얼굴로 음흉한 말을 내뱉는 지영을 의아하게 쳐다보았다. 지영은 리아의 눈물 자국을 닦아주며 라준의 모든 것을 리아에게 세세하게 일러주었다.

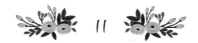 11

리아는 지영이 집으로 데려주겠다는 것을 예의바르게 거절하고 한정식 집을 나섰다. 생각할 시간이 필요했다. 다시 솟아올라난 이 감정에 스스로가 헷갈리고 어색해 복잡한 머릿속을 정리해야만 했다.

지영의 이야기를 들으면서 리아는 라준에 대해서 모르는 것이 많다는 것을 새삼 깨달았다. 원리원칙주의자이고 감정을 잘 드러내지 않는 냉정한 라준이 아무리 어린 시절이라지만 피아노를 치며 노래 부르기를 좋아했다는 말은 어쩐지 매칭이 잘 되지 않았다.

그리고 라준은 의외로 말을 무서워했다고 한다. 자세를 교정하기 위해 아버지의 강요로 시작된 승마 연습을 피하려고 만날 울었다니. 상상이 되지 않았다. 좋아하는 색은 검정색이고 좋아하는 음식은 칼국수와 수제비, 그리고 소고기 맛 조미료가 들어간 국물 요리는 무조건 좋아한다는 것. 오늘 아침 라준과 아침 식사를 같이 먹으면서 국물 음식을 좋아한다는 것을 알게 되었지만 그 정도로 국물 요리를 좋아할 줄은 미처 몰랐다.

그 얘기를 해주며 지영은 라준의 알러지에 대해서도 알려주었다.

"라준이에게는 땅콩 알러지가 있단다. 무척 위험하니까 조심해야 돼. 땅콩을 한 번 씹었다가 입술 부위가 가렵다고 한 적이 있어서 그 이후로는 신경 써서 안 먹었는데, 다섯 살 때쯤이었나? 누군가가 땅콩크림 들어간 과자를 준 적이 있었어. 그때 호흡곤란이 있어 응급실로 실려 갔어. 내가 얼마나 놀랐던지. 리아야. 다른 건 모두 잊어버려도 이건 꼭 기억해야 된다. 알았지?"

리아는 터덜터덜 걸었다. 이제 겨우 인정하게 된 진짜 마음. 온몸의 힘이 쭉 빠지는 것 같은 기분이다. 라준에 대해 잘 알지도 못했으면서 감춰진 부분까지 감당하고 사랑할 수 있다는 이 근거 없는 마음은 대체 무어란 말인가.

결혼은 현실이고 현실에서 살다보면 환상은 깨어지기 마련인데, 결코 라준을 포기하지 못하겠다는 생각만 드는 걸 보면, 미처도 단단히 미친 것이 분명했다. 오랫동안 품은 짝사랑의 강력

한 힘에 리아는 움쭉달싹하지 못했다.

어느새 리아는 명 엔터테인먼트를 저만치 앞두고 있었다. 별안간 리아는 라준이 데리러 오겠다 했던 게 떠올랐다. 지금쯤이면 오빠가 와 있을까? 생각만으로도 발걸음이 빨라졌다. 예정된 연습이 곧 끝날 시간, 리아는 뚝, 걸음을 멈췄다.

김소현.

그녀가 그곳에 있었다. 라준이 기다리고 있는데. 그렇다면 두 사람이 우연이라도 만날 수 있지 않을까. 리아의 심장에서 불쾌한 전류가 흘렀고 숨결 또한 흐트러졌다. 그건 정말 싫은 일이었다. 라준과 그녀가 함께 서 있는 장면은 결코 보고 싶지 않았다. 리아는 있는 힘껏 앞을 향해 내달렸다.

"라준 씨?"

차에 기대어 있던 라준은 뒤를 돌아보았다. 선글라스를 낀 여자가 눈앞에 서 있었다. 방금 명 엔터테인먼트의 출입구를 빠져나온 흰색 차량은 어느새 그의 세단 뒤에 정차해 있었다.

라준은 눈을 가늘게 뜨고 그녀를 쳐다보았다. 그녀가 활짝 웃으며 선글라스를 벗었다.

"오. 정말 라준 씨네요?"

그녀가 단숨에 다가와 라준에게 손을 내밀었다.

"정말 오랜만이에요. TV에서나 종종 만날 뵐 수 있었는데, 직접 이곳에서 만나다니! 진짜 반가워요."

"오랜만입니다."

라준은 그녀가 내민 손을 마주잡았다. 그녀는 김소현이었다. 국내 뮤지컬계에서 톱의 자리를 차지하고 있는 그녀를 만나는 것은 5년 만에 처음 있는 일이었다.

　"이곳에는 어쩐 일이세요?"

　"만날 사람이 있어서요."

　"누구?"

　"이곳에서 연습하고 있어요."

　"네? 설마 라준 씨도?"

　소현의 얼굴이 명 엔터테인먼트 건물과 라준을 번갈아 바라보다가 경악으로 일그러졌다. '그럴 리가'라는 물음표와 느낌표가 그녀의 얼굴에 수없이 새겨졌다.

　라준은 소현의 싸한 눈초리에서 찜찜한 기분을 느꼈다.

　"상상하시는 그런 것 아닙니다."

　"아, 그렇죠? 정말 그런 거 아니죠? 제가 아는 라준 씨는 절대 연습생을 상대로 스폰서를 제의하며 악랄하게 성을 착취하는 그런 나쁜 사람이 아니거든요!"

　소현의 입으로 직접 들으니 더욱 어처구니가 없었다. 하지만 소현의 사고(思考)는 삼단 멀리뛰기를 하듯 그렇게 훌쩍훌쩍 비약을 잘했다. 솔직하지만 조르는 데 명수이고 약간은 맹랑한 푼수기가 다분한 뜬금없는 아가씨였다. 그녀를 알게 된 것은 6년 전 영국에서였다. 1년간의 짧은 유학 생활에서 소현은 라준과 특별한 인연을 맺었다.

　"그러는 소현 씨는 명 엔터테인먼트에는 무슨 일이십니까?"

"아, 그게. 이번에 이 회사에서 준비하는 연극에 참여하게 됐어요."

"오셀로 말입니까?"

"어떻게 아셨어요?"

"데스데모나를 기다리고 있었으니까요. 연습은 마쳤습니까?"

"데스데모나라면, 리아 씨?"

"네."

"어째서요? 상상하는 그것 아니라면서요?"

"제 약혼녀니까요."

"정말요?"

"네."

"축하드려요! 정말 굉장해요. 리아 씨가 라준 씨와 결혼할 분이라니! 근데 리아 씨는 저녁쯤에 급한 약속이 있다고 들어갔는데."

"네?"

라준은 굳어버리고 말았다. 리아가 그와의 약속을 잊었다는 것이 충격적이었다. 아침에는 분명 그를 기다리겠다고 약속했는데. 어째서? 진한 서운함이 밀려든다.

"라준 씨가 약혼을 하시다니! 아무리 생각해도 놀랄 놀 자인데요? 전 솔직히 라준 씨가 어느 분과 결혼하실지 무척 궁금했거든요. 누군지 모를 그 여자분이 조금 불쌍해서. 라준 씨가 영국에서 인기 없었던 건 순전히 라준 씨 탓이라는 건 아시죠? 아무리 잘생기면 뭐해요? 곁에 다가가기만 하면 냉기를 폴폴 풍겨서 바짝 얼어붙을 판인데. 그때 제게 라준 씨 흉 본 여자들이 한둘이 아니었답니다. 그런 라준 씨를 리아 씨가 구제해 드린 셈이잖아요. 만날 고맙다고 인사해도 모자랄 거예요."

소현은 비집어 나오려는 웃음을 겨우 참고 있었다.

라준은 순간적으로 열이 받쳐 이마의 힘줄이 돋아나는 것 같았다. 내가 무슨 얼음마왕도 아니고, 하다 피식 웃음이 새어나왔다. 얼음마왕은 바로 그 자신이 아닌가. 눈앞의 여자도 그걸 알아보았다면 그는 진정한 얼음계의 주인인 듯싶었다.

"소현 씨는 그때 그분과 어떻게 되셨는지 궁금하네요."

"윽. 아픈 데 찌르시네. 그때 도와주셨는데도 잘 안 됐어요. 고백도 못 해보고 라준 씨와의 퍼포먼스 때문에 완전 눈 밖에 났잖아요."

"엄밀히 말하면 제가 저지른 것이 아니죠."

"매사에 정확하시기는. 그래도 유학시절 웃음하고는 담 쌓은 라준 씨를 제가 가끔 웃겨 드렸잖아요. 그래서 조금은 인간적이라는 평을 들으셨고요. 제 덕택에!"

"어이없어서 웃은 기억은 납니다만."

"어효. 네. 알겠습니다. 아직도 여전하시지만 사과는 해야죠. 호호. 그때는 정말 미안했어요. 너무 약하게 나가면 약발이 안 받을까 봐, 초강수를 뒀는데. 그게 더 일을 꼬이게 만들었지 뭐예요? 그 사람 그 뒤로 자취를 감춰 버렸으니까요. 하지만 약속은 약속이니까 더 이상은 미안하지 않을래요. 그쯤이야 응당 도와주셔도 무방하죠. 안 그래요? 생명의 은인이잖아요."

"은인이신 건 맞습니다. 그분과 잘되셨으면 좋았을 텐데요."

"그런 것 같아요. 사랑 앞에서는 제 솔직함도 용기를 잃더라고요. 그냥 정직하게 말할 걸 그랬어요. 사랑한다고. 그랬다면 그 사람을 보지 못하고 5년이나 흘려보내지는 않았을 텐데. 하지만 포기하지는 않았어요. 이제 오셀로에 참여하게 됐으니까 그 사람 다시 만날 수 있을지도 몰라요."

"이곳에 있나 보군요."

"아뇨. 그 사람은 없지만 그 사람 동생이 이곳의 대표라서 적당한 때에 물어보려고요. 그 동생도 날 좋아하지는 않지만 어떻게든 구워삶아 보려고요. 협박을 해서라도요. 호호."

"명지호 씨를 말입니까?"

"네. 그때 그 연극의 연출가가 바로 명지호 씨의 형이에요. 내가 사랑하는 사람이랍니다. 부끄럽게도 이제야 밝히네요."

"사랑하는 마음에서 부끄러운 건 없는 겁니다. 항상 그 마음은 진심이니까요. 그것만으로 충분하죠."

"어머! 내가 알고 있던 이라준 씨 맞아요? 완전 다정남으로 변신하셨네요!"

라준은 민망해서 헛기침을 했다.

"아마도 그건 모두 리아 씨 덕분이겠죠? 우리 연극에서도 리아 씨는 산소 같이 활력적이에요. 그런 리아 씨라면 충분히 라준 씨를 변하게 만들 수 있을 것 같아요. 진실을 말해보세요. 라준 씨는 리아 씨를 사랑하고 있죠?"

"만나서 반가웠습니다."

라준이 정중하게 묵례했다.

"알았어요. 전 이만 사라지죠. 다음에는 리아 씨와 꼭 다 같이 만나요."

소현은 명랑하게 말하고 차에 올라탔다. 하얀 차는 쌩하니 사라졌고 라준은 시계를 쳐다보았다. 밤 10시. 벌써 집으로 들어간 건가? 거절당한 마음이 이런 것일까? 씁쓸한 기운이 목구멍으로 번졌다. 그는 핸드폰을 꺼내들었다.

리아는 크로스백 안에서 진동하는 핸드폰 소리를 들을 수 없었다. 라준에게 가겠다는 일념에 가득 차 100미터를 질주하듯 앞만 보며 달렸다.

"헉헉. 헉헉."

검물 입구에 도착했지만 라준은 보이지 않았다. 불길한 상상이 그녀를 휘감았다. 옛 연인과 해후한 라준이 냉혹한 미소를 보이며 그녀에게 바이바이 하는 모습을……. 리아는 거친 숨을 몰아쉬며 주위를 두리번거렸다.

"설마 둘이 만난 거야?"

리아는 야금야금 불안이 치밀어 오르자 손톱을 입에 물고 자근자근 씹었다. 사방을 둘러봐도 라준의 자취가 없자 리아는 심호흡을 두 번 하고 핸드폰을 찾았다.

— 부재중 통화 1통. 이라준

그 메시지가 리아에게 안도감을 선사했다. 라준은 결코 그녀를 모른 척한 게 아니었다. 기쁜 마음으로 통화를 눌렀는데 라준이 단박에 전화를 받았다.

"오빠!"

[봐줬다. 구리아.]

"네?"

[뛰어왔으니까.]

리아는 숨을 멈추고 주위를 돌아보았다. 명 엔터테인먼트 입구에 세워진 검은 차. 어둠에 묻혀 있던 차에서 핸드폰을 든 라준이 내렸다. 싸한 느낌이 화살처럼 꽂혔다. 잘 울지 않는 구리아는 지구에서 사라진 모양이었다. 눈시울이 뜨거워졌다.

[그리고 날 찾았으니까.]

핸드폰을 통해 들려오는 그 목소리에 리아는 쓰나미같이 밀려오는 희미한 고통을 느꼈다. 지독하게 사랑하면 이렇게 아픈가봐. 근데 지금 이 아픔까지도 행복해.

리아는 걸음을 멈추고 뚫어지게 라준을 주시했다. 핸드폰 안에는 여전히 라준이 있었다.

[좋아. 그 눈. 마음에 들어.]

"네?"

[내게 길들여졌잖아.]

눈물 한 방울이 툭 떨어졌다. 리아는 있는 힘껏 그에게 달려가 넓은 그의 가슴팍에 안겼다. 리아의 갑작스러운 포옹에 라준의 얼굴에 놀란 빛이 어렸다.

"왜?"

라준은 얼떨떨했다. 라준의 팔이 리아의 등을 감쌌다. 그 온기에 리아는 전율했다.

두 번 다시 아프고 싶지 않아! 근데 난 왜 이 남자를 사랑할 수밖에 없는 걸까?

흐느낌이 리아의 목을 타고 올라왔다.

"오! 하나님. 제게 자비를 베풀어 주세요!"

리아는 그의 품에 얼굴을 묻고 속삭였다.

"제가 왜 겁을 내는지는 모르지만 왜 이렇게 두려울까요?"

라준은 리아가 연극 대사를 말하고 있다는 것을 알아차렸다.

"지은 죄가 있으니까."

"내게는 당신을 사랑한 죄밖에 없어요."

"……사랑해?"

잠겨 있는 그의 목소리가 똑똑하게 귓속으로 파고들었다. 리아는 고개를 들어 그를 바라보았다. 라준의 눈에 담긴 빛은 어떤 뜻일까. 그에 대한 감정을 들키고 싶지 않아 읊조린 데스데모나의 대사에 부응한 것일까. 그렇지 않다면 감정을 모르는 라준이 무심코 내던진 차돌 같은 말일까.

"사랑하냐고 물었어."

"물론 데스데모나는 오셀로를 사랑해요. 그래서 아버지의 반대에도 불구하고 그와 함께하기로 한 거죠."

"그렇지. 데스데모나는 오셀로를, 오셀로는 데스데모나를 사랑했지. 그럼, 넌?"

"오셀로를 사랑해요."

"오셀로?"

"지금 난, 데스데모나니까요."

"맞아. 네가 바로 데스데모나였지?"

라준의 눈에서 반짝이던 빛이 자취를 감췄다. 궁금증이 사라져서일까. 가슴이 싸하게 아팠다.

"오셀로는 뭐라고 말해? 데스데모나가 늦어서 두렵다고 할 때."

"기다리게 한 죄는 죄 축에도 들어가지 않소. 데스데모나. 늦은 당신을 기꺼이 용서하지."

"정말 그렇게 말했어?"

"네."

라준의 의심스러운 말에 리아는 담담히 말했다.

들키고 싶지 않았다. 이 뜨거운 눈물을……. 막처럼 끼어 있던 눈물이 서서히 잦아들었다. 리아는 충동적으로 벌인 일에 뭐라고 변명할까 순간적으로 고민이 되었다.

그런데 불현듯 그 대사가 떠올랐다. 아마도 그때의 데스데모나의 격동하는 심경과 지금 리아가 느끼고 있는 감정의 파동이 동일해서일 터였다.

리아는 라준의 품에서 벗어나기 위해 움직였다. 아무리 그의 품이 따뜻하고 아늑할지라도 더 이상 그에게 안겨 있을 수 없었다. 그런데 꼼지락거리던 그녀를 라준은 더욱 꼭 껴안았다.

"안을 때는 네 마음이지만 풀 때는 내 마음이거든."

"숨 막혀요. 켁켁."

"막히라고 안는 거야. 난 오셀로처럼 넓은 아량의 소유자가 아니라서."

라준은 장난스럽게 말하며 리아의 체온을 즐겼다. 비록 연극 대사에 불과하고 그를 기다리게 한 리아지만, 그 말을 듣는 순간 라준은 그의 발이 지상에서 붕 떠 있는 것처럼 부풀어 올랐었다.

"언제부터 세익스피어의 이름이 리아가 되었을까?"

"뭘요?"

"진실을 말해. 오셀로가 뭐라고 말했는지. 아니면 안 놔준다."

"데스데모나를 용서해 주면서 해피엔딩."

"내가 소싯적에 읽은 오셀로와 다른데?"

"오빠가 나보다 한참 늙어서 기억하지 못하는 거예요."

"내가 늙었다고?"

라준은 리아의 말에 기함하며 리아를 품에서 떼어내고 그녀를 쳐다보았다.

"정말 그렇게 생각해?"

"서른셋 할아버지. 메롱."

리아는 아래 눈꺼풀을 손가락으로 내리며 혀를 쏙 내밀었다. 라준이 골이 난 듯 눈을 게슴츠레 떴다.

"다시 수감해야겠군. 이리와."

라준은 리아를 향해 두 팔을 벌렸다. 그에게 안기고 싶다는 열망이 발끝에서 머리끝까지 솟아올랐지만 리아는 희미하게 웃으며 고개를 가로저었다. 리아의 눈동자가 흔들렸다.

'사랑을 줄 수 없다면 그렇게 안지도 마요. 상처 받는 건 정말 아프단 말이야.'

라준이 리아에게 성큼 다가와 리아의 손목을 잡아챘다.

"오빠?"

"밥 먹으러 가자. 배고파."

"안 먹었어요?"

"넌 먹었어?"

"네."

"하루 상간으로 밥 먹듯이 배신당하네."

"연습이 언제 끝날 줄 알고 밥을 안 먹어요? 정말 안 먹었어요? 간식이라도?"

"짬뽕 먹으려고 아무것도 안 먹었어."

"짬뽕이라뇨?"

"아침에 짬뽕과 해장국 사이에서 치열하게 갈등했잖아."

"그러니까 지금 내가 먹고 싶어 해서 먹으러 가자는 거였어요?"

"아침부터 면은 아니라며? 밤에는 괜찮지 않을까? 하루 종일 짬뽕 생각했더니 먹고 싶다. 얼른 가자."

라준은 리아의 손을 잡고 앞으로 걸어가기 시작했다.

검은 홍합이 산처럼 쌓여 있었다. 그리고 그 산 옆에는 고추기름이 둥둥 뜬 붉은 해협이 넓게 펼쳐 있었다. 리아는 홍합을 까먹는 라준을 바라보았다. 그는 정말 배가 고픈 모양이었다. 매운

홍합 짬뽕으로 유명한 청담동의 어느 짬뽕집은 야간에도 손님들로 붐비고 있었다. 겨우 작은 테이블에 자리를 잡은 두 사람은 김이 모락모락 나는 짬뽕 두 그릇을 시켰었다.

"하나만 시키지."

"네 거 아냐. 내 거야."

"날 이용해 먹기나 하고! 두 그릇 먹는 거 부끄러워서."

"이미지 관리는 해야 하니까."

"치."

리아는 먹음직한 통통한 면발을 보다가 꼴깍 침을 삼켰다. 배가 고픈 게 아닌데 붉은 국물의 유혹도 유혹이지만 라준의 후루룩 쩝쩝 하는 소리가 위장을 사각사각 간질였다. 리아는 조심스레 젓가락을 들었다.

"젓가락 들지 마. 한정식 거하게 먹었다면서?"

"한 입만."

"누구와 저녁 먹었는지 알려주면."

"말할 수 없다고 했잖아요."

"알려주는 게 뭐가 어때서? 산업 기밀도 아니잖아."

"약속했단 말이에요."

"알았어. 그 약속이란 말만 벌써 세 번째야."

"국물 한 모금도 안 돼요?"

리아는 슈렉의 장화신은 고양이처럼 불쌍한 표정을 지어 보였다. 그 얼굴에 라준이 근엄하게 말했다.

"좋아. 성별이라도 알려주면 국물 한 모금 허락하겠노라."

"여자예요."

냉큼 대답하는 리아를 바라보고 라준이 픽 하고 웃었다. 리아의 입으로 칼칼한 짬뽕 국물이 부드럽게 넘어가 목을 적셨다. 리아는 짜릿하고 상큼한 웃음을 보였다.

"국물이 끝내주니?"

"응. 완전 끝내줘요."

리아가 젓가락을 짬뽕 그릇으로 가져가자 라준의 젓가락이 스윽 나타나 저지했다.

"오빠!"

"국물 한 모금이라고 그랬어."

리아는 젓가락으로 빈틈을 노렸지만 라준은 곧 젓가락으로 방어했다.

"안 먹겠다고 해놓고 젓가락 드는 사람이 양심 없는 거야. 특히 라면 먹을 때."

"오빠, 라면도 먹어요?"

"물론."

"화학조미료가 듬뿍 들어갔는데? 몸에 안 좋잖아요. 오빠는 워낙 몸가짐이 발라 입도 예의 바른 줄 알았어요."

"가끔 일탈도 해."

"일탈이 고작 라면?"

"술도 마셔."

"아, 그러시구나. 이거, 라면 아니니까. 한 입만, 응?"

"애교 부려도 소용없어. 난 정확한 사람이야. 구리아."

라준은 정말이지 사람의 혼을 쏙 빼어놓는 해사한 미소를 지어 보였다.

"오빠, 이런 사람이었어요?"

"이제야 날 알아가기 시작하네."

"잔인한 이라준!"

"장족의 발전."

라준은 장난스럽게 말하며 어느새 빈 그릇을 한쪽으로 치우고 리아 앞에 놓인 그릇을 제 앞으로 끌어당겼다. 그러고는 아주 맛있게 먹기 시작했다.

"치사해. 한 젓가락도 안 주다니!"

"남의 것을 탐하지 마라. 구리아."

"사람의 마음은 변하는 거라고요."

라준은 리아의 심통 난 얼굴에 웃음 짓다 리아가 내뱉은 말을 곰곰이 생각해 보았다. 리아는 우리 사이가 변했다는 걸 알고 있을까? 라준은 사랑스러운 리아의 얼굴을 빤히 쳐다보았다.

"그래서 너는 뭐가 변했니?"

"배가 불러서 짬뽕 못 먹겠다고 생각했는데 막상 보니까 먹고 싶은 마음이 무럭무럭 자랐단 말이에요. 근데도 치사하게 한 입도 안 주고!"

"짬뽕을 배제하고 생각해 본다면?"

"짬뽕을 배제하라고요? 뭘요?"

"이를테면 우리 사이가 전과 같지 않다는 걸……."

"우리가 예전에는 어떤 사이였는데요?"

리아의 물음에 라준은 말문이 막혔다.

리아와 그는 대체 어떤 사이였지? 약혼을 배제하고 나서는 리아에 대해 관심이 없었던 것은 사실이다. 그런데 어떻게 이런 감정이 생겨난 것일까? 쓰나미처럼 몰아치는 감정에 허우적거리다가 결혼을 원하지 않는다는 리아의 진심에 충격을 받았었다. 리아에게 기회를 달라던 그의 솔직한 심경은 리아에게 라준의 진심을 보여주려기보다 리아를 알고 싶다는 열망이 더 강했기 때문이다.

"약혼한 우리가 곧 결혼하게 된다는 걸 말하고 싶은 거예요?"

"그, 그래."

한 번도 마주한 적 없는 하얀 알맹이 같은 것. 그 감정을 솔직하게 드러내는 건 익숙하지 않았다. 표리가 다른 이유는 빠져 버릴 것 같아서. 빠져 버리게 되면 스스로를 잃어버리게 된다. 그렇다면 남는 건 상처밖에 없다. 그것은 라준이 살아오면서 겪은 무시무시한 경험이었다.

그런데도 리아는 절대 놓치고 싶지 않은 존재였다. 이 감정을 그렇게 부를 수 있을까? 넌 정말 내게 무슨 짓을 한 거니?

"우리 결혼에 대한 네 마음은 어때?"

"오빠가 자꾸 날 세뇌시키려 하는 것 같아요. 잊을 만하면 자꾸 들먹여서."

"그래서 세뇌가 됐어?"

"잘 모르겠어요."

"결혼, 3주 남았어."

"떠밀려 가는 느낌은 싫어요."

"네가 원하는 게 사랑이랬니?"

리아는 놀란 듯 라준을 응시했다.

"내가 줄 수 있다면 어떻게 할래?"

라준의 목소리가 미세하게 떨렸다.

"안 그래도 돼요, 오빠. 애쓰지 마요. 결혼이 3주밖에 안 남아서 어떻게든 날 설득하고 싶은 마음은 알겠어요. 하지만 자연스럽지 않은 건 싫어요. 그냥 오빠 말대로 우리 결혼이 우리에게 미치는 긍정적인 영향들을 신중하게 검토해 볼게요. 감정적으로 행동하지 않도록 노력해 보겠다는 뜻이에요."

리아의 담담한 말에 라준은 알 수 없는 쓸쓸한 기분을 느꼈다. 리아를 놓치고 싶지 않다는 마음이 이제야 겨우 리아의 얼굴을 마주 보게 만들었다. 라준은 그의 마음을 툭 끄집어내어 보여주고 싶다는 간절함이 들었다.

"가자."

"어디를요?"

"가보면 알아."

라준이 리아의 손을 지그시 잡고 앞장 서 걷기 시작했다.

유명 디자이너 혜리의 청담 웨딩숍.

얼마 전 명광그룹 회장의 신부가 선택한 드레스라고 하여 더욱 유명세를 치르게 된 곳이다. 11시가 넘어 자정을 향해 걸어가는 이 시간까지 웨딩숍 건물의 불이 꺼지고 있지 않다는 것은 의아한 일이었다.

"여기는?"

"사진으로만 봤지. 입어본 적 없잖아."

리아는 일전에 라임의 핸드폰 사진 속에 있던 여러 장의 웨딩 드레스 중에서 마음에 드는 디자인 하나를 골라 알려주었었다.

리아는 5층의 건물을 바라보다 라준이 이끌자 정신을 차리고 숍 안으로 들어갔다.

"오셨습니까?"

검은 정장을 차려입은 숍 매니저가 허리를 굽히며 맞이했다.

"부탁드린 건 준비됐습니까?"

"네. 모두 준비해 놓았습니다. 이쪽으로 오십시오."

매니저의 안내로 들어간 곳은 고급스러운 분위기의 드레스 피팅룸이었다.

"이쪽에 편히 앉으세요."

엔틱의 느낌이 물씬 풍기는 푹신한 소파를 매니저가 가리켰다.

리아는 라준을 물끄러미 바라보며 입술을 달싹였다. 지금 여기서 웨딩드레스를 입어보라는 뜻인가? 웨딩드레스 맞춤제작은 체형이 비슷한 라임에게 일임하고 연극 연습에 박차를 가하고 있던 리아였다.

그땐 정말 결혼을 회피하고 싶었다. 결혼하지 않겠다는 뜻이 통하지 않자 연극 오디션에 참여했고, 모든 결혼의 준비는 웨딩 플래너와 엄마가 알아서 해왔다. 결혼이라는 배에 리아는 승선하지 않은 것처럼 계속 모른 척해왔는데 라준은 리아를 이곳까지 끌고 와 직면하게 만들고 있었다.

라준의 친어머니에게 고백한 라준에 대한 감정은 진실이었다. 하지만 순백의 드레스가 주는 엄숙한 맹세의 압박감은 어떻게 도저히 설명할 수가 없었다. 확신과 믿음이 없이는 건널 수 없는 거대한 강. 연기는 진짜 연극 무대의 공연만으로도 충분했다. 결혼이라는 인생의 중요한 일을 거짓으로 만들고 싶지 않았다.

"오빠. 나는……."

"여기 앉아서 기다리고 있어."

"네?"

"도망가면 안 돼."

라준이 해사한 미소를 보이고는 커튼이 쳐진 반대편의 공간으로 사라졌다.

무슨……?

"신부님, 잠깐만 대기하시면 곧 신랑님이 나오실 거예요."

신부와 신랑이라는 말 속에 담긴 애틋함. 우리도 정말 그렇게 불릴 수 있을까? 리아는 하얀 타일의 바닥을 내려다보며 발을 콩콩 굴렸다.

그때 좌르르 커튼이 걷히며 하얀 턱시도를 차려입은 라준이 보였다. 검정색 지팡이를 한 손에 잡고 다른 한 손은 주머니에 찔러 넣은 당당한 모습. 리아는 숨이 막혀 말을 할 수가 없었다.

"어때?"

리아가 잠잠하자 그가 다시 물었다.

"얼굴을 보아하니 별로인 모양이네."

"그거 설정이에요?"

리아는 지팡이를 가리켰다.

"들고 서 있어 보라던데? 옷을 돋보이게 한다고."

"지금 뭐하는 거예요?"

"네가 마음에 드는 걸로 골라줘. 나도 시간이 없어서 제대로 살펴보지 못했거든. 이거 괜찮아?"

"다른 건 없어요?"

리아의 말이 끝나자마자 매니저와 직원이 커튼을 닫았다.

그리고 몇 분 후 커튼이 홍해처럼 갈리고 라준이 다시 나타났다. 조명을 받아 반짝반짝 빛나는 은회색 턱시도, 빨강 나비넥타이가 인상적이지만 왠지…….

"멸치 같아요. 고추장 묻힌 멸치."

리아의 말이 떨어지기가 무섭게 라준은 직원에게 사인을 줬다. 직원은 재빠르게 리아의 눈앞에서 라준을 사라지게 만들었다.

그가 옷을 갈아입는 동안 리아는 소파에 느긋하게 기대 지금 벌어지고 있는 상황을 정리해 보았다. 아마도 라준은 귀여운 여인의 줄리아 로버츠가 되고 싶은 모양이었다. 그렇다면 그녀는 점잖고 재력 있는 멋진 리처드 기어가 되어주리라.

라준이 다시 나타났다. 브라운의 부드러운 턱시도를 입고서. 브라운은 온화하고 다정다감하게 보이게 하지만 라준 특유의 차가운 매력을 살리지 못하는 색이었다. 리아는 품평회를 하듯 눈을 게슴츠레하게 뜨고 손가락을 까딱거렸다.

"안 어울려요. 약해 보여. 마왕의 위명에 먹칠하는 옷이에요."

"이렇게 하면?"

라준은 오만하게 팔짱을 껴보였다.

"아무리 그래도 브래드 피트 같아 보여요."

"그건 괜찮다는 말이잖아."

"빵 아저씨 같다는 말이에요. 오빠! 마치 초코 머핀을 입고 있는 것 같아요. 손대면 사르르 녹아내릴 것 같은 빵!"

"먹어볼래?"

라준의 장난에 리아가 눈살을 찌푸리며 직원에게 말했다.

"얼른 쳐주세요."

직원은 두 사람의 말장난을 쳐다보다가 빙그레 웃으며 커튼을 쳤다.

이번에는 오래 걸린다고 생각하며 리아는 피팅룸을 구경했다. 곳곳에 로코코 풍의 아기자기한 소품들이 놓여 있었다. 이곳을 방문한 신혼부부들의 행복함까지 배어 있는 그런 물건들. 우리는 이곳에서 그들과 같은 길을 걸어갈 수 있을까. 직답이 나오지 않자 리아의 가슴으로 선득한 바람이 스며들었다.

"신부님?"

리아는 고개를 돌렸다. 커튼이 걷힌 단상 위에 라준이 블랙 턱시도를 근사하게 차려입고 서 있었다. 중절모를 삐딱하게 쓰고 한 손에는 가장무도회의 가면을 들고…….

언제였더라. 한국대 경영대학을 수석으로 입학하여 전체 신입생 대표 선서를 하던 라준은 그때도 검은색 정장을 입고 있었다.

대학 노천강당에서 진행된 입학식에서조차 혼자 빛나 보이던 그. 그 모습이 리아의 눈에 틀어박혀 머리와 심장까지 전달되고 전달되었었다. 연분홍 첫사랑은 그렇게 시작된 것인지도 모른다. 슈트발에 넘어가서…….

"표정으로는 합격한 것 같은데?"

리아는 너무 빤히 그를 쳐다보고 있었다는 생각이 들자 퉁명스럽게 말했다.

"턱시도가면 같아요."

"그래서 마음에 들어?"

"뭐. 나쁘지는 않네요."

"칭찬이군."

"네. 그런 것 같아요. 소품도 썩 괜찮고."

단 위에 있던 라준이 리아에게로 걸어왔다. 그녀의 가슴이 두근 반 세근 반으로 뛰기 시작했다.

"이런 거 좋아하는 구나."

"뭘요?"

"세일러문에 나오는 턱시도가면."

"그 만화 알아요? 나, 초등학생 때 완전히 좋아하던 건데."

"당연히 알고 있지. 라임이가 나더러 턱시도가면 흉내 좀 내보라고 조른 적이 한두 번이 아니니까."

"그래서 흉내 냈어요?"

"만약 그랬다면 라임이는 내 험담이 아니라 칭찬을 하고 돌아다녔을 거야."

"킥."

"자, 이제 네 차례야?"

"네?"

리아가 얼떨떨해하자 매니저가 화사한 웃음을 보이며 리아의 손을 이끌었다.

"부탁해요."

라준은 아찔하고 매혹적인 미소를 보였다.

리아는 분주한 손길과 부산스러운 매니저의 움직임에 어리둥절했다. 정신을 차릴 틈도 없이 옷이 벗겨지고 튤립을 연상케 하는 튜브 톱 웨딩드레스가 입혀졌다. 다채롭게 빛나는 화려한 귀걸이, 부드러운 하얀 실크 장갑, 그리고 진주 장식의 티아라가 리아를 우아하게 만들었다. 특히 웨딩드레스의 길고 긴 뒷자락은 순결하고 아름다운 신부를 완성하는 백미였다.

"정말 아름다우세요."

직원의 말이 채 귀에 날아오기도 전에 스르르 커튼의 막이 올라갔다.

라준의 눈이 보였다. 그의 눈동자에 보이는 흐릿한 안개는 어디서 피어오르는 것일까. 소파에 앉아 있던 라준이 천천히 자리에서 일어났다.

"예쁘다."

라준의 목소리가 물속에서 들려오는 것처럼 아득하게 들려왔다. 라준이 눈을 맞추며 리아에게 다가왔다. 그의 마력에 갇힌 리아는 라준에게서 눈을 뗄 수가 없었다.

"목이 허전하네."

라준은 주머니 속에서 무언가를 꺼냈다. 영롱한 빛을 뿜어대는 그것은 다이아몬드 목걸이였다. 라준이 리아의 목에 걸어주며 속삭였다.

"이제야 제 주인을 만났군."

리아는 목걸이의 감촉을 느끼다 라준을 쳐다보았다.

"오빠?"

"리아야, 나와 결혼해 줄래?"

벼락을 맞은 듯 입술조차 달싹할 수 없었다. 눈치 빠른 매니저가 하얀 꽃다발을 라준에게 건넸다.

"아, 프러포즈를 할 땐 무릎을 꿇어야 하는 거지?"

라준은 신사처럼 한쪽 무릎을 꿇었다. 웨딩숍의 직원들이 '와아' 하고 감탄사를 내뱉었지만 정작 당사자인 리아는 그저 두 눈만 끔벅일 뿐이었다. 라준이 내밀고 있는 꽃다발을 겨우 손에 잡고 뚫어지게 쳐다보던 그녀가 한 말은……

"반지는요?"

"목걸이를 더 좋아하잖아."

"내가요?"

"동방신기 쫓아다닐 때."

리아는 기억을 더듬어보았다.

"은색 목걸이만 했잖아. 그 목걸이가 제일 좋다고."

"혹시 그 백금으로 된 로켓 목걸이 말인가요?"

"그랬던 것 같아."

"그거야 그 목걸이 안에 다섯 개의 별이 들어가 있었으니까 그랬죠."

"다섯 개의 별이라니?"

"카시오페아. 언제 어디든 빛나고 있는 우리 다섯 오빠들 사진이 들어 있었으니까요. 그 로켓 안에 항상 지니고 있겠다고 라임이와 맹세했었어요."

"그럼 목걸이가 아니라 동방신기 사진 때문에 걸고 다녔던 거야?"

"물론이죠."

담백한 리아의 대답에 라준은 얼굴을 찡그리며 일어섰다.

"혹시 그래서 내 생일 때마다 목걸이를 보내준 거예요?"

"내가 그랬나?"

"일 년 열두 달 탄생석으로 만든 목걸이를 보내줬잖아요. 아마 9월까지였던 걸로 기억하는데. 왜 그렇게 보내준 거예요?"

리아는 문득 그때 라임이 했던 말이 떠올랐다. 필시 그 목걸이는 라준이 아니라 그의 비서가 준비한 것이 틀림없다고 부르짖었었다.

"다른 사람 시켰던 거예요?"

"목걸이를? 아니야. 그냥 탄생석에 붙은 의미들이 좋았어."

"정말이죠?"

리아의 얼굴이 환해졌다.

"꽃 받아."

산통 다 깼다는 듯 라준이 퉁명스럽게 말했다.

"근데 오빠는 왜 만날 카라 꽃이에요? 미스터리였어요. 항상 목걸이와 카라꽃. 너무 한결같아서 스산했어요."

리아의 말에 라준은 그가 들고 있던 하얀 카라에 눈을 주다 리아에게 흘끗 시선을 던졌다. 그 눈에는 의문이 담겨 있었다.

"설마 카라도?"

"카라가 왜요?"

"네가 제일 좋아하는 꽃 아니었어?"

"제일 좋아하는 꽃은 장미예요."

"장미를 좋아했던 거야?"

"네."

라준은 잠시 손으로 얼굴을 가린 후 숨고르기를 하더니 말했다.

"그럼 초등학교 졸업식 때, 꽃다발이 카라꽃 한 다발이 아니라고 심통을 부리던 건 뭐야?"

"내가 그랬다고요?"

"그래. 그때 네가 분명하게 말했어. 영화 카라를 보고 좋아졌다고, 멋지다고 했잖아."

영화 카라? 기억을 더듬던 리아의 눈이 동그래졌다.

"아, 그 김희선과 송승헌 나온 그 영화 말이죠?"

"누가 나왔는지는 관심 없어."

"좋아진 건 송승헌이었죠."

"송승헌?"

"동방신기가 나오기 전에 잠깐 좋아했던 탤런트 오빠잖아요.

그 영화에서 송승헌이 김희선을 보고 첫눈에 반하는데 고백도 못 해보고 김희선이 죽어버린 거예요. 그러다가 갑자기 타임슬립을 해서 김희선이 살았던 그때로 돌아가는데, 결국 송승헌이 무슨 짓을 해도 김희선은 죽고 말아요."

"이룰 수 없는 사랑에 가슴 아파하기에 넌 너무 어렸어. 초딩이 감동받을 영화가 아닌데?"

"송승헌의 사랑은 이루어졌어요."

"뭐?"

"송승헌에게 배달된 카라꽃은 김희선이 아니라 김현주가 보내 온 것이니까."

"김현주는 또 누구야?"

"송승헌을 몰래 짝사랑해 온 꽃집 아가씨. 근데 송승헌이 타깃을 김희선으로 잘못 맞춘 거죠. 바로 오빠처럼."

"나?"

"목걸이 좋아하니, 꽃은 뭘 좋아해, 물어볼 수도 있었잖아요."

리아의 정확한 지적에 라준은 당황하지 않은 티를 내려고 무척 노력했다.

"나보고 마왕이라며? 마왕은 그런 거 물어보는 거 아니야."

"하긴 오빠가 제멋대로이긴 했어요."

"내가?"

"네."

라준의 얼굴은 벌레를 씹은 듯 더 찌푸려졌다.

"근데 오빠, 정말 대단해요. 내가 잊어버린 것까지 어떻게 다 기억하고 있었어요? 머리 좋다는 거 이런 식으로 티 내는 거예요?"

"내 머리가 좋은 게 아니라 내 기억에서 잊히지 않을 만큼 네가 특이했으니까."

"내가 특이했다고요?"

"아니라고 하지 마. 가체 쓰고 튜브 입은 꼬맹이가 안 특이하면 누가 특이한 거지?"

"난 그런 기억이 없는데."

"증거 사진 있어. 라임이 앨범에."

"그런 적 없다니까요."

리아의 닭 잡아먹고 오리발 내미는 그 표정은 여전히 귀여웠다. 라준은 웃음이 터지려는 것을 겨우 참고 말을 이었다.

"그래서 네 대답은?"

"무슨 대답이요?"

"프러포즈에 대한 네 대답."

"아, 이거요?"

목걸이를 내려다보던 리아가 라준을 바라보며 씩 웃었다.

"이건 무효예요."

"무효라니?"

"프러포즈에 반지가 빠지는 건 그 프러포즈가 효력이 없다는 거예요."

라준은 리아의 코앞에 얼굴을 들이밀었다.

"그런 말 처음 들어. 그리고 오히려 목걸이가 반지보다 더 효과

적이야."

"목걸이가요?"

갸웃거리는 리아를 라준이 은근하게 내려다보았다.

"반지의 또 다른 의미는 바로 족쇄라는 거지. 너는 내 것이라는⋯⋯."

"남녀의 아름다운 결합을 족쇄라고 표현하다니, 너무해요."

"난 마왕이니까. 아무래도 반지보다는 목걸이가 더 네게 어울려. 단숨에 목덜미를 가로채서 움쭉달싹하지 못하게 만들어 버릴 수 있으니까."

라준의 뜨뜻한 호흡이 귓가를 배회했다. 야릇하고 뜨거운 기운이 리아의 몸을 내달렸다.

"상근이에게 목줄이 필요하듯 네게도 날 벗어날 수 없는 목걸이가 더 효과적이지. 딴 생각 못 하도록."

리아는 어색한 분위기에 후끈 달아오른 공기를 깨뜨렸다.

"내가 그럼 상근이란 말이에요?"

"아니 넌 파트라슈."

"수수께끼 같은 말 그만해요. 상근이나 파트라슈나 개인 건 마찬가지잖아요."

"어쩔 수 없어. 넌 세인트 버나드니까."

어떻게 점점? 견종까지 정확히 꼬집어준다. 결혼하고 싶어 하는 여자에게 개를 닮았다고 하는 남자의 심리는 대체 뭘까? 리아는 특유의 불꽃같은 시선을 장착하며 작게 투덜거렸다.

"차라리 말티즈라고 해주지. 말티즈는 앙증맞게 예쁘고 귀엽잖아요!"

"세인트 버나드도 귀여워."

"그럼 오빠 시베리안 허스키예요!"

"얼음이라서?"

"당근이죠. 얼음마왕이니까."

리아는 킥킥 웃음을 터뜨리고 있는 라준을 눈에 담았다. 차가운 그의 도도한 모습이 매혹적이라는 말은 취소다. 아이처럼 밝게 웃는 이라준은 신화에서 금방 빠져나온 장난꾸러기 큐피드와 다름없었다. 그는 정말 사랑스러운 남자였다.

"근데 지금은 얼음마왕 같지 않아요."

"왜?"

"부드러워요. 마시멜로우처럼. 그렇게 다정하게 웃지 마요. 반칙입니다."

"너니까, 너라서."

그가 그녀에게 손을 내밀었다.

이 따뜻한 기운이 손에 잡을 수 있고, 가슴으로 느낄 수 있고, 마음으로 알아낼 수 있는 것이라면 참 좋을 텐데. 하지만 중요한 것이 하나 빠져 있었다.

리아는 라준이 내민 손을 차마 잡지 못했다. 그의 손을 잡는 순간 그의 프러포즈를 받아들이게 되는 것이고 결혼은 기정사실화 되는 순간이었다.

지금 필요한 건 그의 따뜻함과 다정함이 아니라 그의 온전한 마음. 그 마음의 중심에 활활 불타야 할 사랑. 땅속 깊은 곳 유전이 숨겨져 있어 고갈될 위험이 없는 그런 사랑의 불. 그것을 원한다.

그런데 리아는 물어볼 용기가 없었다. 그런 게 뭐가 중요하냐고, 지금이면 충분하지 않으냐고, 라준이 그렇게 말할까 봐 두려움이 왈칵 몰려들었다.

"신중하게 생각해 볼게요. 오빠가 변한 건 알겠어요. 하지만 나는……."

"알았어. 강요하지 않을게. 이 옷으로 정하고 가자. 너무 늦었어."

"하마터면 오빠에게 깜빡 넘어갈 뻔했네. 나 안 넘어갔으니까 진짜 강철이죠?"

리아가 농담조로 쾌활하게 말했지만 그녀는 라준의 얼굴에 스며든 그림자를 알아보고 입을 다물고 말았다. 그가 얼마나 결혼을 관철시키고 싶어 하는지 느껴지는 순간이었다. 알 수 없는 미안한 마음이 울컥 솟아났지만 입을 떼지는 않았다.

그 무엇을 리아는 기다려야만 했다. 조금이면 될 거야. 아주 조금만…….

 12

"좋았어. 이제 3막으로 넘어가 봅시다."

상당히 예민하고 치밀한 연출자라, 다음 연습 장면으로 넘어가는 게 수월하지 않았다. 벌써 네 번째의 전체 연습이었다. 3막을 기다리는 배우들의 얼굴에도 피곤이 절로 묻어났다. 토할 정도로 대사를 치고 연기를 하느라 진력이 바닥나는 느낌이었지만 완벽주의자 연출 앞에서는 아무런 말도 하지 못했다. 그렇다면 지난밤처럼 다음 날에 귀가하는 불상사가 생길 터였다.

무대의 어두운 뒤편, 검은 그림자를 휘두르고 서 있는 남자. 지호는 기민하게 무대 위를 살펴보았다. 어제 오늘의 강행군으로 배우들과 스태프들은 파김치가 되어 있었다. 김 감독의 독종 같은 면을 높이 사는 그였지만, 오늘은 왠지 연출자와 배우들의 아귀가 맞지 않아 보였다. 이럴 때 감독과 배우, 스태프들을 보호하기 위해선 대표인 그가 나서야만 한다.

지호는 조용히 감독 옆으로 다가갔다. 무대는 3막 연습으로 분주했다. 감독의 눈이 어딘가 있을지 모르는 빈틈을 찾아 날카롭게 빛나고 있었다.

"감독님. 오늘 무대의 문제가 뭔지 아십니까?"

"문제라니?"

김 감독의 눈매가 더욱 날카로워졌다.

"오늘은 무대 위의 배우들이 각자의 캐릭터가 아니라 그저 장기판의 졸이 된 것 같습니다."

"내 연출에 이의가 있나?"

"심히요."

"뭐?"

"카타르시스가 없지 않습니까?"

"내게 훈수를 두려는 건가? 무슨 카타르시스?"

"매 순간 연습이 진행될 때마다 샘솟는 그 카타르시스 말입니다."

"글쎄, 그게 뭐냐니까?"

역정을 내는 김 감독을 향해 지호가 매끈하게 대답했다.

"회식이죠."

불판에 삼겹살이 지글지글 불타올랐다. 고소한 연기가 사방팔방으로 흩어져 식욕을 돋웠다. 기름기가 쏙 빠진 삼겹살은 마치 과자처럼 눈과 입을 유혹했다.

"오늘은 그럼 대표님이 물주가 되시는 건가요?"

"내가 왜요?"

"감독님이 회식 안 좋아하시는 걸로 유명한 분인데, 그런 분을 설득해서 이 자리에 모시고 온 분이 바로 대표님이시잖아요."

"그렇다고 제가 물주가 되는 건 소현 씨의 비약이죠."

"설마 각출하자는 말은 아니죠? 대표님 체면도 있는데."

"전 내세울 체면이 없습니다만."

"역시 형만 한 아우는 없는 법이네요."

"뭐라고 했습니까?"

지호의 눈에서 빨간 레이저가 뿜어져 나오는 것 같았다.

"어머, 대표님은 생각보다 되게 없어 보이는 분이셨네요. 이런 기본적인 속담도 모르다니."

"김소현 씨!"

"한 잔 받으세요."

소현이 아무렇지도 않은 표정으로 지호에게 소주병을 들어 보였다.

리아는 두 사람 사이의 대화를 가만히 엿듣다 두 사람 사이가 톰과 제리 같다는 생각이 들었다. 적의를 품고 있는 명지호를 능수능란하게 요리하는 김소현 셰프. 어쩐지 영원한 앙숙이 될 것 같다는 운명적인 예감?

"리아 씨도 한 잔."

리아는 얼떨결에 소현이 따라주는 소주를 받았다.

그리고 리아에게 그녀는 영원한 트라우마. 치유되지 않는 붉은 입술의 악몽이었다. 리아는 소현을 쭈뼛 바라보다가 소주를 단숨에 털어 넣었다.

　　"와. 역시 리아 씨는 너무 멋져요. 귀엽게 생겨서 술도 귀엽게 마실 줄 알았는데, 완전 터프하네. 어디서 배웠는지 잘 배웠네. 한 잔 더."

　　"말이 짧아지셨네요."

　　"어머, 리아 씨. 우리 이제 언니 동생 하자. 같은 배 탄 지도 벌써 여러 날째구만."

　　"내가 왜요?"

　　"가만 이거 어디서 많이 듣던 대산데?"

　　소현이 눈썹을 파닥이며 지호를 쳐다보았다.

　　"리아 씨, 제 술도 한 잔 받으시죠."

　　지호가 흐뭇한 웃음을 띠고 리아에게 술을 권했다.

　　"오늘 무슨 날인가요? 대표님까지 왜 이러세요?"

　　말은 그렇게 했지만 리아의 손은 자동적으로 잔을 들어올렸다.

　　"날은 무슨요? 굳이 따지자면 첫 회식하는 날이랄까요?"

　　리아가 잔을 비우고 고개를 옆으로 트는 순간 소현의 상추쌈 공격이 이어졌다.

　　"이게 무슨 짓……!"

　　"아휴, 우리 데스데모나, 얼마나 복스럽게 먹는지."

　　소현은 리아의 입에 상추쌈을 욱여넣으며 매력적인 눈웃음을 보였다. 리아의 저항에도 말을 턱턱 놓으면서 말이다.

리아는 씹을 때마다 느껴지는 삼겹살의 고소함에도 풀리지 않는 15도 각도의 눈초리를 소현에게 쏘아 보냈다.

"리아 씨. 되게 귀엽다."

"이러지 마십시오."

리아는 볼을 꼬집으려고 하는 소현의 손길을 반사적으로 피했다.

"오호호. 아마도 라준 씨는 리아 씨의 이런 모습에 뻑이 갔나 봐."

리아는 삼킨 상추쌈이 다시 올라오는 것 같았다. 목구멍에 커다란 바위가 걸린 것처럼.

"라준 씨라뇨?"

"에이, 모른 척하지 마. 다 알고 있으니까. 라준 씨가 약혼자잖아."

리아는 싸늘한 눈길을 지호에게 보냈다. 지호는 리아의 심기를 알아차린 듯 절레절레 고개를 가로저었다.

"어떻게 알았어요?"

"이틀 전에 사옥 앞에서 만났거든. 여전히 멋지시던데?"

리아의 심중에 불신과 의심의 불길이 활활 타올랐다. 덩달아 화도 일었다.

"하지만 라준 씨가 좀 차가운 편이지. 런던에서도 냉혈한이라는 별명이 붙어서 여자들이 꺼리긴 했어."

리아는 소현의 빨강 립스틱을 바른 저 입술을 쥐고 비틀어주고 싶다는 욕망에 시달렸다. 그녀의 입에서 회자되는 라준이라는 이름이 마치 그녀의 소유인 것처럼, 그녀는 참으로 당당하기도 하다. 날 비웃고 있는 거야? 라준의 심장을 한때 가져갔다는 우월감이 작동하는 건가? 질투가 리아를 마구마구 폭격했다. 리아는 소주병을 들고 콸콸 소주를 부었다. 그 모습에 소현과 지호의 눈이 동그래졌다.

"리아 씨?"

"아, 왜요? 왜 자꾸 날 불러요?"

리아가 소주병을 쾅 하고 내려놓자 뚝 하고 주위 분위기가 굳었다. 리아는 주위에 신경을 쓰지 않고 오롯이 삼겹살만 꼬나보았다. 고소하다고 유혹해 놓고 지방 덩어리를 투척하는 나쁜 이라준! 삼겹살 같은 이라준!

'날 속였어. 이라준! 옛 연인을 만난 그 밤에 잘도 내게 프러포즈를 했어. 쥐잡아먹은 듯한 이 여자의 해후에서 정말 한 치의 흔들림이 없었다면 내게 말했어야지. 지나간 여자라도 고해성사하듯 고백하고 잘못을 빌어야지! 그때 내게 말하지 않은 것도 용서를 구했어야지.'

결혼을 앞둔 남자는 신부가 될 여자에게 솔직해지고자 하는 것이 본능이다. 왜냐하면 남자는 단순한 동물이니까. 근데 이라준은 어떠한가? 철저한 계산을 하고 사는 치밀한 남자였다. 결국 그날 밤의 청혼은 잘 짜인 각본에 불과한 것이다. 정략을 이루려는 그의 목적이 하마터면 성공할 뻔한 순간이었다.

리아는 저도 모르게 서글퍼져 소주잔에 눈물 한 방울을 떨어뜨렸다.

고기가 익는 매캐한 연기가 자욱한, 강남의 대형 삼겹살 집. 격자무늬 모양의 고립된 공간의 문을 열자 수십 쌍의 눈이 라준에게 쏠아졌다. 그의 출현을 궁금해하는 눈들 사이에서 반가운 눈빛이 보였다.

"여깁니다."

지호가 라준을 향해 번쩍 손을 들어보였다. 라준은 지호와 소현, 그리고 리아가 앉아 있는 자리로 걸어갔다. 리아는 그의 등장을 알아차리지 못했는지 삼겹살을 빤히 노려보고 있었다.

"어머, 라준 씨! 왔어용?"

정확히 솔음이었다. 리아는 발딱 고개를 들어 라준을 노려보았다. 소현의 부름에 득달같이 달려온 건가?

"그제 보고 또 보니 정말 반갑네용. 식사는 하셨어용?"

"네."

어쭈? 자기 약혼자라도 돼? 밥을 먹었는지 안 먹었는지 자기가 왜 물어봐? 근데 당신은 왜 저 여자가 물어보는 말에 꼬박꼬박 대답해! 내 약혼자라면서!

"나 왔는데?"

"예에."

리아는 껄렁하게 대답했다. 라준은 리아의 눈빛이 사나운 고양이 같이 변한 이유가 무엇 때문인지 감이 잡히지 않았다.

"무슨 일로요?"

역시 불량스러운 어조였다. 하늘 날아다니다 새장에 갇힌, 학교에 불만 많은 비행청소년처럼.

"제가 이 사장님께 연락 드렸어요. 아무래도 오늘 같은 회식날 약혼녀와 함께하시면 좋을 것 같아서요."

리아는 지호를 꼬나보았다.

"물주도 아니시라면서 왜 우리 라준 오빠를 불러요? 인원 추가할 때는 고기 쏘시는 분의 허락을 받아야 하는 거잖아요. 물주의 허락은 받으셨습니까?"

"아, 그건……."

지호는 뜨끔하였다. 그가 라준을 불러낸 명목이 바로 리아가 꼬집어낸 바로 그것이었으니까. 리아의 위약금을 회식으로 갚으라고 라준에게 짓궂게 종용했었다. 어차피 위약금을 받을 것은 아니었지만 이라준 사장이 약혼녀에게 홀딱 빠져 쩔쩔 매는 사진을 찍어오라는 남기준 선배의 명령이 있던 터라, 어찌할 수 없는 간계를 꾸민 것이다. 그가 내기 당구에서 지지만 않았더라도!

"라준 씨, 한 잔 받으세용."

낭랑하게 말하며 소현이 라준에게 잔을 내밀었다.

리아 눈이 휘둥그레졌다. 받았어! 잔을! 그녀는 소현이 라준에게 맑은 소주를 양껏 부어주는 것을 목격했다.

그 순간 리아는 공중에서 라준의 잔을 가로채 원샷했다. 그 모습에 놀란 소현과 지호가 입을 떡 벌린 채 바라보고만 있었다. 다만 라준만 희미한 미소를 머금었다. 흑장미 출동인 모양이었다.

"아하, 리아 씨, 술이 고팠다면 말을 할 것이지. 자, 여기 따라 줄게용."

"소현 씨, 그만하세요. 아까도 리아 씨에게 엄청 먹였잖습니까?"

지호의 말에 소현은 '당신이 술맛을 알아용?' 하고 콧방귀를 끼며 리아에게 소주를 따랐다.

"이봐요. 에밀리아!"

"내 이름은 소현인데…… 용."

"왜 내게 존댓말 쓰는 겁니까? 나이가 한참 어리다며 아까 전에 반말 찍찍 날렸잖아요. 언니라고 하면서."

"내가 그랬나용? 그러고 보니 그랬던 모양이네…… 용."

"왜요? 라준 오빠 앞이라고 내숭이라도 떨고 싶었던 겁니까?"

"내가 왜 라준 씨 앞에서 내숭을 떨어용? 그래야만 하는 이유가 있나용? 리아 씨 약혼자지, 내 약혼자가 아니잖아용."

모르는 척 눈을 깜빡이는 작태에 리아는 머리끝까지 화가 치밀었다.

"근데 리아 씨님아, 언제까지 언니라고 안 부를 거니…… 용?"

"영원히, 포에버, 평생! 죽을 때까지!"

"왜, 어째서……용?"

"당신은 트, 라, 우, 마 니까."

"뭐? 내가 트림을 한다고용?"

라준은 병풍 같은 두 여자의 대화를 지켜보다 지호에게 시선을 주었다.

"언제부터 두 사람 이렇게 취해 있었던 거죠?"

"사장님 오시기 전까지요. 리아 씨는 음주 후 줄곧 늑대 소녀가 되어 있고, 소현 씨는 취기가 오르니까 용 자만 쓰네요."

"늑대 소녀라뇨?"

"리아 씨는 소현 씨가 무슨 말만 하면 물어뜯으려고 기회만 엿보고 있더라고요. 아마도 그건 이 사장님과 관련 있는 것으로 추측됩니다만."

"그랬나요? 우리 리아가?"

지호는 라준의 리아를 쳐다보는 그윽한 시선과 부드러운 음성에 깜짝 놀랐다. 이 장면을 동영상으로 찍어 남 선배에게 보내야만 하는 건데, 당사자가 앞에 있으니 도저히 찍을 수가 없다. 지호가 형의 옛 애인인 소현과의 불편한 자리도 지키고 있었던 그 이유다. 소현은 그를 보기만 하면 지호의 형 선호가 어디에 있는지 알려달라고 귀찮게 졸라댔다.

라준은 리아의 발그레한 뺨을 손으로 만져보고 싶다는 충동에 휩싸였다. 미치도록 생기 있고 매력적이었다. 그런데 뭐가 마음에 들지 않았는지 까탈을 부리는 것 같기도 했다. 술을 하지 못하는 그의 흑장미 노릇을 자처하면서도 라준에게 쉽사리 골난 이유를 밝히지 않았다.

내가 무엇을 잘못한 게 있던가? 프러포즈에 반지가 빠진 것을 이런 식으로 표현하는 것일까? 그날 밤 리아의 마음이 그리 상해 보이지는 않던데.

"사장님, 식사하셨습니까?"

"아직요."

그나마 맨 정신인 지호가 라준에게 말을 걸었다.

"대기업 사장님도 못할 짓이네요. 이 시간까지 굶고 계시다니. 많이 드십시오. 삼겹살 추가 주문 들어갔습니다."

"내가 내는 거라서요?"

"역시 핵심을 찌르시네요."

라준은 밥 한술을 뜨고 고기를 한 점 집어 먹었다. 그리고 감자 샐러드에 젓가락질을 하는데 소현이 다급히 외쳤다.

"안 돼용. 라준 씨. 그 샐러드에 땅콩 들었어용."

라준의 젓가락질이 멈췄다.

"고맙습니다. 소현 씨."

리아의 심장에서 쩍하고 갈라지는 소리가 나는 것 같았다.

아니 마음인가? 어떻게 김소현이 라준이 땅콩 알러지가 있다는 것을 알고 있지? 리아는 시어머니인 나지영이 알려주지 않았다면 결코 몰랐을 라준의 알러지를 소현은 예전부터 알고 있었다.

졌다. 붉은 입술에게…….

리아는 벌떡 자리에서 일어섰다. 모두의 눈이 리아에게 향했다.

"나, 갈래요."

리아는 붉은 얼굴로 김 감독 앞으로 뚜벅뚜벅 걸어가 90도로 인사했다.

"가겠습니다. 감독님! 저, 이만 가보겠습니다! 가보겠다고요!"

"알, 알았어. 조심히 들어가. 난 잡은 적 없어."

리아의 기세에 김 감독의 어조가 움츠러들었다.

"네. 이만 들어가겠습니다."

리아는 싸늘하게 말하며 문밖으로 나갔다.

라준이 말없이 일어서자 그때까지 탁자에 머리를 처박고 있던 소현이 고개를 발딱 들어 눈을 실실 웃었다.

"어디 가용, 라준 씨? 리아 씨님도 사라지고 없구만, 라준 씨도 가면 이 회식 분위기가 어떻게 되겠어용?"

어린아이처럼 징징거리는 소현이 창피해 지호가 옆에서 말렸다.

"당연히 이 사장님은 리아 씨를 따라 나가야 되잖아요. 약혼잔데."

"근데 댁은 누구시더라…… 용? 가지 마세용. 라준 씨, 생명의 은인을 두고 가는 법이 어디 있어용?"

"김소현 씨, 헛소리 좀 그만해요. 왜 이래요? 정말! 이 사장님 얼른 나가보세요. 리아 씨도 이 여자만큼 취했다고요."

"명 대표님, 노파심에 말씀드리는 건데 계산은 내가 합니다. 약속은 꼭 지키니까요."

"에? 예."

라준의 말에 명지호는 황당했다. 이런 상황에서도 저런 말을 할 사람은 이라준 사장밖에 없을 듯싶었다. 왜 그렇게 남 선배가 이라준의 망가지는 모습을 보고 싶어 했는지 알 것 같았다.

하늘의 달이 붉었다. 리아는 믿을 수 없어 손등으로 눈을 훔쳤다. 달은 여전히 불타는 빨강색이었다. 재수 없는 빨강색. 어딜 가도 사라지지 않는다. 눈이 따끔 따끔거렸다. 아니 가슴이다. 셋 셀 동안 안 나오면 내 인생에서 아웃이야. 이라준.

"하나, 둘……."

한숨 같은 한탄이 입에서 새어 나왔다.

"셋!"

리아가 고개를 돌렸을 때, 이라준이 보였다. 리아는 손으로 두 눈을 짓눌렀다. 그는 사라지지 않았다. 처음부터 내게 오는 게 아니었어! 이라준. 절대 못 보내니까, 죽어도 못 보내니까! 너! 처음 본 그날부터 내 거였어. 근데 어째서 네 마음은 내 것이 아니야? 왜!

리아는 라준의 코앞까지 다가가 그를 올려다보았다.

"왜 좋아했어?"

리아의 말이 라준의 마음을 툭툭 건드렸다.

"왜 좋아했냐니까?"

"나도 모르겠어."

"모를 만큼 좋아한다고, 이라준이?"

"그래."

라준은 리아의 머리를 쓰다듬었다. 리아는 귀찮다는 듯 머리를 흔들었다. 그리고는 자리에 털썩 주저앉았다. 라준은 걱정이 돼 그녀에게 눈높이를 맞추었다.

"리아야? 구리아?"

리아가 얼굴을 들어 라준을 쳐다보았다. 라준은 흐리멍덩한 리아의 눈 속에 있는 그를 보았다. 눈물로 인해 그가 일그러졌다.

라준은 마음이 시렸다. 나의 리아가 울다니. 왜 우는 것일까. 라준은 리아의 눈물을 닦아냈다. 그러자 리아가 그의 손을 뿌리쳤다.

"넌 정말 나쁜 놈이십니다!"

예의 다름없는 그 눈빛이 따뜻하게 라준의 시린 가슴을 채웠다.

라준의 입가에 옅은 미소가 어렸다.

라준은 리아를 그의 침대에 내려놓았다.

"나쁜 놈."

얼마나 마셔댔는지 리아는 눈을 뜰 때마다 나쁜 놈을 달고 살았다.

"그래. 나쁜 놈 맞아."

"인정하는 거지?"

"응."

리아가 몸을 뒤척였다. 라준은 술에 취한 리아를 집으로 보낼 수 없어 그의 아파트로 데리고 왔다.

"여긴 어디야?"

"내 집."

"집? 우리 집 아닌데?"

리아는 가누지 못한 몸을 벌떡 일으켜 라준을 꼬나보았다.

"앉아."

라준은 오만하게 명령하는 리아에게서 눈을 떼지 못했다.

"이라준."

"왜?"

"지금은 '응'이라고만 해."

"응."

"말 잘 듣네."

"여왕님 말은 잘 듣기로 결심했으니까."

"여왕님이 누군데?"

"너."

"내가?"

"그래."

"이리 와봐."

리아가 손을 까딱거렸다. 라준은 그녀의 숨결이 느껴질 만큼 가까이 얼굴을 가져갔다. 리아가 '헤' 하고 웃으며 두 손으로 라준의 얼굴을 감싸 안았다.

"잘생겼다."

라준은 리아의 두 손을 감싸 잡았다.

"이라준, 너 나 좋아해라."

리아의 눈동자가 간절함으로 젖어들었다. 라준은 물끄러미 리아를 응시했다.

"근데 넌 왜 붉은 입술만 좋아하냐?"

"붉은 입술?"

"왜 붉은 입술만 좋아하고 날 안 좋아하니? 날 사랑하면 안 되나?"

리아의 눈망울에 물기가 가득 찼다.

"내가 여자로 느껴진다며? 근데 왜 사랑은 안 해?"

술에 취한 리아의 고백. 라준은 가슴이 뻐근해졌다. 리아의 마음이 손에 만져질 정도로 느껴진다. 이런 기분이었나. 사랑을 가진 충만함이……

"언제부터 날 좋아했어?"

라준은 잠긴 목소리로 물었다.

"기억할 수가 없어. 네가 짠하고 나타났잖아. 햇살 창창한 그날에…… "

"내가 그랬어?"

"두근거렸어. 시아준수보다 더 멋지게 보였어. 그 바람 불던 날의 넌!"

리아가 라준의 어깨에 머리를 기댔다.

"난 네가 좋아 미치겠는데, 너 없으면 못살겠는데! 넌 왜 결혼 타령만 해?"

라준이 그녀의 머리카락을 쓰다듬었다.

"이라준, 결혼해 주면 날 사랑해 줄 수 있나?"

그 요청이 너무 매혹적이라 라준은 리아를 꽉 껴안았다. 지금 뛰고 있는 그의 심장 소리가 리아에게 전달되기를 소망했다. 동방신기에게서 느꼈던, 한때 리아가 사랑했던 얼굴 모르는 남자에 대한 질투가 모두 자신을 향한 것이었다니!

사랑이 필요하다던 말은 곧 라준이 필요하다는 말이었다. 입 밖으로 꺼내본 적 없는 감정의 실체. 일찍이 깨달으면서도 내뱉기 어렵던 그 말.

라준은 리아의 정수리에 입술을 댔다.

"리아야, 사랑한다. 사랑해."

"오빠!"

갑자기 리아가 그를 밀쳤다. 라준은 깜짝 놀라 리아를 쳐다보았다. 리아가 볼을 볼록하게 만들고 아래를 노려보고 있었다.

"토 나와!"

라준은 재빨리 욕실로 달려가 수건 여러 장을 가져왔다. 그러나 이미 게임은 끝나 있었다. 방안은 온통 시큼한 냄새로 진동했다. 라준은 털썩 누워 있는 리아를 어안이 벙벙하게 바라보았다. 저런 상태에서도 어찌 저렇게 애기같이 새근새근 잘 수 있을까.

"봐줬다. 구리아. 시아준수보다 내가 더 멋있다고 했으니까."

라준의 눈동자에 사랑이 담겼다.

사라락 들어온 푸른 빛 한 줄기가 컴컴한 어둠을 몰아낸다. 입술에 눌러 붙은 건조함을 겨우 물리치고 리아는 '끙' 하고 신음을 내뱉었다. 머리가 깨어질 것 같고 몸이 만신창이가 된 느낌이었다. 왜 이렇게 덥지? 리아는 주위를 둘러보았다.

정갈한 느낌의 하얀 벽지, 모던한 가구, 넓은 천장.

엄마야!

이곳은 리아가 모르는 곳이었다. 깜짝 놀란 리아가 침대에서 벌떡 일어나 앉았다. 몸에 착 감기는 부드러운 시트를 내려 보는 순간 리아는 자신이 알몸이라는 것을 깨달았다. 하얀 시트 아래 숨겨진 건 바로 가슴. 긴 머리카락은 어깨 언저리에 나부끼고 있었다. 또 한 번 놀라 숨을 멈추었을 때, 리아의 귀로 규칙적인 숨소리가 들렸다.

넓은 침대 저편에 라준이 모로 누워 있었다. 아직은 새벽, 어렴풋한 형체이긴 하지만 뒤통수만 봐도 그가 라준이라는 것을 본능적으로 알아챌 수 있었다.

내가 무슨 일을 저지른 거지.

리아는 몸을 만져보고 살펴보았다. 다행히 팬티는 입고 있었지만 상체는 확실히 알몸인 게 맞았다. 주위를 두리번거리다 바닥에 개켜진 옷가지와 브래지어가 명확한 증거물로 리아의 눈을 자극했다. 그리고 발견한 팔뚝의 자잘한 멍! 이건 혹시?

욱신거리는 몸의 감각으로 판단하건대 지난밤은 격렬했음이 분명하다.

그녀는 번개를 맞은 듯 부르르 떨다가 라준을 쳐다보았다.

'설마 내가 라준 오빠랑?'

한 침대, 탈의한 몸, 그리고 잠에 곯아떨어진 라준. 그녀의 추측이 정확하게 맞아떨어지는 순간이었다.

그런데 정말 아무것도 기억이 나지 않았다.

첫 경험이었는데!

어제 무슨 일이 있었던 걸까? 무슨 일이 있었기에 라준과 이런 일을 벌인 거지?

리아는 지난밤의 기억을 떠올리고자 무진 애를 썼지만, 소현이 라준을 만났다는 사실과 식당에 도착한 라준에게 충격을 받은 장면밖에 떠오르는 게 없었다. 라준이 소현을 만났다는 사실을 자신에게 말하지 않았다는 것이 리아를 아프게 했다.

믿음의 배반. 그리고 땅콩 알러지. 라준에 대해 쏙쏙 알고 있을 만큼 소현과 라준은 서로를 사랑했었다.

리아는 신경질적으로 머리카락을 쓸어 넘겼다.

그런데도 이 남자를 놓치고 싶지 않았던 것일까. 육탄전을 벌여서라도 잡고 싶었던 것일까. 그 여자에게 빼앗기지 않기 위해 이런 일까지 불사했던 것일까. 아무리 얼굴을 찡그려 봐도 온전히 합일하던 그 순간의 한 조각 기억도 전혀 생각나지 않았다.

원칙주의자 이라준이 술에 취한 여자를 안을 만큼 무모하지 않다. 그렇다면 모든 것은 리아의 의지였고 행동이었으리라. 리아는 입술을 잘근잘근 씹었다.

그런 남자에게서 지난밤, 거짓이라도 사랑한다는 말을 들었을 리가 없다.

라준이 그녀를 사랑하지 않는다는 진실이 폭풍처럼 리아를 덮었다. 리아는 라준이 깨지 않도록 옷가지를 들고 방을 빠져나갔다.

13

"약 먹어."

"고마워."

리아는 라임이 내민 제산제를 냉큼 받아들었다.

"무슨 술을 그렇게 마셨어?"

"회식이었으니까."

"우리 사장님 은근 짠돌인데, 극단 팀들에겐 후하시단 말이야."

"본래 연극인들이 배가 고파."

"하긴 우리 짐승돌은 어찌나 대중들의 인기와 사랑을 먹고 사는지 날마다 도시락 조공들이 쏟아져."

"그거 남는 거 있음 나한테도 하나 넘겨주라. 우린 한 건물에서 일하잖아."

라임은 턱을 괴고 제산제를 쪽쪽 빨고 있는 리아를 응시했다.

"구리아. 우리 오빠와 잘 안 돼?"

"어?"

"왜 이렇게 놀래?"

"약 먹고 있는데 네가 그런 말 하니까."

"그 정도니? 우리 오빠를 대화의 주제로 삼으면 그 넘기기 수월한 빨아먹는 제산제도 안 넘어가?"

"그 정도는 아니고?"

"우리 오빠 가망 없는 거야? 네게 진심이랬어."

"무슨 진심?"

"확실한 건 잘 모르지만 무튼 너에 대한 마음이 진심이래. 난 그날 밤 우리 오빠의 눈에서 일말의 희망을 보았어."

아마도 결혼에 대한 진심일 것이다. 라준은 진심으로 리아와 결혼하고 싶어 했다. 사랑 없는 결혼이라도 얼마나 하고 싶었으면, 리아의 말에 귀를 기울이겠다고, 그녀의 말을 듣고 싶다고 이야기하겠는가.

이젠 어쩌지. 진짜 결정을 해야 할 때가 온 것이다. 아파도 라준이 그녀의 곁에 없는 삶과 라준이 그녀의 곁에 있어도 공허한 삶. 이러지도 저러지도 못한 햄릿의 고민이 이해가 되기 시작한다.

누구에게도 라준을 빼앗기기 싫지만 여전히 사랑을 주지 않는 라준의 곁에서 평생을 기대하다가 체념하고 포기하는 그런 삶도 매우 고통스러웠다. 더구나 어젯밤 그런 일까지 일어나고 난 뒤라 리아는 이 문제를 한순간도 놓을 수가 없었다.

밤을 같이 했지만 라준이 그녀의 남자라는 확신은 들지 않았다. 오히려 그녀 스스로가 위축되고 자신감이 더 없어졌다. 리아는 라준의 모든 것이 아니면 안 된다는 것을 확연히 깨달았다. 살기 위해서는 아프지만 곪아 터지는 상처 부위는 수술해 버릴 수밖에 없는 것이다.

결정은 오롯이 리아의 몫이었다.

"오늘도 늦게까지 연습해?"

"아니."

"다행이다. 오늘 상견례 있는 거 알지?"

"상견례라고?"

"몰랐어? 어제 오빠가 안 알려줬어? 분명히 네게 전하겠다고 말했는데."

"라준 오빠가?"

"응. 갑작스럽게 정해진 거야. 결혼 날짜는 다가오는데 정식으로 인사가 없었다고. 아무리 오래된 약혼이고 잘 아는 사이지만 상견례를 하는 게 도리라고 할아버지가 말씀하셨어.

"그랬구나."

"약속 시간은 저녁 7시쯤이고 장소는 우리 집이야. 네가 아무리 결혼에 대해서 확신을 갖지 못하고 있지만, 어른들 모두 모이시니까 오늘만큼은 우리 부모님이 원하시는 예비 며느리 역할 해 줬으면 좋겠어. 차후에 네 마음이 정해지면 그때 조곤조곤 말씀

드리는 것으로 하고."

"알았어."

"예쁘게 하고 와, 올케. 네가 우리 가족이 됐으면 정말 좋겠다."

라임은 리아를 꼭 껴안으며 다정하게 말했다. 리아는 라임의 바람에 흔쾌히 대답하지 못해 마음이 무거워졌다.

라준은 피아노 뚜껑을 열고 하얀 건반을 눌러보았다. '띵띵' 하는 소리가 거실에 울려 퍼졌다. 분주하게 손님맞이 준비를 하던 수정은 거실로 나와 라준을 돌아보았다.

"방금 피아노 소리가 들렸는데."

"아. 저예요."

라준은 어색한 웃음을 띠며 말했다.

"난 또 라빈이가 아직까지 집에 있는 줄 알았어. 근데 네가 피아노 앞에 있는 건 처음 보는구나. 할머니께서 네가 피아노를 아주 잘 친다고 알려주긴 하셨지만 말이다."

"오래전에 그만둬서 잊어버렸어요."

"머리가 잊어버려도 아마 몸은 기억하고 있을걸?"

"그럴까요?"

"물론이지. 넌 똑똑한 내 아들이니까."

"어머니."

"응?"

"감사합니다."

"뭘?"

"언제나 그 자리에서 기다려 주신 것이요."

"뭔지는 잘 모르지만 우리 멋진 아들이 고맙다고 하니까 아주 기쁜데?"

라준은 새엄마를 향해 미소 지었다.

"할아버지는 만나 뵈었니?"

"네. 당부 말씀 있으셨어요."

"그래. 리아는 정말 사랑스러운 아이란다. 우리 집 사람이 되길 모두가 손꼽아 기다렸어."

"잘 알고 있어요."

"네가 표현을 잘하지는 않지만 리아에 대한 마음이 따뜻하다는 것을 잘 알고 있단다. 하지만 때론 말해 주는 게 좋아."

"어머닌 역시 다르세요."

"아들을 엄마가 모르면 안 되지. 참, 리아에게 연락은 했지? 한남동 우 여사님이 그러는데 무슨 일이 있는지는 몰라도 새벽같이 나갔다고 하시더라. 리아가 요즘 무척 바쁘게 지낸다고 하던데. 아마도 신부가 결혼 준비할 것이 많아 그런 모양이지?"

"네. 그런 것 같아요."

"네가 더 배려해 주고 사랑해 줘. 알았지?"

"네."

수정은 푸근한 웃음을 입에 걸고 바삐 주방으로 걸어갔다. 오늘 상견례에서 그녀가 준비해야 할 음식의 종류와 양이 만만치 않았다. 뛰어난 요리 솜씨를 유감없이 발휘해 볼 작정이었다.

라준은 새어머니가 사라지자 다시 피아노를 쳐다보았다.

칠 수 있을까?

라준은 새어머니에게 나간다는 인사를 하고 대문 밖을 나섰다. 이른 아침 할아버지의 호출을 받았다.

어제 갑작스러운 상견례 일정을 통보받고 리아에게 알려주기 위해 극단 명의 회식에 동석했는데, 정작 상견례는 입에 올리지도 못했고, 취한 리아의 고백에 가슴 떨려 까만 밤을 하얗게 지새웠다.

늦은 시간이기도 했고 리아가 만취해 술이 어느 정도 깰 때까지 집으로 보내지 못했다. 아니 사실을 말하자면 늦은 밤 실례를 무릅쓰고 리아의 모친에게 전화를 걸었는데, 막 잠에서 깬 우은미 여사는 이렇게 말했다.

"라준아. 너네 곧 결혼할 사이잖니? 그러니까 네 약혼녀, 굳이 우리 집에 안 들여보내도 돼. 너무 늦었잖아. 무리하게 오다가 사고라도 나면 그게 더 위험한 거야. 아줌마가 술에 취한 골칫덩이를 뒤치다꺼리하는 게 귀찮아서가 아니라, 널 믿기 때문에 이렇게 말하는 거야. 리아 아버지에게는 대충 둘러댈 테니까. 네가 알아서 처리하렴. 부탁해, 사위."

리아를 집으로 보내지 않은 것은 아주 잘한 일이었다. 사랑을 원한다는 리아의 진심을 알게 되었으니까. 라준이 깨달은 그 사랑이 바로 리아 안에 있었다. 언제부터인지 모르지만 리아에게 신경이 쓰였던 것은 모두 그 사랑 때문이었다.

라준은 거나하게 구토하고 쓰러진 리아의 옷가지를 벗겨주고 시트를 갈아주고 이불을 덮어 주었다. 술에 꽤 강할 것 같던 리아도 술에 스러져 옹알옹알하더니 히죽 웃기도 하고 앙탈을 부리기도 했다. 그런 리아를 달래고 어르고 지켜보는 것이 아주 재미있었다.

언제나 리아는 라준의 웃음 바이러스였다. 그리고 사랑 바이러스였다. 지독한 병에 걸리게 하고 잠복기 동안 어딜 가든지 레이더를 세우게 하고 화를 내게 만들기도 하고 아프게 만들기도 하는 치명적 사랑병인.

라준은 리아가 주절대는 그 말들이 듣기 좋았다. '왜 사랑 안 해주냐', '붉은 입술은 왜 좋아했냐'라는 질투 섞인 투덜거림에 너만 사랑하고, 좋아한다고 대답하는 것이 신선했고 질리지도 힘들지도 않았다. 감정을 표현하는 것이 연약한 것이 아니라 강한 것임을 리아를 통해 배우는 순간이었다. 입 밖으로 꺼낼 때 눈으로 표현할 때 확실해지고 단단해진다는 것을 용감한 리아가 먼저 보여주었다. 라준은 가슴이 벅차올랐고 간질거렸다.

'사랑해'라고 말하는 순간 라준의 견고한 가면이 벗겨졌다. 좋아하는 건 좋아하면 되는 것이고, 사랑하는 건 사랑하면 된다는 그 간단한 진리. 그것들은 전혀 나약하지 않다. 두려움을 물리칠 힘을 가졌다.

리아는 그렇게 잠투정하는 아이처럼 칭얼거리다 잠이 들었다. 그런 리아의 머릿결과 얼굴을 쓰다듬어 주다 보니 라준도 스르르 잠이 들었다.

그런데 새벽녘 한기가 라준을 파고들었을 때 그는 혼자였다. 리아는 바람처럼 사라지고 없었다. 어디로 갔을까. 걱정이 되어 전화를 걸었지만 리아는 전화를 받지 않았다. 라임에게 메시지를 넣고 기다렸다. 성북동에 도착할 즈음 리아를 회사에서 만났다는 답장을 받았다.

라준은 성북동에 도착해 거실에 놓인 피아노를 보고 떠오른 생각을 실천에 옮길 작정이었다. 솔직하고 용감한 그의 여왕을 위해서…….

라준은 성북동에서 회사로 출근하면서 리아에게 전화를 걸었다. 신호음이 한참 동안 이어졌다. 라준은 리아가 의도적으로 전화를 피한다는 인상을 지울 수가 없었다. 어젯밤 일이 기억나서 부끄러워서 그러나? 여자가 먼저 고백하는 것이 쉽지 않은 일이지만 항상 당당한 리아라면 그것은 지극히 자연스러운 일이다.

라준은 끈질기게 핸드폰 통화를 시도했다. 두 번의 신호가 더 가고 누군가가 전화를 받았다.

[여보세요.]

"리아니?"

[아뇨. 전 구리아 씨가 아니고요. 잠깐만요. 리아 씨, 전화 받아요.]

핸드폰 너머로 리아의 놀란 '네?'라는 음성이 귀에 들렸다. 전화를 받은 상대방이 '미안해요. 시끄러워서 어쩔 수 없이……'라는 말에 리아가 '꺼놓은 줄 알았어요'라고 답하는 말을 들었다.

한창 연습 중이라 핸드폰을 꺼놓았나 하고 생각하던 라준의 귀로 '자꾸 귀찮은 전화가 걸려 와서'라고 말하는 리아의 목소리가 들렸다. 빠직, 라준의 이마에 보이지 않는 뿔이 돋아났다.

[네.]

리아의 목소리는 건조했다.

"전화 여러 번 했었어."

[네.]

"구리아. 오늘 상견례 있는 것 알고 있지?"

[네. 시간 맞춰서 갈게요.]

라준은 짧고 차가운 리아의 말이 마음에 들지 않았다.

"지금 불편하니?"

[네? 아뇨. 왜요?]

"어제와 확연히 달라서."

[어제라뇨?]

리아의 목소리 톤이 확실히 올라갔다.

[어제의 일은 실수였어요. 그 일을 오빠가 더 이상 들먹이지 않았으면 좋겠어요.]

실수라니? 진심을 고백한 것이 실수였다고? 라준은 다급히 갓길에 차를 세웠다.

"네가 어제 무슨 말을 했는지 다 기억해?"

[물론이죠. 다 기억나요. 했던 말도 그 일도…… 하나도 남김없이…….]

리아의 변한 태도에 라준은 마음이 급속도로 가라앉았다.

"그래? 내가 한 말도 기억나?"

[네. 기억나요. 그러니까 오빠가 그 일로 오해하지 않았으면 좋겠어요. 지나고 보니까 어처구니없는 실수를 저질렀다는 것을 알았어요. 실수 때문에 결혼을 기정사실화 할 수는 없잖아요.]

"넌 우리들의 결혼에서 사랑을 원한다고 했잖아?"

[그랬죠. 그런데 내가 잘못 안 것 같아요. 그런 식은 싫어요.]

"그런 식이 어떤 건데?"

[난 취해 있었어요. 그래서 그랬던 거예요.]

취중진담이 아니란 말인가? 라준은 혼란스러웠다.

"그래서 되돌리고 싶어?"

[네. 할 수만 있다면 그러고 싶어요.]

"구리아!"

[그렇게 무섭게 부르지 말아요. 이런 식으로 내 결정을 다그칠 권리가 오빠에겐 없어요.]

"내가 어떻게 하면 되겠니?"

[아무것도, 아무것도 하지 말아요.]

"리아야?"

라준은 간절해졌다. 아직은 리아의 고백이 전해준 그 떨리는 기쁨을 놓을 수가 없다. 그에 대한 리아의 감정은 그럼 허상인가, 그도 아니면 과거형일 뿐일까. 라준은 머릿속이 뒤죽박죽이었다.

"난 널 포기할 수 없어."

[알아요. 아니까, 제발 내게 시간을 줘요. 생각을 정리할 수 있게……]

"내게서 등 돌리지 마."

[신중하게 결정할게요. 그 대신 오빠는 내 선택을 존중해 줬으면 좋겠어요.]

라준은 대답하지 않았다.

[약속해요.]

리아의 단호한 다짐에 라준은 그제야 입을 무겁게 열었다. 리아가 원하는 것이니까.

"그래. 약속해."

[됐어요. 이만 끊을게요.]

핸드폰이 끊겼다. 라준은 하룻밤 사이에 절정에서 절망으로 고공낙하를 하는 기분이었다. 공허한 바람이 선득하게 라준의 가슴을 훑으며 지나갔다. 지난밤의 모든 것을 기억한다고 했다. 그렇다면 라준의 고백도 기억하리라. 그 고백이 기억을 틀어잡고 있는데도 리아는 술에 취한 흔한 고백쯤으로 생각하고 있었다.

어쩌면 그것이 리아를 뒷걸음치게 만들 수 있었다. 라준은 리아가 절대적으로 필요했다. 이 끔찍한 두려움을 이겨낼 방법은 리아와 함께하는 것밖에 없으니까. 그는 한 번 맛본 사랑의 느낌을 포기하고 싶지 않았다. 빠져 버려서 형체가 흐물흐물해질지언정 두 번 다시 혼자만의 세계에 남겨지지 않으리라.

리아는 입술을 잘근잘근 깨물었다. 심장이 좁여지는 듯 초조했다. 성북동 라준의 본가 대문 앞에 차가 서자 가슴이 덜컥 내려앉았다.

"여보. 우리 딸, 오늘 아주 예쁘죠?"

"두말하면 잔소리지."

"리아야. 오늘은 넌 이 집 예비 며느리로 온 거야. 언행을 돌아보고 또 돌아봐야 돼. 5년 만에 뵙는 거니까 할아버지, 할머니에게도 더욱 공손해야 된다. 예전처럼 도도하게 있다가 엄마 이름에 똥칠하지 말고."

"허헛! 먹칠 아니고?"

"이이는? 똥칠이 더 극적이잖아요. 구리아는 이렇게 해서라도 잡아야 할 천방지축이라고요."

"리아, 너무 무시하지 마. 5년간 몸도 마음도 많이 성숙했으니까."

"언제는 변덕쟁이라면서요?"

"내가 언제 그랬어?"

"리아 귀국한 날 그랬잖아요. 당신이 모르쇠로 일관해도 난 똑똑히 기억한다고요."

"흠흠, 이 사람이 쓸데없는 건 잘도 기억한단 말이지."

"그러니까 리아 편만 들지 말아요."

"알았어."

"이만 들어가요."

"그럽시다."

우은미 여사는 발걸음을 옮기다 리아를 돌아보았다.

"왜 대답이 없어? 오늘은 조심, 또 조심해야 해. 이곳은 더 이상 편한 친구 집이 아니고 시댁이니까."

리아는 멀뚱히 엄마를 쳐다보았다.

"구리아!"

"네."

리아의 작은 대답에 우은미 여사의 얼굴에 흡족한 빛이 감돌았다. 그녀는 남편의 팔짱을 끼고 라준의 본가로 들어갔다.

리아는 마음이 돌덩이를 얹은 듯 무거워졌다. 그녀가 준비하고 있는 건 얌전하고 예의바른 예비 며느리가 아니라 가슴에 핵폭탄을 품은 혁명가이다.

'죄송해요. 엄마.'

리아는 어두운 빛을 숨기지 못했다. 장고 끝에 내린 결정. 어느 누구의 이해를 바라는 건 욕심이었다.

화려하지만 경박하지 않고 기품을 잃지 않는 저녁 식사 시간이었다. 상석에 이현호 명예회장 부부가 좌정을 하고 그 좌우로 이근호 회장 부부, 구도현 회장 부부가 자리를 잡고 있었다. 리아와 라임이 구 회장 쪽에 라준과 라빈이 이 회장 쪽에 마주 보고 앉아 있었다.

"아버님, 숭늉 올릴까요?"

"그러려무나."

라준의 새엄마 수정이 자리에서 일어나자 우은미 여사가 덩달아 엉덩이를 떼었다.

"저도 도울게요."

"아유, 그러지 마세요. 오늘은 저희 집에 온 손님이시잖아요."

"손님은요? 이제 곧 한 가족이 될 텐데요."

라준의 새엄마가 말려도 우은미 여사는 기어코 수정을 따라갔다. 거실에 차려진 상이 어느 정도 치워지고 수정은 과일과 다과를 내어왔다. 구 회장도 사부인의 음식 솜씨 칭찬을 역시 잊지 않았다.

"많이 먹었니, 리아야?"

이현호 회장의 엄한 눈이 다정하게 변하며 리아를 향했다.

"네."

"오늘 이 자리는 네가 진정한 우리의 가족이 된다는 걸 보여주는 자리란다. 널 환영하고 사랑하는 가족들의 마음을 네가 알아주었으면 좋겠구나. 우리는 진심으로 네가 우리와 함께해 주길 바라고 있어."

리아는 가슴에 돌이 얹힌 듯했다.

"어르신. 우리 리아를 이렇게 예뻐해 주시고 사랑해 주셔서 정말 고맙습니다. 무남독녀라 저희 부부의 애정이 각별했습니다. 형제지간을 만들어주지 못한 것이 줄곧 미안했는데, 이제 라준이 같은 천정배필을 만나 해로한다고 생각한다니 기쁘기도 하고 안심도 되고 그렇습니다. 저희 부부야말로 라준이를 사위로 맞게 되어 얼마나 든든한지 말로 다 못 하겠습니다."

"구 회장, 자네와 우리 집안과의 인연이 몇 년이지?"

"오십 해가 넘었지요. 어르신은 제 아버님과 다름없습니다."

"나도 자넬 내 자식과 다르지 않다고 여기며 살아왔네. 이제는 리아와 라준이로 인해서 진정한 가족이 된 셈이지, 안 그런가?"

"네. 어르신. 진짜 가족이 된 것이지요."

"이 아이들을 보게. 얼마나 잘 어울리는 한 쌍인가! 일찍이 우리가 알아보았던 것처럼 이 아이들은 땅의 연리지처럼 하늘의 비익조처럼 서로 사랑하며 해로할 것이네."

"지당하신 말씀입니다."

"그렇고말고요."

라준의 아버지 이근호 회장과 구도현 회장이 이현호 명예회장의 말에 고개를 끄떡였다.

"라준아."

"네. 할아버지."

"네가 평생 책임질 안사람이다. 네 몸이라 생각하고 항상 사랑하고 보듬어주어야 한다. 든든한 울타리가 될 수 있도록 노력하여야 할 것이다."

"명심하겠습니다."

이현호 회장은 라준의 대답에 흡족한 웃음을 띄웠다.

"리아야."

"네."

"이제 라준이는 네 남편이란다. 부족하고 아쉬운 구석이 있어도 가정의 기둥인 남편에게 순종하고 덕으로써 내조해야 한다. 알겠니?"

할아버지의 덕담에 리아는 가슴이 덜컥 내려앉았다. 리아는 조금 전부터 그녀의 심장이 쿵쾅거려 귀를 시끄럽게 한다는 것을 잘 알고 있었다. 말해야만 한다. 화기애애한 어른들의 분위기에 짓눌려 입이 바싹 마른 듯했지만 더 이상 입을 다물고 있을 수만은 없었다. 그녀의 의사와는 아랑곳없는 어른들의 결정이 못내 서운하기까지 하다.

한 번만이라도 이 결혼이 그녀에게 어떤 의미인지, 어떤 식으로 다가오는지 물어봐 주었으면 좋겠다는 생각이 들었다. 그러나 어느 누구도 리아의 혼란한 마음을 알아차리지 못했다.

강렬한 시선을 느낀 리아는 정면을 응시하였다. 언제부터인지 모르겠지만 라준의 깊은 눈이 그녀를 향해 있었다. 단호하고 냉정한 그 눈에 담긴 빛은 무슨 뜻일까.

리아는 주먹을 와락 움켜쥐었다. 그녀는 라준에게서 눈을 떼어 어른들을 바라보았다. 차를 마시고 있는 할아버지를 쳐다보다가 라준에게 다시 눈을 주었다. 마치 그녀의 복잡다단한 심경을 알아차리기라도 한 것처럼 라준은 리아의 눈을 잡고 놓아주지 않았다.

아니, 그러지 않을 거야. 오빠 곁에서 평생 아픈 것 싫어. 그냥 훨훨 날아가서 평안해질래.

리아의 입술이 달싹거리자 라준이 안 된다고 고개를 가로저었다. 내가 무슨 말을 하고 있는지 알고 있는 거야? 어느 한순간도 그에게 간파되지 않는 순간은 없는 것인가? 나의 주인은 나야. 이제 싫어. 오빠가 내 주인이 되는 게 싫어.

리아는 떨림을 애써 숨기고 이현호 회장 쪽을 바라보았다.

"할아버지, 드릴……."

"할아버지!"

라준의 목소리가 더 컸다. 리아는 자신을 방해하는 라준을 꼬나보았다. 대체 지금 무슨 짓을?

"왜 그러느냐? 라준아."

"할 말이 있습니다."

라준은 할아버지가 아닌 리아에게 똑바로 시선을 맞추며 말했다.

"그래, 무어냐?"

"리아에게 할 말이 있습니다."

"리아에게?"

"허락해 주시겠습니까?"

"내 허락이 뭐가 필요하겠니? 해보거라."

어른들과 라빈, 라임이 호기심 어린 눈으로 라준을 쳐다보았다. 리아는 겨우 짜낸 용기를 막아선 라준을 원망스럽게 바라보았다.

라준이 자리에서 일어나 거실 한 편에 놓여있는 피아노 앞으로 다가가 뚜껑을 열었다. 라임이 리아 쪽으로 바짝 붙어 소곤거렸다.

"세상에! 정말 우리 오빠가 피아노를 치긴 하는가 봐. 한 번도 본 적이 없는데."

리아는 잠자코 라준을 쳐다보았다.

라준은 피아노 앞에 심호흡을 하고 긴 손가락으로 건반을 매끄럽게 만지기 시작했다. 귀를 감싸는 선율이 공중으로 음표를 그리며 사라졌다. 무척 자연스럽고 듣기 좋은 음악. 예상하지 못한 라준의 연주에 어느 누구도 크게 숨을 쉬지 못했다.

라준이 피아노 앞에 앉아 있는 것을 보지 못한 라임과 라빈은 오빠의 훌륭한 연주 실력에 두 눈을 휘둥그레 떴고, 우은미 여사는 라준의 낭만적인 모습에 두 눈에 하트를 뿅뿅 그렸다. 박수정 여사는 빙그레 염화미소를 띠웠고, 구 회장과 이 회장 그리고 조부모들은 놀란 기색을 감추지 못했다.

"김동률의 취중진담이야."

라임이 다시 귓가에서 속삭였다. 리아도 알고 있었다.

무슨 말을 하고 싶은 걸까.

"이건 프러포즈할 때 남자들이 자주 부르는 건데."

리아는 놀란 눈으로 라임을 바라보다가 라준을 바라보았다. 라임은 아예 노래의 클라이맥스를 작게 소리 내어 따라 부르고 있었다.

"이젠 고백할게."

리아는 라임의 노랫소리가 들리지 않았다. 생경한 라준의 모습, 뭘 해도 완벽한 남자의 또 다른 일면에 화가 났다. 포기하려는 이 순간까지 미련을 떨치지 못하게 하는 메피스토펠레스.

처음부터 사랑해 왔다고 말하지 마. 그건 거짓말이니까.

리아는 노래가 비웃는 것처럼 느껴졌다. 라준의 연주가 끝날 때까지 리아는 그를 바라보지 않았다. 주위는 잠잠했다. 어느 누구도 먼저 입을 열지 않았다. 리아는 눈앞에 만들어진 그늘을 보았다. 라준이 그녀의 곁으로 왔다는 것을 알 수 있었다.

"리아야."

여전히 리아는 바닥만 바라보았다.

"리아야."

그의 또 한 번이 부름에 라임이 초조했는지 리아에게 소곤거렸다.

"오빠가 부르잖아."

마지못해 리아는 그의 눈을 마주했다. 라준이 그녀에게 손을 내밀었고 리아는 어쩔 수 없이 그 손을 잡고 자리에서 일어났다.

그리고는 놀라운 일이 벌어졌다. 라준이 정중하게 한쪽 무릎을 꿇고 장미 꽃다발을 내밀었다. 라임은 귀신이라도 본 것처럼 숨을 멈추고 그들을 빤히 쳐다보았다. 놀라기는 그들의 부모님들도 마찬가지였다.

"나와 결혼해 주겠니?"

라준은 음성은 부드러웠지만 단호했다. 마치 그녀의 저항을 알고 있었던 것처럼 어조가 매끄럽기 그지없다. 모든 것이 아귀가 딱딱 맞았다. 리아는 순환하던 피가 싸늘하게 식는다는 느낌을 받았다.

이건 반칙이야.

리아는 라준이 내민 반짝이는 반지를 건조하게 응시했다. 그리고 고개를 들어 주위를 살펴보았다. 그녀의 대답을 기다리는 기대하는 눈동자들. 모두가 기쁜 기색이 역력했다. 무언의 압박감에 질식할 것 같았지만 리아는 마지막 용기를 끌어 모았다.

"저는……."

라임이 꼴깍, 하는 것이 보였다. 심중에 화염이 들끓었다.

"오빠와 결혼하지 않겠습니다."

"뭐?"

놀란 라임의 목소리가 실내 공기를 찢어놓았다.

한동안 정적이 무겁게 내려앉았다. 말을 잊은 어른들의 얼굴에서 당황함과 경악이 빠르게 교차되었다. 라임이 저도 모르게 딸꾹질을 시작했다. 그녀는 '죄송합니다'라는 말을 남기고 사색이 된 얼굴로 거실을 빠져나갔다.

"뭐라고 했니, 리아야?"

할아버지의 물음에 리아가 즉각 무릎을 꿇었다. 매서운 할아버지의 눈동자에 찔려 죽어도 이 마음을 말하지 못해 죽는 것보다 낫다는 생각이 들었다.

"라준 오빠와 결혼하지 않겠다고 말씀드렸습니다."

"어째서? 너희들은⋯⋯."

"네. 잘 알고 있습니다. 저희들의 약혼은 자그마치 9년 동안 지속돼 왔고, 여기 계신 부모님들도 저희들이 아주 잘 어울린다고 생각하시는 것도요. 하지만⋯⋯."

"하지만?"

할아버지의 말에 리아는 할아버지를 쳐다보았다.

"나와 얘기해."

라준의 차가운 목소리가 들렸다.

"싫어요."

"구리아!"

"입 다물어. 이라준. 할아비는 리아의 말을 듣고 싶다."

이현호 명예회장의 일언에 라준은 얼굴을 굳혔다.

"왜 라준이와 결혼하기 싫다는 것이냐?"

리아는 숨을 고르고 떨지 않기 위해 주먹을 꼭 쥐었다.

"사랑이 없기 때문입니다."

그녀의 말에 부모님들의 얼굴에 당혹함으로 물들었다.

"사랑 없는 결혼은 하기 싫습니다."

"정말 사랑이 없느냐?"

명예회장의 말에 리아는 고개를 주억거렸다.

"할아버지, 저와 리아가 이야기할 수 있도록 잠깐만 허락해 주십시오."

"아니, 됐다. 리아야. 정말 이 결혼하기 싫으니?"

"네."

리아의 담담한 대답에 주위는 얼어붙었다. 이현호 명예회장이 눈을 감았다. 불과 몇 초인 그 시간이 영겁처럼 느껴졌다. 그가 눈을 떠 구도현 회장을 쳐다보았다.

"구 회장, 이 혼사 없던 것으로 하세."

"예? 어르신?"

리아는 아버지의 놀란 목소리에 고개를 숙였다. 터뜨리긴 했지만 도저히 이 상황을 마주할 수는 없었다.

"리아가 잘못 생각할 수도 있습니다. 그렇지, 리아야?"

아버지의 말에도 리아는 아무런 대답을 하지 않았다. 그녀의 반응이 진심이라는 것을 파악한 이현호 회장은 마음을 굳힌 듯 말했다.

"리아가 오늘 이 자리에서 말을 꺼냈다는 것은 그 결심이 단단하다는 것일세. 아무래도 우리가 그간 리아의 마음을 너무 가벼이 여긴 것 같네. 사랑이 없다는 말로 충분하네. 사랑이 없는 두 아이가 결혼해서 어떻게 이 험한 인생을 살아가겠는가. 우리의 욕심이 지나쳤다는 걸 인정함세."

"할아버지! 리아와 이야기를 하고 싶습니다. 아직 저희들 하지 못한 말들이 있습니다."

이현호는 엄한 눈빛으로 라준을 바라보다가 리아에게 시선을 주었다.

"라준이와 이야기를 하고 싶니?"

"아뇨. 싫습니다."

"구리아!"

라준의 차디찬 음성이 폭발할 것 같았지만 리아는 결심을 바꾸지 않았다.

"정말 나와 이야기하기 싫어? 그렇다면 어젯밤에 있었던 일, 어른들 계신 이 자리에서 모두 다 말해 버릴까?"

리아의 가슴이 덜컥 내려앉았다. 어젯밤?

"어제 무슨 일이라도 있었던 거냐?"

할아버지의 물음에 라준은 답하지 않았다.

"이라준!"

추상같은 목소리에 라준은 덤덤히 말했다.

"어젯밤 저희들……."

"알았어요. 알았으니까, 오빠 방으로 가요!"

리아가 결연하게 일어서 라준을 꼬나보았다. 라준의 눈에 화르륵 분노의 불꽃이 잠깐 보였다 사라졌다.

"너희들, 어젯밤에 무슨 일이 있었는데?"

우은미 여사가 궁금증을 참지 못하고 명예회장 앞에서 목소리를 높이고 말았다. 하지만 벌써 리아와 라준은 그녀의 안중에서 사라진 뒤였다.

"이것 놔요!"

리아는 라준의 손아귀에서 손목을 빼내기 위해 안간힘을 썼다.

"싫어."

라준은 그의 방문을 홱 열어젖히고 리아를 데리고 들어갔다. 그리고는 문을 쾅 닫았다.

"아파요."

"아파?"

리아는 라준의 무시무시한 말에 겁먹지 않으려고 노력했다.

"존중해 달라고 하더니 고작 이것이었어?"

"네."

"정말 그게 네 선택이야? 진심이야?"

"네."

"구리아!"

"손이나 놔줘요."

라준은 리아의 손목을 놔주는 대신 그에게로 잡아당겼다. 리아는 라준의 품에 안겼다.

"정말 내게 이럴 거야?"

그의 심장 소리가 천둥처럼 리아의 귀로 들어왔다.

"내 마음을 잘 알면서, 어떻게 내게 이래?"

"오빠의 입장, 더 이상 생각하지 않을래요."

리아는 라준의 품에서 벗어났다. 라준은 리아의 두 어깨를 붙잡고 열렬히 그녀를 응시했다. 리아는 왠지 그가 달라졌다는 것을 확연히 느낄 수 있었다. 뭐지? 내가 놓치고 있는 게?

"어젯밤에 너 이렇지 않았잖아."

"어젯밤 일, 더 이상 말하고 싶지 않아요."

"말하고 싶지 않다고?"

"떠올리고 싶지 않다고요. 그건 실수였어요."

"실수? 정말 그렇게 생각해?"

"네."

"난 실수 아니었어. 진심이야. 널 사랑한다는 건 진심이었어."

라준의 고함치는 목소리에 리아는 입꼬리를 말아 올렸다.

"그런 말 듣고 싶지 않아요."

"뭐라고?"

라준의 눈이 믿을 수 없다는 듯 흔들렸다. 리아가 무슨 소리를 하는 거지? 어제 분명 사랑해 달라고, 좋아해 달라고 한 그녀였다. 골수가 쪼개지는 것 같았다.

"어젯밤 왜 내게 넘어왔어요?"

"넘어가다니?"

"난 취해 있어서 정신이 없었어요. 몸도 제대로 가눌 수 없었다고요. 그런 내가 아무리 유혹해도 오빠는 넘어오지 말았어야 했어요."

"그러니까 어제 넌 날 유혹했던 거니? 네 진짜 마음이 아니었던 거야?"

"네. 진짜 마음 아니었어요. 그러고 싶지 않았다고요."

라준은 허탈함에 맥이 탁 풀리는 것 같았다.

리아의 사랑한다는 말이, 거짓이었다니! 그 말이 이리도 아프다니! 불화살에 심장이 꽂힌 듯 아파 라준은 침대에 앉아 두 손을 머리를 감쌌다. 단 한 번도 리아는 그를 사랑한 적이 없었던 것일까? 아니, 단 한 번도 그를 바라보며 설렜던 적도 없었던 것일까. 라준의 귀로 어젯밤 사랑한다던 앙증맞은 리아의 음성이 생생하게 달라붙어 있는데, 리아는 실수였고, 진짜가 아니라고만 말하고 있었다. 전신에 실오라기 하나 들 힘도 남아 있지 않았다.

리아는 그의 모습에 짜증이 솟구쳤다. 마치 상처를 입었다는 듯이 절망하는 모습이 가증스러웠다. 정말 상처 입은 사람이 누군데?

"오빠는 왜 어젯밤에 오빠의 그 틀을 깨뜨린 거예요? 왜 그랬어요? 오빤 그러면 안 되잖아요!"

라준은 리아의 분노한 음성에 그녀를 바라보았다.

"당연하잖아. 널 사랑하니까."

"오빠의 사랑은 참 쉽네요. 그래서 내게 사랑을 줄 수 있다고

한 거예요? 고작 하룻밤 같이 잤다고 사랑한다고 말하는 거예요?"

"잤다고?"

"나, 그렇게 어리석지 않아요. 감정 없는 행위 때문에 있지도 않는 사랑을 있다고 말할 만큼 바보가 아니라고요! 오빠가 아무리 육체적인 사랑도 사랑이라고 우겨봐도 어젯밤 일은 실수에 불과해요."

"뭐?"

리아는 물끄러미 그녀를 바라보는 라준의 입술이 씰룩이는 것을 발견하고 머리끝까지 분노했다. 웃고 있어? 라준은 확실히 얼음마왕이 분명한 모양이었다. 분기탱천한 리아를 비웃고 있는 저 마왕급의 잔인함을 보라.

"너 어젯밤 기억 안 나지?"

"네?"

리아는 당황했다.

"나요! 내가 왜 어젯밤 일을 기억 못 한다는 말이에요?"

"우리가 어젯밤에 무얼 했는데?"

갑자기 라준의 눈동자에 생생한 불꽃이 일기 시작했다. 느른해진 말투하며 짐을 벗어던진 듯한 한결 가벼워진 저 표정. 그의 주위의 분위기가 변했다는 것을 리아는 확연히 발견했다. 뭔가 찝찔하다.

"말해봐. 어젯밤 일."

"어젯밤에 우린……."

"우린?"

"섹스했죠."

저돌적인 그 말에 라준의 눈이 휘둥그레졌다. 그는 침대에 앉아 배꼽을 잡기 시작했다. 급기야 눈물까지 보이며 웃어젖히다 웃음을 참으려는 듯 입을 다물었다. 하지만 그의 들썩이는 어깨가 잠잠해진 건 수십 초가 지났을 때였다.

나와 하룻밤을 같이 보낸 게 이렇게 웃긴 일이야? 어젯밤이 라준에게 그다지 깊은 인상을 주지 못했음을 확인하는 순간이었다. 리아는 자존심이 확 상했다.

그녀가 홱 몸을 돌리고 나가려는데 다급히 라준이 리아를 붙잡아 그를 마주보게 했다.

"그래서 유혹이니 뭐니, 내가 넘어갔다느니 그런 말을 한 거야?"

"무슨 소리예요?"

"그렇다면 넌 지금 거짓말을 하고 있는 거네?"

"무슨 말이냐고요!"

라준은 씨익 웃으며 리아를 꽉 끌어안았다.

"이것 놔요!"

숨이 막힐 것 같아 리아가 몸부림을 쳤지만 라준은 쉽사리 그녀를 놓아주지 않았다.

"싫어. 안 놔줘. 평생 안고 있을 거다."

"오빠!"

"더 이상 아프기 싫다. 구리아."

"고, 고소할 거예요! 지금 결혼 안 해준다고 복수하는 겁니까?"

"얼마든지 해. 섹스한 사이로서 얼마든지 당해줄게."

라준의 웃음소리에 리아는 마음이 붕 뜨는 것 같았다. 이 상황이 전연 이해가 되지 않았다. 결혼을 하지 않겠노라고 어른들 앞에서 폭탄을 터뜨렸는데, 고압적이던 라준이 흐물흐물한 연체동물이 돼서 리아의 가슴으로 꼬물꼬물 들어온다. 뭐가 뭔지 이해가 되지 않았다.

"사랑한다."

아득한 그의 목소리에 리아는 어지러웠다. 믿기 어려운 말이다. 얼음마왕이 사랑을 입에 담는 것은……. 진심이 아니라는 것을 아는데도 자꾸만 듣고 싶고 믿고 싶어졌다. 리아는 라준에게서 벗어나 그를 올려다보았다.

라준은 리아의 눈동자에 떠오른 혼란을 이해할 수 있었다.

"쉽게 말하는 거 아니야. 알고 나서도 입에 담기가 두려웠어. 하지만 네가 용감했기에 나도 용감해지려고."

"내가 용감했다고요?"

"물론 술의 힘을 빌리기는 했지만, 난 그럴 용기조차 없었으니까."

"그래서 오빠가 하고 싶은 말이 뭐예요?"

"어젯밤 우리에게 네가 생각하는 그런 일은 일어나지 않았어."

"아무 일도 없었다고요?"

"응."

"하지만 난 속옷을 벗고 있었고 오빠도 침대에 누워 있었잖아요."

"속옷을 벗고 있었어?"

"네."

"난 네가 토한 옷가지만 벗겨놓았을 뿐인데. 왜 속옷을 벗고 있었지?"

갸웃거리는 그의 얼굴을 보고 리아는 그가 진실을 말하고 있다는 것을 알아차렸다. 뭐가 뭔지 뇌 회로는 엉망진창으로 꼬여 버렸다. 얼굴이 화끈거린다.

"내가 토했어요?"

"것도 아주 찬란하게."

"그리고는요?"

"행패를 부렸지."

"행패, 무슨 행패?"

"널 사랑해 달라고, 오래전, 햇살 창창한 날에 내가 짠하고 나타났을 때부터 좋아했다고."

"미, 믿을 수 없어."

"나도 믿을 수가 없었어. 네 입에서 그 말이 나오던 순간을…… 너무 기뻐서 하늘을 날아오를 것만 같았으니까."

리아는 못 들을 것을 들었다는 듯 라준에게서 멀찍이 떨어져 귀를 눌렀다 뗐다를 반복했다.

"리아야, 뭐해?"

"아무리 그렇게 말해도 내가 옷을 왜 벗고 있었는지, 몸에 멍이 어떻게 생겼는지 도무지 설명이 되지 않아요."

"셜록 구리아. 곰곰이 따져서 범인을 찾아봐."

"농담할 기분 아니라고요. 정말 아무 일도 없었어요?"

"그래. 내가 침대에서 자고 있었던 건, 바닥이 불편해서였어. 아마도 자다가 올라간 모양이야. 아! 그러고 보니 너, 침대에서 떨어졌었다."

"에?"

"네가 버려놓은 시트를 가는데, 내가 미처 잡을 틈도 없이 쿵 하고 떨어졌어. 멍은 아마 그때 생긴 모양이야. 그런데 내 침대에서 네가 왜 알몸으로 있었는지 그건, 나도 몰라."

라준의 눈이 장난스럽게 빛났다.

"완전한 알몸은 아니었어요."

"만약 내가 범인이라면 난, 널 실오라기 하나 없는 몸으로 만들어 놓았을 거야. 그건 자신 있어."

짓궂은 라준의 말에 리아의 뺨이 발그레해졌다.

"어떻게 그런 말을?"

"네가 가르쳐 준 용기로 말하는 거야. 근데 넌 왜 옷을 벗고 있었을까? 실내가 더웠나?"

리아는 라준을 빤히 바라보다가 입술을 달싹였다. 오늘 새벽녘 깨어날 때 유난히도 더웠다는 기억이 떠올랐다. 리아는 '끙' 하고 두 손에 얼굴을 묻었다.

"왜? 생각난 거라도 있어?"

"더웠어요."

라준은 리아의 오해가 어디에서 기인했는지 알게 되자 솟아나는 웃음을 참을 수가 없었다.

"그랬구나. 그러고 보니 나도 무척 더웠던 것 같다."

"그런 식으로 말하지 말아요. 오빠답지 않으니까."

힐난하는 리아의 눈에 라준은 웃음을 삼키고 무슨 소리냐는 눈빛을 보냈다.

"비웃으란 말이에요. 그런 어처구니없는 오해를 해서 일을 이 지경으로 만든 날 철저하게, 완전하게, 비웃으라고요! 그게 오빠다운 거라고요!"

"그러기 싫은데? 마왕도 때론 의외성이 있어야 재미난 법이야."

"미워죽겠어. 정말!"

"구리아. 다음번엔 내 침실을 아예 찜질방으로 만들어 버릴게. 그렇다면 난 널 철저하게, 완전하게 가질 수 있겠지?"

"어쩜 그런 말을 눈 하나 깜짝하지 않고 해요?"

"널 사랑하니까."

천국에 있는 것일까. 저 사랑한다는 말을 이 짧은 순간 도대체 몇 번을 들은 걸까. 리아는 기대감을 가지고 뛰고 있는 심장을 겨우 외면하고 그를 바라보았다.

"정말 날 사랑해요?"

진지한 리아의 눈에 라준은 웃음기를 지웠다.

"사랑해."

"그럼, 붉은 입술은요?"

라준의 이마가 찌푸려졌다.

"안 그래도 물어보고 싶었어. 붉은 입술이 뭐지? 어젯밤 내내 붉은 입술 타령을 했어."

"김소현."

"김소현? 너와 함께 작업하고 있는 뮤지컬 배우?"

"네. 오빠 첫사랑이잖아요?"

리아의 말에 라준은 한동안 벙찐 얼굴로 리아를 주시했다.

"내 첫사…… 랑이라고?"

"네. 다 알고 있으니까 숨기지 않아도 돼요. 그때 똑똑히 목격까지 했죠."

"그때라면, 혹시?"

"5년 전 대학로 소극장에서, 그 여자와 키스했잖아요. 그때부터 그 여자는 내게 붉은 입술의 저주였어요. 제대로 악몽 꾸게 도와주시는 마왕님의 첫사랑이었으니까."

라준은 허공을 바라보다 눈을 힘껏 감았다 뜨고는 리아를 열렬히 바라보았다.

"김소현 씨, 내 첫사랑 아니야. 그 여자를 내가 왜 사랑해?"

"첫사랑이 아니라고요? 지금 붉은 입술이 이 자리에 없다고 해서 이렇게 막 모르쇠로 일관해도 돼요? 내가 분명 그때 두 사람 키스하는 것 봤단 말이에요. 게다가 내가 포장마차에서 물었잖아요. 첫사랑이 누구냐고, 그때 오빠가 소현 씨라고 말하는 걸 똑똑히 들었어요! 취중농담이 맞다면 취중진담이라는 노래는 세상에 나오지 않았을 거예요."

"첫사랑도 아닌 여자 이름을 내가 왜 부르겠어?"

"분명 들었어요. 소……."

리아의 말이 뚝 끊겼다. 그리곤 당황한 얼굴로 라준을 바라보았다.

"'소'라고만 했어요."

"'소'라고 했다고? 그 소가 김소현의 '소'가 아니라 소주 한 병의 '소'일 수도 있잖아."

"그러네요. 그럴 수도 있겠네요. 하지만 오빠는 그 여자와 키스했잖아요."

"그래, 했지. 아니, 엄밀히 말하면 당한 거야."

"당했다고요?"

"생명의 은인이 부탁한 자리라서 어쩔 수 없이 소극장까지 찾아갔는데, 김소현 씨가 예정에 없던 퍼포먼스를 해버렸어."

"생명의 은인은 뭐고, 퍼포먼스는 뭐예요? 도대체 무슨 말을 하고 있는지 정말 모르겠어요."

"김소현 씨는 영국에 있을 때 우연히 알게 된 사람이야. 지인의 친구였어. 난 땅콩 알러지가 있는데, 그날 땅콩이 들어간 음식을 모르고 먹어버린 거야. 기도가 부풀어 올라 호흡이 안 돼 결국 의식까지 잃었어. 근데 그때 마침 소현 씨가 재빨리 앰뷸런스를 불러서 병원까지 갈 수 있도록 도와줬어."

"저, 전혀 몰랐어요."

"모르는 게 당연하지. 어느 누구에게도 말한 적 없어. 걱정을 끼쳐 드리기가 싫었으니까. 근데 내가 귀국한 후 소현 씨가 내게 연락을 했어. 생명의 은인에게 은혜를 갚을 기회를 주겠다고. 도와달라고."

"뭘 도와달라고 했는데요?"

"사랑하는 남자가 있는데, 자길 돌아보지 않는댔어. 그래서 질투를 느끼게 하고 싶다고. 난 소현 씨 부탁을 거절할 수 없었어. 생명의 은인이라서 단 한 번의 부탁은 어떠한 것이라도 들어준다고 약속했으니까. 그래서 그 소극장에 갔던 거야. 난 단지 서 있기만 하면 됐는데, 느닷없이 소현 씨가 예정에도 없던 행동을 해 버린 거야."

리아는 돌처럼 굳어 우두커니 라준을 쳐다보았다.

"그런 거였어요?"

"그래."

"왜, 왜 내게 설명하지 않았어요?"

"화가 났으니까. 라임이와 네가 날 믿지 못하고 미행한 것에 짜증났어. 너희들은 그때 꼬맹이들이라 소현 씨와 나 사이의 어른들의 일에 간섭하는 게 못마땅했어. 그건 비즈니스와 다름없는 일이었으니까."

"하지만 내가 오해했잖아요! 오빠가 그 여자를 사랑한다고 오해하게 만들어 버렸잖아요! 난 적어도 약혼녀이니까 내게 설명해야 한다는 의무감이 들지 않았어요?"

"설마 뉴욕으로 가버린 게 그 일 때문이었어?"

리아는 입술을 지그시 깨물며 대답했다.

"네. 그랬어요."

라준은 탄식하며 리아를 안았다.

"이럴 줄 알았다면 그때 내 자존심은 내팽개치고 이야기할 걸 그랬어. 성년의 날을 축하하려고 레스토랑 예약까지 했었는데, 그때 내가 따라가서 널 붙잡았다면 넌 뉴욕으로 가지 않았을 텐데."

"성년의 날 축하라뇨?"

"네 스무 살을 축하하려고 레스토랑 예약했었어."

"작은 프랑스?"

"응. 근데 어떻게 알았어?"

"정말 너무해요! 난 그런 줄도 모르고."

그때 리아가 라임의 말을 한 치의 의심도 없이 덜컥 믿어버린 계기는 바로 평소 라준답지 않은 행동 때문이었다. 그런데 그 라준 답지 않은 행동이 모두 그녀 때문이라니!

"내가 또 잘못한 거야?"

리아는 고개를 끄떡였다.

"정말 미안해, 리아야. 난 네가 뉴욕에서 공부하고 싶어 하는 줄로만 알았어. 넌 어차피 내게는 관심이 없었으니까 내가 화를 내도 아무렇지도 않을 거라고 여겼어. 넌 우리의 약혼을 극도로 싫어했잖아."

"오빠의 일거수일투족이 내 관심사였어요. 오빠는 내 첫사랑이란 말이에요!"

"내가 첫사랑이야? 다른 남자 좋아해 본 적 없어?"

"없어요!"

"뉴욕의 그 남자는?"

"누구? 재영 오빠?"

"그래."

"재영 오빠에게는 연인이 있어요. 캐시라고."

"알아. 하지만 라커웨이 해변에 같이 갔잖아."

"그건 내가 팁을 1,000달러나 받아서 한턱 내기 위해 간 거란 말이에요. 그날 캐시도 오기로 되어 있었는데 갑자기 출근하는 바람에 재영 오빠가 얼마나 실망한 줄 알아요? 잠깐, 내가 라커웨이 비치에 간 건 어떻게 알았어요?"

"네 주변 곳곳에 스파이를 심어놓았으니까."

"왜요?"

"널 보호하려고. 넌 내 사람이고 언제 어디서든 안전해야 돼."

"내가 의무의 대상자라서요?"

"제발, 구리아. 그때 내가 했던 말은 잊어줘. 그 말을 할 때 난 내 감정을 깨닫지 못했어. 널 지키고 보호하려고 한 이유를 정확하게 설명할 수가 없었어. 단지 내 약혼녀이고 내 사람이라서 그런 마음이 든다고 생각했을 뿐이야. 하지만 지금은 확실하게 알아. 그게 모두 널 사랑해서였단 걸."

"언제부터 날 사랑했어요?"

"네게 신경 쓰이는 이 마음이 모두 사랑에서 비롯되었다는 건 최근에 깨달았어. 하지만 그 이전의 네게 촉각을 곤두세우던 내 마음은 아마 그날부터 시작된 것 같아."

"그날이라뇨?"

"네가 날 신하라고 부른 날."

"설마? 그때부터라고요?"

리아의 두 눈이 휘둥그레졌다.

"기억이 안 난다며? 중전 행세했던 거?"

"오빠! 그게 중요해요? 지금!"

"맞아. 안 중요해. 하나도. 내 감정의 시작은 그때부터였어. 이젠 확실히 알아."

라준이 놀라는 리아의 뺨을 매만졌다.

"나의 여왕님, 구리아."

리아는 뺨에서 느껴지는 그의 온기에 취해 눈을 감았다. 아주 행복했다. 이라준의 분명하고도 힘 있는 사랑이 전달되어 왔다.

"그러니까 이제 말해줘."

리아가 눈을 떴다. 그의 간절한 눈빛이 보였다.

"사랑한다고."

"말했어요."

"언제?"

"지난밤에."

"그때는 취했었잖아. 제정신일 때 들어본 적 없어. 정식으로 내 눈을 보고 똑똑히 각인시켜줘."

라준의 열망이 담긴 얼굴에 리아는 가슴이 부풀어 오르는 것 같았다. 풍선이 되고도 남는 이 기분. 리아는 심술궂게 웃었다.

"하는 거 봐서."

"구리아!"

"내가 그동안 얼마나 애가 탔는데, 그렇게 쉽게 말할 수는 없어요."

"정말 너 이럴 거야?"

"흐흐흐."

"나 말라 죽는 거 보려고 그러지?"

"좋은 구경이겠네. 얼음마왕이 녹아내리는 걸 보면."

"구리아! 계속 이런 식이면 결혼 안 할 수도 있어!"

"어머! 지금 협박하는 거예요? 이건 완전 주객전도잖아요. 조금 전까지 결혼하자고 매달려 놓고선."

"나도 하는 거 봐서. 프러포즈에 대한 대답도, 사랑한다는 말도 못 들었는데 내가 왜?"

"라준 오빠!"

그때였다. 라준의 방문이 활짝 열리며 몇 쌍의 눈길이 그들에게로 우수수 쏟아졌다. 그중에서도 유난히 활활 불타오르는 우은미 여사의 눈이 제일 먼저 리아에게 안착했다.

"구리아, 어서 이 서방에게 사랑한다고 말 안 해? 너 그러다가 엄마가 해주는 밥 평생 먹는 수가 있어!"

"그러게. 리아야. 우리 오빠 이만큼 했으면 이제는 못 이기는 척하고 받아주는 거다. 응? 나 같은 시누이 맞이하고 싶지 않아, 올케?"

두 번째는 라임의 간절한 눈길.

"리아야. 우리 아들 시어머니가 보증할 테니까, 믿고 사랑한다고 말해주렴."

온화하신 박수정 여사의 눈길까지.

리아는 활짝 웃으며 라준을 올려다보았다. 다정한 미소를 보이고 있는 라준에게 까치발을 들어 뺨에 키스하며 속삭였다.

"사랑해요. 라준 오빠."

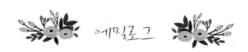

에필로그

극단 명의 〈오셀로〉는 유례없는 평단의 호평을 받으며 공연되었다. 언론은 혜성같이 나타난 여주인공에 대한 지대한 관심을 나타냈으나 어쩐 일인지 마지막 공연이 성황리에 끝날 때까지도 그녀의 신상 정보는 손톱만큼도 대중들에게 흘러들어가지 않았다. 그것은 〈오셀로〉의 막이 내릴 때까지 약혼녀의 개인 신상을 철저히 관리한 이라준 때문이었다.

"〈오셀로〉의 성공은 바로 여러분들이 있었기 때문입니다. 극단 명의 이름을 다시 한 번 밝혀주셔서 감사합니다. 정말 고맙습니다. 한국 공연예술계를 위하여!"

"위하여!"

명지호 대표의 선창으로 시작된 건배가 여기저기서 터져 나왔다. 〈오셀로〉의 성공을 축하하고 마지막을 기념하는 쫑파티. 〈오셀로〉의 주조연 배우, 감독, 스태프 그리고 그들의 지인까지 모두 모인 이곳은 명 엔터테인먼트의 연회장이었다.

리아는 라준의 술잔을 냉큼 가로챘다.

"그대의 술잔은 이 입술이라오."

리아는 단숨에 꿀꺽 술을 삼켰다.

라준은 사랑스럽다는 눈으로 리아를 바라보다가 싱긋 웃으며 입을 열었다.

"반할 것 같다."

"이미 반한 거 아니고?"

"또 반할 것 같다고."

"우리 라준 씨, 날마다 반하다보면 자아가 없어질 텐데, 괜찮겠소?"

"내 자아 따윈 쓸모없어. 본질이 마왕이라서. 마왕은 없어지는 게 낫겠지."

"안 돼요. 내가 얼마나 사랑하는 마왕인데. 얼음마왕님! 사라지면 안 돼요."

"만날 불꽃같이 녹여놓고는……."

"내가, 언제?"

"날마다 날 찾아와 유혹했잖아."

"엥?"

리아는 라준을 빤히 쳐다보았다.

"난 찾아간 적 없는데. 이번엔 무슨 입술이야? 파란 입술, 까만 입술. 우리 자수하여 광명 찾읍시다."

"쿡쿡."

"웃는 거 보니까 더 수상한데?"

라준은 주위의 시선에도 아랑곳하지 않고 리에게 바짝 몸을 들이밀었다. 사방의 이목이 신경 쓰인 리아는 라준을 살짝 밀려고 했지만 그는 태산같이 꿈쩍도 하지 않았다.

"여기서 이러시면 안 됩니다."

"날 조사해 봐. 조사하면 다 나올 테니까."

라준의 뜨거운 입김을 귓가에 느끼자 온몸의 털이 모두 일어나는 것 같았다. 리아는 뱃속 깊은 곳에서 끓고 있는 화염을 인지했다. 정말 얼음마왕의 뜨거운 유혹은 언제나 매혹적이었다.

"난 네가 그 예쁜 입술로 날 조사해 줬으면 좋겠어."

"으으으."

리아는 양팔을 더듬으며 얼굴을 찡그렸다.

"오빠. 이번 멘트는 나조차도 못 들어주겠어요."

라준은 리아의 반응에도 아랑곳하지 않고 키스를 하려는 듯이 리아의 턱을 들었다. 그는 얼굴을 천천히 내리며 속삭였다.

"난 완전 적응했어. 단언컨대 이라준은 뭘 하든지 완벽한 마왕."

"사람들이 본단 말이에요."

"약혼자가 약혼녀에게 축하 키스하는 줄 알겠지."

어디에 있든 흐트러지는 것을 조금도 용납하지 않는 이라준은 지난 6개월 동안 '자로 잰 것이 뭐예요, 틀이 뭐예요?'라는 신조로 사는 듯했다. 리아를 향한 갈증을 표현하는 표현력이 나날이 일취월장하는 중이었다.

"고마워요. 오빠."

"뭐가?"

막 입술이 닿을 즈음 리아가 숨결을 토하며 입을 열었다.

"결혼을 연기해 줘서요."

"이번만이야. 두 번은 안 돼."

"명 대표님이 다음 작품도 같이 하자던데?"

"뭐?"

"안 된다고 했어요. 결혼해야 한다고 정중히 사양했어요."

라준의 둥그레진 눈이 제 모양으로 돌아오며 사랑을 듬뿍 발산했다.

"잘했어. 안 그랬다면 만날 다크서클 바닥까지 내린 마왕을 보게 되었을 거야. 내가 밤마다 얼마나 네게 유혹당하는지 알아?"

"내가? 어떻게?"

"내 꿈에서……."

"으으으. 야해요!"

리아는 라준을 꼬나보며 소리쳤다.

"오빠가 이런 사람인 줄 몰랐어요! 밤마다 날 꿈으로 불러놓고 그런 상상을 했단 말이에요? 어쩐지 밤마다 피곤하다 했어. 어떤 체위로 했어요?"

리아의 장난스런 말에 라준이 손가락으로 리아의 이마를 퉁겼다.

"야한 대마왕은 바로 그대십니다."

"킥킥."

"아주 예쁘다. 구리아."

"이렇게 하찮은 웃음에도 단박에 넘어오면 어떡해요?"

"이렇게 만든 건 너야. 결혼도 하지 않고 애를 그렇게 태웠으니까. 그러니까 얌전히 키스해 줘. 아니면 타버릴 것 같아."

"우리 마왕님을 태워 버릴 수는 없죠. 후훗, 그럼, 소방차 출동합니다."

리아가 라준이 입술에 쪽 소리 나게 뽀뽀했다. 황당하다는 듯이 라준의 눈썹이 일그러졌다.

"정말 이러기야?"

"옛썰!"

라준은 리아의 허리를 붙잡아 그의 품에 가두며 깊숙이 고개를 숙였다. 막 리아의 입술을 잡아먹으려는 그 순간.

"홍 비서! 찍어! 찍어! 놓치면 용서하지 않겠다!"

기준의 목소리가 쩌렁쩌렁 울려 퍼졌다. 그 소리에 호기심이 잔뜩 어린 이목들이 삼삼오오 그들에게 모여들었다.

"남기준 때문에 못살아."

라준은 자세를 바꿔 리아를 손으로 껴안고 주위를 향해 아찔한 미소를 보였다. 의뭉한 웃음을 머금은 기준이 다가오자 리아가 그를 정확히 15도 각도로 노려보며 짓이겼다.

"정말 감사합니다. 남기준 관객님. 마지막을 화려하게 장식해 주시네요."

"별말씀을요, 제수씨. 정말 인상 깊은 공연이었습니다. 성공리에 끝나게 된 것 축하합니다."

능청스럽게 말한 기준은 홍 비서를 손을 까딱해서 불러놓고는 그녀의 손에서 DSLR을 빼앗아 들었다. 화면을 요리조리 살펴보던 기준의 얼굴이 험악해졌다.

"홍 비서! 사진이 흔들렸잖아!"

남기준의 호통에 홍 비서가 무표정한 얼굴로 대답했다.

"제 잘못이 아닙니다. 사장님께서 방정을 떠셔서 그런 것이죠."

"뭐?"

기준이 홍 비서를 향해 눈을 부라렸다. 머리카락 한 올도 흘러내리지 못하게 올백하여 똥머리를 한 홍 비서는 쌀쌀맞게 기준을 쳐다보았다. 깔끔한 블랙 정장을 차려입고 검은 메탈 안경을 쓴 홍 비서는 로맨스 소설 속에 나오는 능력 있는 커리어 여비서의 전형이었다.

"이건 나 때문이 아니라, 네가 순간 포착을 못한 거야! 공개석상에서 이라준의 애정행각은 희귀하다고 했어, 안 했어? 이런 중요한 일도 해내지 못하면서 감히 비향그룹의 비서로 있는 거야?"

"전 비서지 파파라치가 아니잖습니까? 그렇게 중요한 것이었다면 전문가를 초빙했어야죠. 그런 생각도 못 하시는데 어떻게 비향그룹을 이끌어 가십니까?"

"야!"

"그럼, 전 이만 퇴근하겠습니다. 야근 수당도 주지 않으시면서 너무 부려먹으시네요. 이러시면 곤란합니다. 차는 놔두고 가겠습니다. 물론 운전은 사장님이 하셔야겠네요."

홍 비서는 라준과 리아에게 묵례하고 도도하게 기준 앞에서 턴을 해 출구 쪽으로 또각또각 걸어갔다.

"야! 홍진리!"

남기준의 한 맺힌 음성이 실내 공기를 찢었다.

"오늘 따라 홍 비서가 왠지 달라 보이는데?"

"그러게. 무섭게 느껴졌어요. 기준 오빠가 잘못해도 한참 잘못했어요. 이만한 일로 이렇게 많은 사람들 앞에서 무안을 주는 법이 어디 있어요? 저렇게 완벽한 홍 비서 언니한테 그랬으니, 언니가 얼마나 자존심이 상했겠어요? 하루 이틀도 아니고 수년씩이나."

"완벽?"

리아의 말에 라준이 갸우뚱하며 약혼녀를 바라보았다.

"네. 홍 비서 언니는 옷차림에서나 말투에서나 표정에서나 항상 완벽하잖아요."

"치마 돌려 입었어. 봐."

"네?"

리아는 라준의 말에 멀어져가는 홍 비서의 뒷모습을 찬찬히 뜯어보았다. 과연 라준의 지적대로 검은 정장 치마의 앞에 있어야 할 주머니가 엉덩이에서 정확한 대칭을 이루고 있었다. 잠깐?

"뭐예요? 홍 비서 언니 엉덩이는 언제 본 거예요?"

"뭐?"

"오빠가 이럴 줄은 정말 몰랐어요. 다른 여자 엉덩이만 보고."

"그게 아니라 보였어."

"그게 그거잖아요. 난 봐도 모르겠던데. 의도를 가지고 보지 않았다면 치마 돌려 입은지 어떻게 아느냐 말이에요?"

"본래 관찰력이 뛰어난 걸 나보고 어쩌라고?"

"변명해도 소용없어요. 소방차 출동 안 합니다. 그러니까 장난 전화 걸지 마세요."

"구리아, 왜 불똥이 내게 튀어?"

"흥!"

"남기준!"

라준은 DSLR을 진지하게 쳐다보고 있는 기준을 급히 불렀다.

"왜?"

"사진 제공해 줄게. 이렇게 하면 돼?"

라준은 리아의 두 팔로 껴안았다. 리아가 벗어나고자 발버둥 치자 라준은 더욱 힘을 줘 껴안았다. 남기준은 열혈 사진기자라도 된다는 듯이 DSLR 카메라 버튼을 쉴 새 없이 눌러댔다. 기준의 오랜 소망, 이른바 '이라준 망가지는 모습 보기'가 실현되는 순간이었다.

"어머! 애정표현이 너무 진한데? 아무리 결혼할 사이라지만 두 분 너무하십니다. 애인 이곳에 없는 사람 서러워서 살겠어요?"

리아는 소현의 목소리에 귀가 번쩍 뜨였다. 그래서 이때다 싶어 있는 힘껏 소리쳤다.

"에밀리아! 살려줘요."

"내가 왜요? 이라준 씨는 데스데모나의 약혼자잖아요."

소현이 장난스럽게 말하고 자리를 뜨려는 순간 리아가 다시 한 번 소리쳤다.

"에밀리아, 아니 소현 언니!"

"언니?"

그 한 마디가 소현의 발길을 붙잡았다.

"네. 언니!"

"앞으로 언니라고 부를 거야?"

"당근이죠."

소현은 환한 웃음으로 리아를 꼭 껴안고 있는 라준을 쳐다보았다.

"라준 씨, 우리 귀여운 데스데모나를 놔주세요."

"소현 씨, 아시다시피 제 약혼녀입니다만."

"잘 알죠. 하지만 데스데모나가 나더러 언니라잖아요. 그럼 살려줘야죠."

라준은 '그러마' 하는 뜻으로 눈썹을 까딱하고 리아를 품에서 놓아주었다.

"고마워요, 언니."

"앞으로도 까먹지 마. 언니라는 말."

"네! 사랑해요. 소현 언니."

"너무 급진적이야. 언니라 부른 지 얼마나 됐다고."

얼떨떨한 표정으로 말했지만 소현은 분명 기분이 좋아 보였다.

샴페인을 들어 건배를 하는 듯한 포즈를 취해 보이고는 저쪽으로 멀어졌다.

"나 잘했지?"

"참 잘했어요."

"그럼, 출동하는 거야?"

"생각해 보고요."

"지난 6개월간 소현 씨에게 언니라고 언제 어떻게 부를지 고민했잖아. 약혼자의 생명의 은인이기는 한데, 그 약혼자에게 키스했다는 이유만으로 언니라고 부를지 말지를 고민했어. 마침내 부르겠다고 결정을 내렸는데도 여직 방법을 몰라서 또 고민을 했었고. 내가 네 짐을 단숨에 해결해 줬으니, 난 네 은인이라고. 그니까 출동 좀 해."

리아는 잘난 척하는 라준을 꼬나보았다.

"오빠의 과장된 연기보다 그 순간 소현 언니를 발견한 내가 발휘한 기지였다고요."

"너무하네. 아무리 화장실 가기 전과 갔다 온 마음이 다르다고는 하지만."

"정말 출동하길 바란다면 지금 발언 지극히 위험한데. 생각 더 해봐야겠어요."

"구리아! 생각은 그만해. 작은 머리통에 무슨 생각이 그리 많아? 본능에 충실해."

"어? 지금 나 머리 작다고 인신공격한 거예요?"

"머리 작다고 한 건 칭찬이지."

"아닌데? 어감이 인신공격형이었는데?"

"졌다, 졌어."

야릇한 분위기는 이미 저만치 레테의 강을 건너 버렸다. 라준은 6개월 동안 리아에게 길들여져 티격태격하는 것이 일상화되어 있었다.

갑자기 기준이 유령처럼 스윽 나타났다.

"너희들 마음에 안 들어."

"왜?"

"뭐가요?"

라준과 리아가 기준을 빤히 쳐다보며 물었다.

"언제쯤이면 오홍홍한 장면 연출할 거야? 만날 보이는 이런 모습 말고! 시시비비, 옥신각신 말고."

"오홍홍한 장면이 뭔데요?"

기준의 입가에 음흉함이 펼쳐졌다.

"선정적인 것."

"음란한 놈."

"네가 몰라서 그러는데, 정작 음란한 놈은 독고준이라고!"

"아, 그러고 보니 준이 오빠가 안 보이네. 어디 갔어요? 오늘 쫑파티 꼭 오라고 초대했었는데."

"갑자기 급한 일 있다고 참석 못 한다고 연락 왔어."

"무슨 일 있어?"

라준의 물음에 남기준이 쯧쯧 하고 혀를 찼다.

"제발 구리아에게만 관심 갖지 말고 준의 제국에도 관심 좀 갖

자. 응? 우리 삼각형 제국 말이다."

"오빠! 나도 준의 제국에 넣어줘요. 이제 곧 라준 오빠와 결혼하면 한 몸인데."

"싫어. 여자는 안 받아."

"에이! 받아줘요."

"안 된다니까. 그리고 넌 이름에 '준' 자가 안 들어가잖아."

"개명할게요. 구리준으로……."

"뭐?"

'이곳은 더 이상 내가 있을 데가 아니야'라는 표정을 마지막으로 남겨두고 기준은 그들의 곁을 떠났다. 라준이 의뭉한 웃음을 머금었다.

"역시 구리아."

"왜요?"

"기준을 쫓아버릴 수 있는 유일한 여자니까."

"라임이도 있어요. 흐흐."

"그렇군. 네 죽마고우를 잊을 뻔했다. 하지만 네가 라임이보다 좀 더 강해."

"인정!"

라준은 사랑스러운 눈으로 리아를 바라보며 그녀의 머릿결을 매만졌다.

"이제 출동 좀 하시죠, 구리준 씨."

"먼저 구조 요청을 하셔야죠, 이라준 씨."

그녀의 말에 라준의 눈이 탁해졌다. 리아는 라준의 숨결이 뜨거워지는 것을 느꼈다. 기대감이 리아의 심장을 간질였다. 공연이 끝날 때까지 이라준, 그의 기다려 주는 사랑에 행복했던 리아는 이제 그녀가 사랑을 돌려주어야 할 시간이라는 것을 알아차렸다.

어떻게 연회장을 나와 라준의 차에 몸을 실었고 도착한 라준의 아파트 지하주차장 엘리베이터를 어떻게 기다렸는지 도무지 생각이 나지 않았다. 리아는 엘리베이터의 문이 닫힘과 동시에 겹쳐오는 라준의 숨결을 느끼느라 정신이 없었다.

얼음마왕 라준이 불꽃같은 남자라는 것을 지난 6개월간 몸소 체험을 했지만 오늘 밤은 달랐다. 그들의 사랑이 완성되는 순간이었으니까. 그렇게 졸라도 지난 시간 동안 리아는 라준의 밤을 훔칠 수 없었다.

가족들 앞에서 프러포즈 받은 그날, 리아는 라준과 아무런 일도 없었다는 것을 알고 통탄했다. 서로의 마음을 확인하고 사랑을 이야기하고 온전한 마음으로 결혼을 받아들였는데, 그간 애를 태운 리아를 골탕 먹이겠다는 심산인지, 리아의 어떠한 유혹에도 라준은 꿈쩍도 하지 않았다. 정말 마왕급이었다. 아니 돌부처급인가.

그런 라준이 연회장에서부터 노골적으로 리아를 원하는 시선을 숨기지 않았다. 단둘이 되었을 때마다 밀려오던 그의 체취, 그의 뜨거움, 그의 박동. 리아는 열렬히 원하는 라준에게 매료되지 않을 수 없었다. 엘리베이터에서 내리는 그 순간에도 라준이 아파트 문을 여는 그 순간에도 리아는 그의 입술을 만끽하였다.

드디어 둘만이 세상으로부터 고립될 수 있는 그의 집안으로 들어섰을 때, 희미한 빛만이 에로틱하게 그들을 맞이했다. 겨우 입술을 떼고 이글거리는 라준의 눈을 보는 순간 리아는 가슴이 들썩일 정도로 뛰고 있는 심장을 느낄 수 있었다. 그리고 곧 라준의 입술이 리아에게 몰아닥쳤다. 서로의 혀가 뒤엉키고 촉촉한 온기를 나누고 다급한 열정도 중심부에서 흘러내렸다.

라준은 리아를 현관문에 기대어 서게 하고 입술과 손과 온몸으로 그녀를 맛보았다. 지난 6개월간 그의 밤을 붉은 유혹으로 물들게 한 구리아. 그 사랑을, 그 실체를 느끼느라 정신이 없었다. 리아의 옷 속으로 손을 집어넣어 말랑한 살결을 음미하다 매끈한 피부를 입으로 흡입하길 몇 번. 리아가 느끼는 쾌감이 그녀의 입에서 끊임없이 흘러나와 라준을 막다른 곳으로 내몰았다.

"오빠, 나 오늘 여기서 잘 거예요. 가라고 하지 마요."

"안 보내. 절대 못 보내."

그의 대답에 기쁜 듯 리아는 두 팔을 라준의 목에 걸고 깊게 키스했다. 라준의 모든 것을 소유하겠다는 욕심으로 리아는 빨아대고 빨아댔다.

그들 사이를 막고 있는 거추장스러운 옷가지를 라준이 제거하려는 그때, 실내의 불이 소리 없이 켜졌다. 환한 빛에도 아랑곳없이 키스하던 두 사람의 귀로 라임의 목소리가 들려왔다.

"거기 두 사람, 지금 뭐하는 거야?"

심드렁한 그 말에 리아와 라준이 화들짝 놀라 서로에게서 떨어졌다. 두 사람은 놀란 눈으로 라임을 쳐다보았다.

"척 봐도 어떤 상황인지 알겠네."

라임의 아래위로 훑는 시선에 리아는 재빨리 자신과 라준의 옷매무새를 훑어보았다. 다행히 아직 옷들은 흐트러지지 않은 상태였다.

"이라임! 네가 왜 여기에 있어?"

정신을 차린 라준은 노기 실린 목소리로 라임을 추궁했다. 그러나 라임은 콧방귀도 끼지 않고 그들에게 다가왔다. 리아는 머리카락이 엉망이 된 라준을 보고 웃지 않으려고 입술을 깨물었다.

"미안하지만 오빠, 오늘 진도 못 나가. 지금 난 친구가 필요하거든. 리아 빌려갈게."

"뭐?"

"나와 얘기 좀 하자. 리아야. 나 폭발하기 일보직전이야."

"왜? 무슨 일 있었어?"

"쓰나미가 몰려왔어."

"무슨 쓰나미?"

"오늘 네 쫑파티에도 못 가게 만든 게 누구인 줄 알아?"

"누군데? 누구 때문에 못 온 거야?"

리아와 라임이 뭐라고 속닥거리는지 알 길이 없는 라준은 이 어처구니없는 상황을 받아들이기 힘들었다. 무엇보다 리아에게 목말라 있는 그의 몸이! 라준은 리아까지 어느새 라임에게 말려들어가 그를 안중에서 몰아냈다는 것이 더 어이가 없었다.

"구리아, 어디 가?"

"라임이 방에 들어가서 얘기 좀 하고 나올게요."

"라임이 방이라니? 그런 게 어디 있어?"

"아, 말하는 거 까먹었다. 저기 우리 침실 건넛방이 이제부터 라임이 방이에요. 그저께 저 방 꾸미면서 라임이에게도 카드키 하나 줬어요."

"카드를 왜 줘?"

"그야 라임이가 원했으니까요."

"라임이가 원한 것이라고?"

아무리 원해도 신혼부부의 집 열쇠를 아무나에게 줄 수는 없는 노릇이다. 그 아무나가 얄미운 말리는 시누이가 될 수는 더더욱 없는 법!

"그럼 난? 내가 원하는 건?"

라준의 말에 리아는 난처한 표정으로 어깨를 한 번 으쓱해 보였다. 라임이 사납게 라준을 꼬나보며 말했다.

"유치해. 오빠. 여동생을 상대로 질투 좀 하지 마. 오빠가 이럴 줄 정말 몰랐어."

라준의 눈앞에서 문제의 그 방이 쾅 닫혔다. 그는 리아와 라임이 들어간 문 앞에서 어쩔 줄 몰라 하며 서 있었다.

"유…… 치?"

얼음마왕 이라준이 LTE급 속도로 유치한 이라준으로 떨어지는 순간이었다.

라준은 리아와 라임이 곤히 숙면을 취하고 있는 방을 쳐다보며 질겅질겅 빵을 씹었다. 바싹한 토스트가 나무토막 같았다. 아침 10시가 지나고 있는데 리아는 문제의 방에서 나올 생각을 안 하고 있었다. 지난 밤, 라준이 넓적다리를 찌르며 고통의 밤을 보내고 있었을 때, 리아는 라임의 분노에 편승해 이따금 소프라노 소리를 질러댔다. 완벽한 방음 탓에 자세히 들을 수는 없었지만 리아의 안중에 라준이 없다는 사실은 명백했다. 완전히 라임의 문제에 빙의됐구만. 그러더니 새벽 2시가 넘어갔을 때 문제의 방은 쥐죽은 듯 고요해졌다.

하지만 라준은 7시가 되기 전 눈을 번쩍 떴고, 방 앞에서 오락가락했지만 야속한 리아는 여전히 라임의 방에서 두문불출이었다. 방문을 두드리려다가 이번에는 유치하다 못해 신경질적인 오빠라고 라임이 힐난할 것 같아 겨우 주저앉히고 마냥 시간만 죽였다. 그러다 배가 고파 계란 후라이, 베이컨, 소시지와 주스를 곁들인 아침상을 차렸다. 먹는데 신경 쓰다 보면 시간도 후다닥 가겠지.

그런데 예상을 깨고 문제의 방문을 연 이는 출근 준비를 마친 라임이었다. 어제의 분기를 산뜻하게 날려 버린 얼굴 표정을 보아하니 리아와의 하룻밤이 꽤나 위로가 된 모양이었다.

"오빠, 밥 먹어?"

라준은 대꾸도 하지 않았다.

"맛있겠다. 계란 후라이 나 줘."

"카드키 내놓으면."

"정말 이러기야?"

"그래."

"유치하기는!"

"이라임!"

"그런다고 내가 무서워할 줄 알아? 오빠가 그동안 보여준 모습이 있는데 내가 또 속을 줄 알아? 얼음마왕이라고 온갖 폼을 잡더니 알고 보니 팔불출이잖아. 유치한 팔불출."

라임은 라준의 계란 후라이를 가로채 냠냠 맛있게 먹었다.

"카드키나 내놓으시지."

"리아 허락 없이는 안 돼. 내가 오빠네 집 방 하나 차지하기로 한 건, 리아가 내게 약속한 거니까. 오빠가 아무리 그렇게 노려봐도 안 내놔."

"이라임, 너 까불다 정말 오빠에게 혼난다."

"그럼, 오빤, 아마 리아에게 혼날걸?"

이제는 정말 라임마저 라준을 무서워하지 않았다. 라준은 미간을 찌푸리며 '맙소사'라고 작게 중얼거렸다.

"이건 아침값."

식탁에서 일어난 라임이 라준의 눈앞으로 다이어리를 내밀었다. 빛이 바랜 푸른 양장 다이어리.

"이게 뭔데?"

"오빠가 사랑해 마지않는 리아의 과거가 이곳에 오롯이 담겨 있지. 오빠 집으로 이사하려고 짐 꾸리는 중에 발견했어. 중3때 우리가 쓴 교환일기야."

"교환일기?"

라준은 다이어리를 쳐다보다가 라임을 다시 노려보았다.

"잠깐, 뭐? 짐을 꾸려? 네가 왜?"

"여기 세입자니까. 그러니까 이제 포기 좀 해. 팔불출 오빠씨!"

"너 절대 못 들어와! 여긴 네 집이 아니라고!"

"들어올 거야. 나도 이제 독립해야지."

"그럼 결혼을 해!"

"싫어. 유부녀 되기 싫단 말이야!"

"들어오기만 해봐. 그날로 시집갈 줄 알아!"

"흥! 하나도 안 무섭다."

라임은 라준이 입을 떼기도 전에 쏜살같이 현관으로 걸어가며 외쳤다.

"그거 아침값 아니야. 하숙비야!"

그 말을 마지막으로 라임은 라준의 아파트에서 퇴장했다.

라준은 기운이 쪽 빠지는 것 같았다. 말썽쟁이 약혼녀를 겨우 붙잡아 사랑스러운 약혼녀로 만들어놓았는데 이제는 말괄량이 천방지축 여동생으로 인해 명줄이 삼 년은 줄어들 지경이었다. 그런 철부지 단짝들을 한 집 안에 붙여놓으면 그건 라준에게 끔찍한 재앙일 터였다.

라준은 신경질적으로 빵을 뜯어먹으며 라임이 던지고 간 다이어리를 펼쳤다. 동글동글한 글씨체로 써내려 간 리아의 십대가 고스란히 묻어나 있었다. 앙증맞고 귀엽고 사랑스러운, 열정으로 가득 찬 리아의 일기. 라준의 입가에 잔잔한 구름 같은 미소가 어렸다.

　말썽쟁이 구리아, 뭐냐? 죄다 동방신기 이야기뿐이잖아. 체!

　오빠, 사랑해요! 영원한 카시오페아! 동방의 별! 나의 별! 시아준수, 시아준수, 시아준수, 시아준수, 시아준수, 시아준수, 시라준수, 시라준수, 시라준수, 시라준수, 시라준수, 시라준수, 시라준수……

　라준의 눈이 놀람으로 휘둥그레졌다.

　시라준수? 그리고 그 이름의 중간에는 분홍빛 하트 표시가 되어 있었다. 하트 안에 들어간 두 글자. 라준, 라준, 라준, 라준, 라준, 라준, 라준, 라준…… 언제인지 모른다던, 창창한 날에 찾아왔던 라준에 대한 십대의 리아의 사랑이 그에게 몰려왔다. 뭉클함이 라준의 가슴을 적셨다.

　"라임이 오늘 안 오는 거 확실하지?"

　"네. 오늘 지방 촬영 있어서 고무신과 함께 내려간대요."

　"고무신?"

　"라임이 직속 상사요. 신 배우. 알죠?"

　"몰라."

　"정말요? 그 왜 드라마 〈왕관을 쓴 거지〉에서 거지 역할을 했던 키 큰 남자 있잖아요?"

　"알고 싶지도 않아."

　"라임이는 오빠 동생인데, 너무 무심한 거 아녜요?"

　"내 집 열쇠를 가지고 다니는 여동생에겐 무심해도 돼. 내 적이니까."

"적이라고요?"

"신혼집에서 버텨보겠다는 무시무시한 대적이지."

"쿡."

리아의 웃음에 라준은 험한 인상을 폈다.

"난 널 라임이와 공유하기 싫어. 넌 무선공유기가 아니니까."

"와! 재미난 표현이다. 구리아는 무선공유기가 아니다. 사랑한다는 말보다 더 현실적이고 가슴에 와 닿네. 오빠의 소유욕 백점 만점에 99점 드립니다."

"나머지 1점은?"

"오빠 하는 거 봐서요."

"사랑해. 구리아."

"백점 만점에 백점!"

리아의 대꾸에 봄 햇살 마냥 부드러워진 라준은 리아 앞으로 접시를 내밀었다.

"후라이 하나 더 해줄까?"

"아뇨. 지금도 많아요."

"그럼, 소시지를 잘라줄까?"

"응. 토스트에 잼도 발라줘요."

"네, 여왕님."

라준은 복숭아 잼을 바른 토스트를 리아의 입가에 가져갔다. 리아가 한 입 베어 물자 라준은 기특하다는 눈빛을 했다.

"많이 먹어. 오늘 밤 힘쓸 일 많을 테니까."

"아, 그러네. 오빠, 이왕 말 나왔으니까 말인데요. 우리 힘 좀 써요. 조금 있다가 드레스 룸 정리 좀 합시다. 아까 둘러보니까 미처 정리가 안 된 봄옷들이 나와 있더라고요. 내 옷들도 한가득인데 빨리 정리해야 결혼 후가 편할 것 같아요. 이제 결혼식이 일주일도 안 남았잖아요."

"그 얘기가 아닌 걸 잘 알면서."

"무슨 얘기요?"

리아는 순진무구한 눈으로 속눈썹을 깜빡이며 라준을 애태웠다.

"이 얘기."

라준의 따뜻한 입술을 받아들이며 리아는 눈을 감았다. 키스가 깊어지려는 찰나 리아는 라준을 밀어냈다. 키스가 계속된다면 드레스 룸 정리는 물 건너간다.

"근데 오빠, 정말 검은 옷이 많던데요. 옷장이 온통 블랙이었어요. 블랙 바지, 블랙 니트, 블랙 재킷, 그리고 블랙 바바리⋯⋯."

리아는 뚝 말을 멈추었다.

블랙 바바리? 어디선가 본 적이 있는 옷인데? 왠지 뇌리를 떠나지 않는 블랙 바바리. 봄바람처럼 스쳐 지나가던 그 옷을 어디서 봤더라? 블랙 바바리라면, 뉴욕? 그리고 그때 안겼던 그 품, 그리고 지금 라준의 품.

문득 떠오른 조합에 놀란 리아가 라준을 빤히 바라보았다.

"오빠, 2월에 뉴욕에 온 적 있죠?"

"뉴욕?"

"결혼을 통보하던 3월 말고요. 2월 말에요."

확신하는 리아의 눈동자를 응시하며 라준은 환하게 웃으며 고개를 끄떡였다.

"그럼, 지하철에서 날 구해준 사람이 오빠였어요?"

"만날 땅만 보고 잘 걷더니 그날은 왜 그렇게 발을 헛디뎠어?"

"정말 오빠였어요?"

"응."

리아는 활짝 웃으며 라준의 목을 끌어안았다.

"그때 날 보러 뉴욕에 온 거죠? 내가 걱정돼서?"

"그때뿐만이 아니야. 매년 널 보고 왔어."

"매년?"

"응. 네가 내 곁에 없는 게 항상 불안했어. 어떻게 지내는지 잘 먹고 잘 지내는지 궁금했어."

"한 번도 내 앞에 나타난 적 없었잖아요?"

"그건 그때까지의 이라준 콘셉트니까."

리아의 가슴이 부풀어 올랐다. 그렇게까지 그녀를 마음에 두고 있는 줄 몰랐다. 그림자처럼 그녀의 곁을 보호하는 든든한 보디가드. 이라준의 울타리에서 그렇게 안전하고 행복하게 하고 싶은 일을 할 수 있었던 것이다.

"네 관심을 끌기 위해서 고작 쓴 방법이 1,000달러를 팁으로 주는 것뿐이었어. 그것도 나의 콘셉트."

"1,000달러의 사나이도 오빠였어요?"

"응. 나였어. 근데 넌 그 사람이 누구인지 전연 궁금해하지도 않았지. 나갈 때까지 건성으로 '땡큐'라고만 말했잖아."

"맞아요! 횡재했다고 좋아하기만 했어요."

"그랬어. 서운하더라고. 아무리 노려봐도 날 알아보지 못했으니까."

"선글라스 쓴 사람이 오빠였어요?"

"기억나?"

리아가 고개를 끄떡이다 소리를 내며 웃기 시작했다.

"왜?"

"그럼, 그동안 나 스토킹 당한 거였네요?"

"스토킹?"

라준은 리아의 의외의 말에 미간을 찌푸렸다.

"으으으. 무섭다. 그동안 언제 어디를 가든 따라오는 스토커가 있었고, 그 스토커는 오빠였고, 난 그 스토커와 결혼까지 하게 된 거잖아요."

"지금 이 발언 진심이야? 후회하지 않을 자신 있어?"

라준의 투덜거림에 리아가 그를 끌어안고 외쳤다.

"후회 안 해요. 이제부터는 내가 스토킹할 테니까요. 사랑해요. 오빠!"

"나도 사랑해."

"내가 더 사랑해요. 어제보다 오늘, 오늘보다 내일 더 오빠를 사랑할 거예요."

"완벽한 고백이야. 마왕에게 어울려. 마왕은 만족을 모르거든."

"그럼, 난 얼음마왕의 부인이 될 테니까 얼음마녀가 되는 거예요?"

"아니, 넌 나의 영원한 여왕이 될 거야."

라준의 말에 감동한 리아가 라준에게 정성스럽게 키스했다. 라준과 함께라면 그곳이 얼음으로 가득 찬 곳이라도 해도 따뜻한 세상이 되리라.

그녀의 온기에 취한 라준은 눈앞에 펼쳐진 행복에 한껏 가슴을 펴고 미소 지었다.

구리아, 나의 말썽쟁이 여왕님.

〈끝〉

작가 후기

어느덧 한 해의 마지막입니다.

길지 않은 시간이라고 적고 보니 로맨스에 입문한 지 어느덧 10년이 넘었네요. 글을 쓰기 시작한 시간이 꽤 길었는데 여전히 출간작은 손에 꼽힐 정도입니다.

다양한 색깔을 가진 로맨스 소설을 쓸 수 있으면 얼마나 좋을까 생각해 봅니다. 그런 의미에서 말썽쟁이 약혼녀는 구상할 때부터 즐거웠어요.

제 로맨스 소설에 바탕이 되는 특유의 분위기가 있는데, 그것은 바로 잔잔한 슬픔입니다.

첫 글도 슬픔에서 태동하였고, 특히 현대극 로맨스를 쓸 때에는 슬픔이 없이는 글을 쓰지 못하는 징크스도 발견하게 되었습니다.

그런 특징들을 좋아해 주시는 분도 계시지만 쓰는 입장에서는 다양성이 부족하다는 생각을 하지 않을 수 없더라고요. 그런 의미에서 말썽쟁이 약혼녀는 제게 큰 의미로 다가옵니다. 180도 확 바뀐 것은 아니지만 저 또한 하나씩 새로운 시도를 할 수 있다는 용기를 준 글이니까요.

리아가 생각보다 말썽을 부리지 않은 것 같아서 조금 아쉽기는 하지만 의젓한 라준이를 만나서 다행이다 싶고요. 언젠가는 훨씬 밝고 코믹한 글을 써보리라 다짐해 봅니다.

말썽쟁이 약혼녀는 시리즈를 염두에 두고 쓴 글인데요. 이른바 준 시리즈라고 이름을 붙였죠. 이름에 '준' 자가 들어가는 멋진 남성들이 주인공이 돼서 그들의 사랑을 찾아가는 이야기인데, 라준이 준 시리즈의 첫 번째 타자가 되었습니다. 두 번째는 독고준, 세 번째는 제가 제일 쓰고 싶어하는 기준이 이야기가 되지 않을까요?

과연 언제 이 글들을 볼 수 있을지는 모르지만, 나름 재미있는 공상의 나래를 펼치다 보면 다채로운 이야기를 엮어나가지 않을까 기대도 해 봅니다.

글 쓸 때마다 격려해 준 로맨스트리 작가님들께 고마움을 전합니다. 출간 때만 고맙다고 인사를 전해서 미안했어요. 평상시에도 항상 고마워요.

가족들과 친구들에게도 고맙습니다. 그냥 하는 말 아닙니다.

읽어주시는 분들도 감사합니다. 진심으로요.

올 한해도 행복한 마무리하시길 기원합니다.

좀 이르지만 새해 복 많이 받으세요!

2015. 12. 이수진